THE WIND
IN THE TREES

蓑笠翁 著

树上的风

浙江工商大学出版社
ZHEJIANG GONGSHANG UNIVERSITY PRESS

图书在版编目(CIP)数据

树上的风 / 蓑笠翁著. — 杭州 ：浙江工商大学出版社，2017.6

ISBN 978-7-5178-2179-3

Ⅰ. ①树… Ⅱ. ①蓑… Ⅲ. ①散文集－中国－当代 Ⅳ. ①I267

中国版本图书馆 CIP 数据核字(2017)第 107382 号

树上的风

蓑笠翁 著

责任编辑 张婷婷
封面设计 林朦朦
责任印制 包建辉
出版发行 浙江工商大学出版社
(杭州市教工路 198 号 邮政编码 310012)
(E-mail:zjgsupress@163.com)
(网址:http://www.zjgsupress.com)
电话:0571-88904980,88831806(传真)
排　　版 杭州朝曦图文设计有限公司
印　　刷 杭州五象印务有限公司
开　　本 710mm×1000mm 1/16
印　　张 17.5
字　　数 294 千
版 印 次 2017 年 6 月第 1 版 2017 年 6 月第 1 次印刷
书　　号 ISBN 978-7-5178-2179-3
定　　价 39.80 元

浙江工商大学出版社营销部邮购电话 0571-88904970

序：诗人与散文

布罗茨基在《诗人与散文》中说："平等的概念，不是艺术本质固有的……诗歌占据着比散文高的地位，而诗人在原则上高于散文家。"而瓦雷里则更早地在《诗与抽象思维》一文中，将诗歌与散文的差别比作舞蹈和散步。

诗人写散文，可算作一种副业。一个诗人（在理论上）可以在不需要读（写）散文的情况下做诗人。"然而总的来说，没有从事诗歌创作经验的散文家，较容易变得啰唆和夸张。""除了少数例外，近代所有多少有些名气的作家都交了诗歌学费。"

一位散文作家，或者一位写散文的诗人，可以或者应该从诗歌（经验）中学到什么？布罗茨基总结了四点，"依赖一个词在上下文中的特殊重力；专注的思考；对不言而喻的东西的省略；兴奋心情下潜存的危险"。

将这种熟稔的诗歌经验和训练有素的诗歌语言运用于散文写作，并能熟练地驾驭个体的生活经验、文化经验，这样写出来的散文，不仅是言之有物，而且是言之有文。

孔子说："言之无文，行而不远。"这个"文"，不仅是文采，更是写作技巧和语言风格。又说："辞达而已矣。"苏轼在《答谢民师书》中这样理解："求物之妙，如系风捕影，能使是物了然于心者，盖千万人而不一遇也，而况能使了然于口与手者乎？是之谓辞达。辞至于能达，则文不可胜用矣。"物之妙了然于心于口于手，就能"辞达"，"辞达"了，"文"自然不可胜用。

在阅读了好朋友谢民师寄来的大量"诗赋杂文"后，苏轼在回信中说了一段很有名的话，文章"大略如行云流水，初无定质，但常行于所当行，常止于所不可不止，文理自然，姿态横生"。这里说的虽然包含"诗赋杂文"，但我觉得更适合"文赋"，也即散文。好的散文，行文当如"行云流水"，叙事、状物、说理、言情，酣畅淋漓，姿态横生，读来自然痛快！

阅读蓑笠翁的散文自选集《树上的风》，我似乎也产生了当年苏轼阅读谢民师作品时的感觉。“辞达”“通达”，文理自然，颇有味道。

“诗歌是语言最高的存在形式。”蓑笠翁也曾以潇洒渔夫为笔名写诗，据称还写了很多年、很多首，也算一位诗人，想必写诗也有一定经验。建议他也来读读布罗茨基的这篇《诗人与散文》，也许会有意想不到的收获。

老朋友出新集子，嘱我写几句序言，胡诌一通，标题也用了现存的，不成其序，权当是序了。

雪青马

2017 年 3 月 19 日于浙江安吉

目 录

风行

鱼骨在喉 …… 003
路边的李子树 …… 009
赋石摘橘 …… 013
阳台上有盆太阳花 …… 016
劈柴 …… 021
辣椒虫 …… 025
战蚊记 …… 028
回家 …… 031
打年货 …… 034
出海,做一回渔夫 …… 037
春天,与杜鹃花有个约会 …… 045

风致

逗虫记 …… 051
流浪狗 …… 054
向晚 …… 061
听雷记 …… 063
新年记 …… 065
阳光絮语 …… 067
天下第一美食 …… 069
劈腿无门,吃虾有道 …… 074
笠翁说茶 …… 077

风雅

我喜欢的声音 …… 085
崇敬大树 …… 094
听听那鸟语 …… 098
春天的符号 …… 100
孤鹜 …… 104
鹰于崖顶俯视芸芸众生 …… 107
我一个人苍茫 …… 109
洗冷水澡 …… 111
思念成草 …… 115
海桐嫩如小白菜 …… 117

风趣

土郎中 …… 121
我们城市里的“吉卜赛人” …… 125

收废品的女人 …………………… 131
撞车记 ………………………… 139
复仇的八哥 …………………… 144
跟三个美眉聊爱情 …………… 149
宅女找男人 …………………… 152
爱情之买椟还珠 ……………… 154
蟊贼有道 ……………………… 156
最浪漫的事 …………………… 159

风景

灵峰寺的旷味 ………………… 165
美丽船村 ……………………… 169
探美景溪村 …………………… 172
去余村走走 …………………… 178
月光下的筏湖 ………………… 181
游龙王山 ……………………… 183
山中赏秋 ……………………… 186
解读西塘 ……………………… 189
撞见城市的灵魂 ……………… 193
沙家浜游记 …………………… 197

风情

苕溪鱼 ………………………… 201
母亲的礼物 …………………… 205
聆听唠叨 ……………………… 208
守年夜 ………………………… 211
母亲的菜地 …………………… 214
老婆三定理 …………………… 218
梦中竹漾 ……………………… 221
老家风水 ……………………… 229
苕溪放排 ……………………… 232
爆米花 ………………………… 236

风语

太聪明的人也难成气候 ……… 241
男人不叫苦 …………………… 244
优雅男人 ……………………… 246
男人天生是花痴 ……………… 249
其实你不懂富人心 …………… 252
微笑的女孩最美 ……………… 255
女人一嗲无难事 ……………… 258
读书四境界 …………………… 260
女人说话男人不必太当真 …… 262
西湖里的鸭子姓野 …………… 264
读书与洗碗扫地 ……………… 266
狗的待遇超过爹 ……………… 268
乡村不能这样“美丽” ……… 270

跋:扯谈写作 ……………… 273

风行

那棵魁伟的树又蓄满了崭新的叶子
阳光下像一面小小的碧绿的海
晃动一粼一粼的波纹
我知道，那是它在暗暗蓄势
预备一场暴风的来临

鱼骨在喉

也许是抓鱼、杀鱼、吃鱼太多,“罪孽”深重,终于得到报应。

报应我的,自然是鱼。

那是去年一月,单位放年假第一天的中午,由于早上起床比较晚,起床后又忙于整理房间,一直到中午十二点,才到街上餐馆里点了一碗熏鱼面当“早饭”。那时已是饥肠辘辘,吃来自然是一改平日里的斯文,把一双筷子往面碗里一绞,团起个大面球就往嘴里塞,咕噜一下,也没来得及咀嚼就咽了下去。当然,吃鱼块的时候,我还是有戒备的,被鱼刺卡住,那可不是一般的难受。然性急总会坏事,万万没料到的是,在吞下最后那团面条时,喉咙猛地一痛,心猛然一抽,似乎有雪亮的匕首突然插入喉管。当时面条还未完全咽下,一口气上不来,眼泪夺眶而出。

手一摸颈脖,顿觉一阵寒意:喉结处硬邦邦的一块,而且是一大块锋利的东西,卡在食道里了,犹如一把钢叉,正想刺破颈部的皮肤挤到外头来呢!焉能不疼!凭着三十多年的生活经验,我知道,我被一大块鱼骨头卡住了!

我眼前一黑,觉得周围模糊了,身子也在发虚,仿佛觉得桌子旁边有个废纸篓,我低下头去,狂呕起来,也没在意餐馆里是否还有其他吃饭的人。

可是,待我把吃进去的食物全部呕出来,那块骨头依然卡在那里,丝毫没有移动。而且,随着呕吐时喉咙的收缩,那骨头更加往肉里钻,我觉得我的咽喉就快被刺穿了。

老板娘过来问我,是不是被鱼刺卡住了,我说不出话来,手扶着脖子,眼泪汪汪,微微向她点头。

“喝点醋,喝点醋鱼刺就软了。”她笑着去找醋壶。我知道,被鱼刺卡住,醋是解决不了问题的。但是情急之下,我没有多加考虑,就接过她递过来的醋壶。

要是一壶老酒,那我一定很高兴。无奈平素我一向不喜欢醋,从小到大,不吃醋烧的东西。什么糖醋排骨、糖醋鸡，活了三十多年，我碰都没碰过；即使最喜欢吃鱼，但是名气冲天的“西湖醋鱼”，我也是坚决不吃的。不承想，今日为了消化这鱼刺，居然拿起醋壶，像喝老酒那样大口大口往下灌——那醋的酸啊，差点没把我鼻子酸掉！眼泪再次喷涌而出，人几乎背过气去！

喝了几口，老板娘又端来一碗白米饭，说：“再吞几口饭，刺就下去了。”我也知道，鱼刺在喉，吞饭不仅不能解决问题，可能还会加重后果。可那时，疼痛已经让我顾不到这些科学常识，而听信于他人的“经验”。我试着吞了口饭，只觉得钻心的疼，而鱼刺似生了根，盘踞喉结上方纹丝不动。“再喝醋，再吞饭。”老板娘看着我如此难受的模样，鼓励我说。

接下来的近一个小时里，我忍着剧烈的疼痛，喝光了一小壶醋(估计有 500 毫升)，不咀嚼吞进一小碗饭，喉咙火烧锥钻般的痛，而鱼骨依然停在那里。我知道，这些土办法解决不了问题了，必须去医院了。

曾经看见过耳鼻喉科的医生给患者拔鱼刺。患者端坐在凳子上，嘴巴张得老大，舌头吐出来，医生用一张餐巾纸包着，让患者自己抓住往外拉，并且还被要求发出“啊——”的声音，那副模样，要多难看有多难看，真是罪过。

现在可好，笑别人贪吃活该受罪的罪孽，落到自己头上了。张着大嘴，拉着舌头，仰着脸，忍受着医生的钳子在喉咙里拨弄，还得忍受着医生不时往嘴里喷射的药液。口水淌着，也不能往外吐一口，这样的难受简直无法形容。

嘴巴张酸了，舌头拉木了，可是，医生捣鼓了近一个小时，也没把鱼骨头从我的喉咙里弄出来，而我的眼泪早已擦湿了一包餐巾纸。

“必须手术，”医生一边收拾器械，一边嘀咕，“陷在食道里，很深。”

他坐下来，飞快地开了张单子。“赶紧去付费，做个 X 光透视。我在手术室等你！最好叫你家属来！”

“很严重？”

“是的。”

“怎么手术？要切开脖子？”

“看看能不能钳出来，不能钳出来，就必须切喉取了！”医生面无表情地说。

我心里顿时凉了半截。天啊，切脖子，那不是要人命吗？就算医术再高明，取出了鱼刺，脖子上也会留个大疤，多难看啊，以后再也不能做“风流才子”了……这还不说，马上就过年了，本想好好玩两天，好好吃两顿的，这下可好，一放假就进了医院，家里的年岂不是过不安生了！我难受极了，很自责。

付费，拍片。没想到的是，拍片过程中又遭受折磨。我走进拍片室时，看见一个医生一手端着个洋瓷盆，用筷子在哗啦哗啦地搅拌着什么，还以为他自己的私事没干完呢，于是就站在一旁耐心等他。他搅拌了一阵，竟然把盆递给了我，说："把这吞下去。"我接过一看，吓了一跳，瓷盆里装的，竟然是半盆石灰水拌棉花絮。"石灰水和棉花絮怎么能吃？"我忍着痛问医生。"那是石英，不是石灰，没叫你吃，叫你吞！"医生头也不抬地对我说。

天啊，长这么大，身边有谁吞过棉花絮呀！还是用石灰一样的石英用水搅拌的棉花絮！

为了看病，我又只好违背自己的意愿，艰难地吞着滴着白浆的苦涩的棉花絮。那哪是人吃的玩意儿，难咽的浆水从嘴角流出来，滴在胸前的衣服上，崭新的夹克衫和羊绒衫，染上了一大片白花花的石英水，看上去与石灰粉刷过的墙壁一样，我欲哭无泪。待站到透视机前，医生还叫我嘴巴里含一大口石英水和棉花絮，憋住气，听他口令"往下吞"时，就吞下去。如此反复多次，直到几乎把那半盆石英水和棉花絮吞光，他才说"好了"，而我的心越来越沉重——那鱼骨依然在喉结上方纹丝未动。我预感到了后果的严重性。

待 X 光片冲洗出来，我也看见了，桃核大小的鱼背脊骨刺卡在喉咙中间，两边还支生着一些小刺，大骨刺的一端非常尖锐，正抵住喉管壁。

我拿着 X 光片往手术室赶，不知道等待我的结果是什么。到了手术室，四五个医生护士已经穿戴好手术服在等我了。

医生叫我在手术单子上签字，并宣读了手术的危险责任，重申了手术的危险性。"当管子插进你咽喉后，千万不要动，再难受也得忍着，听见没？"医生反复叮嘱着，"咽喉是各种血管集中的地方，你乱动，就有生命危险！"

我想我不会乱动的，我走过去，躺到手术台上，护士推过来装着手术器械的推车，我看见了各种长短不一的钳子、不锈钢钢管。医生拿起一根直径约 2 厘米的锃亮的钢管，再次擦拭消毒。

"不会把这么粗的钢管插到我喉咙里去吧？"我惴惴地问。

"正是用这管子插到你喉咙里，然后长钳子伸进管子里，从管子里钳出鱼骨。"医生做了个演示动作，"所以，你千万别乱动。"

天啊，这么粗的管子插进喉咙，那不是要我的命吗？

“这手术很痛苦,你一定要坚强!”医生再次叮嘱。然后,他们上来两个人按住我的手,又有一个人按住我的头,要我嘴巴张大,脖子往后仰。主治医生把一把不锈钢扳子塞进我嘴里,像撬汽车轮胎一样,撬我的嘴,一边撬一边说:“来,嘴巴张大,张大,再张大,还要张大!”

钢扳子铬在牙齿上,又冰又疼,而我的嘴巴张得几乎要撕裂了,还达不到医生的要求。他往下扳我的嘴,按我头的医生也配合着他往下压我的头——他们要把我的嘴巴撬得与脖子成一直线,然后插钢管!

我出不来气,说不出话,觉得自己像一条待宰杀的鱼,躺在砧板上,等待被开膛剖肚,现在他们先刮我的鳞片! 我觉得我要死了!

突然,一个巨大的冰冷的钢管在往我喉咙里探,它旋动着,尽管是慢慢地。

我的五脏六腑立刻往咽喉涌,肚子屏得硬成一块铁,也阻止不了五脏六腑往上涌! 我疼啊,我难受啊,我觉得我抽搐了,脚再也忍不住,乱弹乱舞起来。

没有哪位从没呕吐过吧? 你觉得把手指塞进咽喉的感觉怎样? 我想,不待你伸进去,你就会强烈地想要呕吐吧。现在,医生要把自来水管粗的钢管插进我的喉咙里,你说,五脏六腑还不要碎了吗?

我要呕,可嘴巴被扳子撬着,不能动! 我想喷,可喉咙被钢管塞着,也无法喷。眼泪模糊了我的视线——其实我无法睁眼的,只觉得泪水奔涌——身上汗水早已打湿了衣服,被撬被插喉的痛楚,早已淹没了鱼刺卡喉的痛感。

活了三十多年,从没感受过如此的痛苦!

读小学时,因喜欢狗,经常去摸狗头,有一次,狗正吃食,我摸它的头,它回头就咬了我的手一口,几个大牙深深陷进我的虎口。后来,由于没处理好伤口,虎口溃烂了一个多月才好。这样的苦,也没有钢管插喉的万分之一。

读初中时,有一次去池塘里洗澡,不小心滑进深坑,差点淹死。那种面临死亡的痛苦,也没有这钢管插喉的万分之一。

前些年,写反腐小说,不想被好事者对号入座,与我打官司,那种被恐吓、被践踏人格的痛苦,也没有这钢管插喉的万分之一。

“不要动,不要动,动了有生命危险!”医生严厉呵斥道。

“你要忍住啊,不忍住取不出来鱼刺。”大眼睛的美丽护士安慰我说。

“是的,我要忍住,难道这点苦也不能承受吗? 亏我还是男子汉大丈夫! 不忍住,医生怎么能取出鱼刺?!”我冷静了一下,自己骂自己道。

看我不乱动了，主治医生再次往里插钢管，我觉得喉咙里出血了，我听见吸液机呼噜呼噜地吸着液体，我觉得那一定是我的血液。

五脏六腑再次翻涌起来，一个劲地往喉咙里挤。由于钢管已经钻进喉咙一截了，这次的翻腾，不再是翻江倒海，而是肝肠寸断，我仿佛听见骨头碎成齑粉而飘落的声音。我努力克制自己的抽搐，可还是不行，眼睛里红光一闪，忽然一把掐住按着我手的医生的手，死死地。

"啊——妈呀——"那医生痛苦地大叫一声，松了我的手。

主治医生立刻住手。

"你什么意思?"他问。

我不能说话，直摇手。

"是要放弃手术吗?"

我用手指比画表示点头。

那一刻，我忽然想到了一位医生说的话。

那是我还在乡下中学教书的时候，有一次运动会，班级里一个超厉害的学生，跳远跳出了沙坑，踏到硬地上，导致小腿骨折。我把他送进医院，主治医生跟我算是朋友，他允许我穿着手术服进手术室看他手术，也方便安慰学生。那是我第一次看见医生如何做接骨手术。被麻醉了的学生躺在手术台上，医生用刀划开骨折处的皮肤，然后破开层层肌肉，直至露出骨头，还把粘在骨头上的肌肉也剥去——我看了十分肉麻，觉得医生残忍，忍受不住惊悚就从手术室里跑了出来。后来我问医生朋友，难道割皮剥肉，就不觉得有痛感吗？哪知医生竟然说："对患者有痛感的医生不是好医生，他做不了手术。"这话听着也有道理。从此，我明白，医生的工作首先考虑的是怎么把断了的骨头接起来，把腐烂的疮剜去，把鱼刺从喉咙里钳出来。

医生见我坚持不手术了，也不勉强，就把扳头、钢管从我嘴里、喉咙里抽出来。几个按住我的医生也即刻放手。我顾不得喉咙疼痛，顾不得全身汗水和虚脱，就往外跑。

"不治了，不治了，死也不治了！我想这比死还难受！"我边走边说。

"今天不手术，你明天还一定得来，那时用麻醉，说不定还得开刀！"医生也不拦我，平静地说，"今天你得先挂盐水消炎，你的喉咙刚才有点受伤。"

"挂盐水没问题，手术坚决不做了，烂在喉咙里也不做了！明天我坚决不来！"我固执地说。

可说归说，鱼刺卡在喉咙里，刺痛，有生命危险，怎么办？我坐在注射室里，挂着盐水，冷静地想。

既然鱼刺能够进喉咙，它一定也能下去。我想。

可怎么让它下去呢？喝醋不行，吞硬的食物不行，还有没有更好的东西让它下去呢？

什么能让喉咙张大？

热的。

什么东西热？

开水。

什么东西润滑，可以让鱼刺往下滑？

肥皂？不行。油？不好喝。蜂蜜？

我眼前一亮，对，就是它。在乡下吃过蜂蜜，又香又甜又润滑，而且还用开水冲着喝。

想到这里，我很兴奋，立刻打电话叫炜过来，帮我去买蜂蜜。她听说我不肯做手术，直骂我脑子有毛病。我不理她，任由她去骂，只要她去帮我买瓶蜂蜜，以及开水、杯子、汤匙，我急着要尝试。

买来蜂蜜以后，我看见蜂蜜十分黏稠，就舀了一汤匙，放进杯子，叫炜冲上开水，喂我喝下。

才喝两口，我立即感到喉咙里一动，心中一喜，继续喝，半杯子水拌蜂蜜喝进肚子，摸摸鱼刺，已经到了喉结下方了！

炜看着有效果，也说："慢点喝，快了会把喉咙划伤。"

我听了她的，喝喝歇歇，二十分钟以后，喝到第四杯，忽然喉咙一爽，一摸，鱼骨没了！

我忽然哈哈大笑起来。

遇到事情，还是得冷静下来，找到最适合自己的解决办法。也许真的有那么些时候，自己才能救自己，比如这次我经历的鱼骨在喉。

2007 年 3 月 22 日

路边的李子树

端午节，炜跟我一起回老家。才从车上下来，我就看见自家的两棵李子树熟了，青青红红的李子，缀满枝丫，把枝丫压趴到路上方，有的一伸手就可以摘得到。

我指指李子树，对炜说，自己家的，摘吧。

炜说，这是什么。

我大笑："你怎么连李子也不认识？"

炜很惊讶，说："这就是李子啊，结了这么多！不过，看起来不好吃。"

我说："这是自家种的李子，你看，都红了，怎么会不好吃？你还没吃呢！"

说着，我跳跃起来，一伸手拉下一根枝条，摘了一个李子放进嘴里。

"嗯，清脆酸甜，正可口！"说着，我塞了一个到炜嘴里。

炜居然还是不信，忙从嘴里拿出李子，说："恐怕不能吃吧？这么多李子，长在路边，好吃的话，不是早就没有了？"

"哈哈，你是书读多了吧？"我一边忙着往嘴里塞李子，一边笑着说，"你大概是被王戎那个小故事骗了，对吧？"

西晋有个叫王戎的，小时候跟小朋友们一起玩耍，发现远处大路边有一棵李子树，树上结满了大大的李子，大伙儿一拥而上，都上树去摘李子，只有王戎站着没动，还说："这棵李子树长在大路边，每天来往的人很多，如果李子是甜的，早就被人摘光了。"这故事出自《世说新语》，说的是王戎聪明，有智慧。但是，这故事，在我那个村子里，说不通。

"你吃一颗不就知道了！"我见炜还在犹豫，就鼓励她说，"放心，咱家种的水果，从不施药。"

说着，我拿出餐巾纸，把李子擦了擦给她。

炜咬了一口说："嗯，味道不错！"

“是吧？小时候，我就喜欢吃李子，这两棵李子树是老爸前些年种的，说是留给孙子们吃呢！”

“那种在路边干吗，不怕别人偷吃啊？”

“什么偷吃不偷吃，这村子里住的人都是一个姓，都是叔伯兄弟，谁偷谁啊？想吃就摘，没哪个人会说，种了就是给人吃的嘛！”

“不会吧？你们这里人这样好？”

我指着刚才车子经过的路边的一棵树说：“看见没，那棵枝丫沉沉的，也是李子树，我堂弟家的！那棵就在大路边上，不是长得很好嘛。原先，这路边的山坡上，都是梨树，梨子熟时，过往的人都可以摘。现在为了种植安吉白茶，把梨树都砍掉了。”

“我可以摘不？”

“哈哈，你想要这树，都可以搬回城里去！”我笑着说，“走，我们先回家，把东西搁家里，再来摘吧。”

老爸老妈听说炜想要摘李子，高兴得像个孩子，连忙找篮子、梯子，说：“正愁你们不来摘呢，这下好，省得我摘了送到城里去！”

小时候，我就特喜欢吃这酸酸甜甜的李子。那时，老房子前有一排高大的李子树，淘气的我，在李子熟时，像鸟儿筑巢一样，用葛藤在李子树枝丫间搭个窝棚，白天就躺在窝棚里吃李子。

可惜，后来搬家，那些李子树都没有移植。

现在屋前路边的几棵李子树，都是最近几年父亲新种的。那时他说：“你们都不小了，再过几年成家之后，有了孩子，回家来，有新鲜的水果吃。”

父亲种的果树还真不少。有两棵桃树，种在菜地边，前几年没少结。大概由于吃桃子的人不注意脚下的菜，总踏坏母亲种的菜，加上桃树挤占了不少菜地的阳光，母亲就忍痛割爱，伐去了那两棵桃树。

屋后山上，还种有两棵柿子树、五棵杨梅树，现在也都开始挂果了。

我原本在家，也种过一棵樱桃树，不知道怎么的，居然被喇叭花藤缠络而死。不然，五一劳动节回家，正好有樱桃吃。为此，母亲还可惜了好一阵子。母亲不是可惜没樱桃吃，而是可惜我种的樱桃树没了。

炜大概从没到树上摘过果实，一边摘一边欢叫：“哈，我摘了个大红的。”一会儿又叫：“哇塞，这棵枝丫结得真多！”呵呵，她只是摘，却不知道往嘴里送。而我是先吃再说，看见好的就直接塞嘴里。

我知道，长在自家树上的李子，清爽。

我们家附近没有工厂，依山傍水，面朝一片田野，空气清新。最近雨水多，即使有点尘埃也早已淋洗干净。

父亲对炜说："这两棵李子叫'胭脂李'，外表好看，吃起来有点酸，到红透了才好吃；那边有一棵，叫'红心李'，那才叫好吃，可惜还没熟，要到七月初才熟。到时候，你们回来摘，那棵树今年估计有两三百斤李子可摘。"

"为什么叫'胭脂李'啊？"炜问我。

"你看，这李子皮，红得像不像胭脂？"我笑着说。

"那'红心李'呢？"

"'红心李'是从里面红出来。走，我带你去看。"说着，我把她拉到路另一边一棵大李子树下。这棵李子树，几乎占了三分地。原先，李子树下是一小片菜地，这棵李子树越长越大，枝丫完全覆盖了菜地，再也不能种菜了。现在，满树枝的，都是青光光的李子。我摘来一颗李子咬开，对炜说："你看，这就是'红心李'，果实成熟从果核红起，就是里面的果肉全部红透，表皮还是青的，最多也是映出一点红。你看，这果核已然有点红了。"

"是不是水果店里卖的那种'红心李'？"炜看了看问道。

"是啊，就是那种。"

"啊，这个好吃，我知道。"炜高兴地说。

"嗯，再过一阵子，熟了以后，我们回来摘！"我笑着说，"结了不少呢！老爸说有两三百斤李子呢！"

"这个可以卖钱的。"

"我们家李子不卖钱。"母亲拎着一篮子胭脂李，走过来说，"再过一段时间就熟了，你们一定要回来吃，知道不？自家种的李子，新鲜，味道好！"

"干吗不卖钱？"炜好奇地问。

"种点自家吃的水果，谁还去卖！"父亲笑呵呵地说，"这棵树是村子里唯一的一棵红心李树，熟了，大家分点尝尝。你看刚才摘的那两棵李子，都是谁要吃谁来摘，我们怕酸，还没摘过呢。"

"前年，这棵树摘了三百多斤李子，一下子吃不完，我叫他爸拉到镇上去卖，你猜他怎么卖？他一路走一路送人，最后，一百多斤李子，才卖二十多块钱！还不如送人省个力气。”母亲笑着说。这事我知道，母亲在我面前说了好几回，每次说，父亲就憨笑，说从没上街卖过东西，看见熟人，很难为情，一人送一点，就送光了。

“现在街上好吃的东西多，人的嘴巴都吃刁了，村里的李子、桃子、梨子种多了，都没人要吃；孩子们都长大了，叫他们来摘，还不肯来。你们回来得正好，把熟的都摘了去，吃不下，送给同事、朋友尝尝。反正你们有车，省得你爸背。”母亲笑着说。

是了，每年七月份，李子熟时，父亲母亲总要喊我回家。夏日的一树李子，秋日的一树柿子，是父亲母亲喊我回家的最好借口。而当我工作忙，来不及回家时，父亲总要摘一袋子果子送到城里，每年都不落下。

唉，这些果子树，说白了，大概就是为我种的，父亲母亲上了年纪，其实不吃有些酸味的李子。但是，他们的儿子我喜欢。

当然，我一个人再怎么吃，一下子也吃不进两斤李子。大多数李子，也就是谁见着谁吃。

反正，我们家的李子树，都种在路边上，跳跃一下，伸手就能够得着。

只要莫把枝丫弄断了，随你吃多少，保证没人说你。

用母亲的话说，地空在那里也就空在那里，栽种两棵果树，也不要管理，结与不结，都随它去。当然，结果实最好，自己有的吃，还能赚些人气。

在我们村子里，谁大方，谁小气，路边的果树就是最好的风向标。果子熟时，走过路过，你不吃点，可能还会被误认为你看不起他呢！

写这篇文字前，父亲又打电话来，说“红心李”月底就成熟了。言下之意，大概叫我月底有空回家，还特别嘱托，要把“某人”带回家。

我的眼前浮现那满枝丫的李子，两腮有了酸酸甜甜的味道。

2010年6月21日

赋石摘橘

在城里生活久了，整天面对钢筋水泥的建筑，即使看见花草，也是人工之物，不免有了“城中无甲子，岁月不知年”的感慨。而我偏偏又是来自广阔自然的乡下，见惯了春华秋实，听惯了风诵鸟鸣，所以夜里常常梦到波光闪闪的溪水，梦到沉甸甸、黄澄澄的稻谷。有时候在梦中醒来，眼前一大片肥嫩的猪草还挥之不去，幸福的心还在怦怦直跳。

一天夜里，忽然接到朋友的电话，那兴奋的声音似乎要从话筒里蹦出来：“老刘，周末有空吗？”（故意卖关子）“有啊，什么好事啊？”“我们去摘橘子，好不好？”（我都想见他兴奋得大嘴合不拢，口水都下来了）“真的？在哪儿在哪儿？”（我捏着手机的手也酥软了）“赋石水库！那儿有一大片橘园，现在橘子熟了！”

这是三年前和晓敏通电话的内容，我十分清楚地记得。那一刻，我的眼前闪现出电视剧《橘子红了》的镜头：大片的橘林，挂满了红红的橘子……说实话，生在江南，吃了三十几年的橘子，还没有看见过橘子树呢，更不用说到橘园里去亲手摘橘子了！我熟知的北岛的诗歌也立即跳跃在眼前：“橘子熟了/装满阳光的橘子熟了/让我走进你的心里/带着沉甸甸的爱……”

那是十月中旬的一个星期天。我带着女儿，老金也带着女儿，乘车赶到孝丰与晓敏汇合。江南的秋天是美丽的。暖暖的阳光，淡淡的秋雾，田野里，晚中稻正在收割，偶尔能看见一家农人挥镰劳作的情景。晚稻半黄，收割还需一些时日，成片的青黄很是赏心悦目。近路边的人家旁，总有一树一树的柿子，阳光下果子红透了树梢，压弯了树枝，主人也不急着摘——我知道，现在吃的东西多了，至于这枝头的柿子，与其用来吃，不如用来观赏更合适，它能显示一户人家的生活情趣呢！那满树的红灯笼，是多么诗情画意啊！两个小女孩趴在车窗上，一阵一阵惊喜地尖叫着。

上午九点多，我们来到赋石水库大坝下面一块五六十亩的平地。外面是水库的一处园林，假山、雕塑、草坪、绿树，很能吸引孩子的注意力，两个小朋友兴奋地乱窜，而我的心事却在橘子上。橘园在园林的里边，紧靠着水库大坝，面积也有二十余亩。

这是我第一次见到橘子树！两三米高的树木，枝丫四处铺展，除了翠绿的叶子，就是一个挨着一个的密密麻麻的橘子，在阳光下闪烁着金色的光芒。也许是阳光到了橘园就变得特别沉重，每棵橘树的枝丫都弯腰折背，往地面沉，想躺到地面来休憩一会儿，连树梢头也不例外——因为，每棵枝丫上都挂满了橘子啊！

我的口水很快下来了，奔到树下就把一个大橘子扭了下来，撕开薄薄的橘皮，掏出肥大水嫩的橘囊，往嘴里塞。酸酸甜甜的清凉的橘汁很快就到了胃里，我大叫一声："哇，爽！"

两个小女孩在我的煽动下，掩饰不住斯文，也奔向了橘子树。

倒是晓敏沉得住气，一是他岁数比我大，二是他已经来过这里多次，所以能克制住唾液。他带我们到橘园的主人那里，先向他报个到。橘园的主人是一对来自黄岩的夫妻，年纪五十上下。黄岩真不愧是橘子之乡，多的是种橘高手。这二十余亩橘园，橘树的年龄也有十五六年了，正是结果的旺期，可是当地人怎么侍弄，橘树就是不结果，即使结了几个果子，不是皮厚，就是酸得不能下口，一气之下，恨不得把橘树砍了。而黄岩人来了之后，承包了这片橘园，也不知道他们使了什么神奇妙法，橘树愣是不要命似的结果，棵棵结得压断枝丫才罢。而且，果实也都皮薄而光滑，囊肉也都变得甘甜爽口——比正宗的黄岩蜜橘还要好。晓敏说，这里紧挨水库，水质非常好，又多雾，附近没有工厂污染，味道怎么会不好？来这里摘橘子的人很多，每年产量几十吨都不用老板操一点心去卖，甚至不用自己去摘。

说话间，老板夫妻俩微笑着给我们每个人拎来一个大竹筐，框内放了一把剪刀——这是给我们采橘的工具。

我拎着竹筐，和女儿一晃身子，就钻进了橘林。任凭晓敏在身后喊："挑黄的，要带点枝条。"

进了橘园，到处都是橘子，我们的内心都充满了喜悦，仿佛这大片的橘园就是自家的一般，随意吃，随意摘。女儿从这棵树爬到那棵树，兴奋地大叫："爸，我吃哪个好啊，啊？你快来看看，哪个最好吃啊？"

是的，这么多的好橘子，哪个橘子最好吃呢？吃哪个好呢？想想《史记》中记载的“蜀汉江陵千树橘……此其人皆与千户侯等”的句子，想想《尚书》中“淮海惟扬州……厥包橘柚，锡贡”的句子，在江南是橘在江北是枳的橘子，现在就在我的身边，我该就是“万户侯”了！我们爬到树梢上，仔细欣赏阳光中的橘子：饱满，扁圆，青黄相间的表皮上面，密布着细小的水珠，不知道是露珠还是溢出来的橘子汁，真的如北岛写的那样——“表皮喷着细细的水雾”。看着看着，我就把它吃进了肚子里。

真的，那一刻，我们心中只有橘子，没有金钱，没有劳累，没有生活的琐碎，“忧伤化为欢乐的源泉”，“让我走进你的心里/找到自己那破碎的梦”了！

我们到每棵树上都剪了几个，即使这样，不一会儿，竹筐就满满的，拎不动了。摸摸肚子，感觉肚子也成了一个大橘子！

那天我吃了好多橘子——不光是想吃多少吃多少，也不光是橘子好吃，而是觉得，自己采自己吃，那份自然，那份惬意，令人陶醉，令人忘乎所以。

摘完橘子，付过费，我们几个把橘子寄存在老板的小屋里，爬到大坝顶上，与水库的山水作了一番亲近。青山碧水蓝天，空旷如镜，可以照见自己的心跳，仿佛回到梦中。

中午，晓敏做东，吃了地方名菜——地地道道的天赋船头鱼。

这是一个多么令人垂涎的日子啊。尽管二十几斤橘子拎回城里，半路上被熟人打秋风，到了家里只剩下两三斤，可我依旧高兴，由衷的高兴。因为，我把我的快乐和大家分享了。第二年的十月，我们再次去了那片橘园。

现在时令又是十月，又近中旬，又是暖暖的阳光，又是一年埋头于生活，老金、晓敏，我们是不是还去那片橘园呢？

装满阳光的橘子熟了，让它走进我们心里吧！

2005 年 10 月 11 日

阳台上有盆太阳花

一

事情得追溯到去年秋天。

去年秋天,单位里的花匠在几个花坛里,都种上了太阳花,红的,黄的,紫的,粉的,在阳光下分外耀眼。眼累的时候,朝窗外一张望,便瞅见了它们。金黄的阳光,艳丽的花朵,让我心头一亮。说实在的,最近几年的心情,总和秋天的天气差不多,一天比一天凉,一天比一天灰。而这些迎着阳光绽放的小花,不知怎的,竟神奇地钻破厚重的阴霾,在我心头春天般地明亮和温暖,让我一下子觉得,头上仍有天蓝蓝……

莫名地,便爱上了这些俗艳的小花。

某个晴天的午间,路过开满小花的花坛,发现这太阳花一边开花,一边却有种子在成熟。忘了当初出于什么想法,竟从花坛里捻了一些芥子一样的太阳花种子,在下班的时候带回家,撒在家中一个花草已经枯萎的花盆里。

二

接下来的冬天很寒冷,大雪冻死了我家不少盆栽。而我,早把太阳花的种子给忘了。

今年五一放假,望着居室中几盆耷拉着脑袋的盆景,又萌生了去买花种的愿望。在查看堆放于阳台角落里的花盆时,看到这个青花瓷的大盆里装着一盆干燥的泥土,忽然想起了什么——我去年不是在这个盆子里撒了不少太阳花的种子吗?怎么忘记了?这花盆干旱到这种程度,种子早就烂了吧?

几乎是没抱什么希望，我把花盆搬到阳台外面的花架上，然后用水浇透——反正，不管种什么花，都需要湿润的泥土，再说也许会出现奇迹。

就是抱着这样的心态，我没有立即在花盆里种上别的什么花。也许是真的忙得没时间去花市，也许潜意识里真有一种信念，接下来的时间里，我将这装着泥土的花盆放在阳台外的花架子上，任由春雨一遍又一遍地浸润。

头一周，每个夜晚吃过饭，站到阳台上，我都会去观察一下这个花盆——什么也没有发生。

第二周，偶尔也伸头去凝望，期待土里有嫩绿的脑袋伸出来——还是什么也没发生。

二十多天过去了，花盆里依旧一片死寂。

我彻底失望了。

三

这是五月下旬的傍晚，我下班以后，特地到花市去转了一圈，买回一株开白色花朵的风铃草——我喜欢白色和蓝色的花朵。白色的昙花，白色的玉兰，连同稍微沾点白色的夏兰、秋兰，我都喜欢；蓝色诸如风信子、蓝绣球、勿忘我，我也都喜欢。

正待我搬下阳台上这个青花瓷花盆时，我吃惊了。

花盆的边沿，稀稀落落地插着几根极细小的绿针！

莫非这就是太阳花？

我怔住了。

一边是刚买回的风铃草，娇嫩的花朵正盛开；一边是期待已久还不能确定的太阳花，它刚萌芽。

这是很痛苦的事。仿佛一场恋爱，暗恋了多年的女孩，始终不给你明确的答案，最终，你拂袖而去，找了另一个女孩。这时，你才发现，前面那个女孩，一直在默默地爱你，考验你。现在，你却有了另一个女孩，你该怎么交代?!

我不得不被它的顽强生命力所折服。随便把种子丢在花盆里，几乎是半年时间，没为它浇水，没为它遮挡寒冷，甚至，在春天来临的时候，也没有及时把它放到春风下唤醒，当外面的世界早已桃红柳绿，草长莺飞，它还在这个干涸的花盆里煎熬……现在，它终于露出了媚绿的微笑——尽管只是浅浅的笑靥，我却要狠心毁灭它了!

我怔在那里,下不了手去。

最终,我默默地把这花盆重新搬到花架上,愧疚地为它浇了一次水。又另找了只花盆,安顿了风铃草。

四

也许是在泥土里憋得太久了,露了头的太阳花几乎是见风长,花盆里的景致一天一个样。细针长高长大,只用了两天时光;继而亭亭玉立,嫩嫩生生,宛如棵棵分茬的小豆苗;半个月后,远远望去,整个青花瓷花盆口,窜出一大团旺盛的绿色火焰,在初夏的阳光下炽烈燃烧。

不得不叫人佩服这太阳花生命力的强盛。说实在的,这青花瓷花盆中的土,都是些沙砾,少数的泥土,也只是江南山地里的黄土——不是富含养分的黑色腐质土——这样的"土壤",原先是我种植仙人掌,准备在其成活后嫁接蟹爪兰用的。不想,最好种养的仙人掌,宁死也不屈就这盆"土壤",在盆里生活不到两个月,就积郁而亡。去年秋天,我带回太阳花种子,也是找不到合适储放的地方,才随手撒在这个荒废了的花盆里,真没想到,这样的"土壤",太阳花却长得如此旺盛。

真的,我绝对没施过肥!太阳花草那么嫩,水灵灵的,一副一碰就断的样子,我怕施任何肥料,都会谋害了它们的性命。

也许,江南的雨水太滋润了吧,因为整个六月都在下雨,有时早上,有时中午,有时傍晚或者子夜,有时整天,江南的梅雨不下足一个月,是不肯离开的。我只能这样解释,因为,除此而外,再无其他因素。

五

六月下旬的某个星期六上午,我睡了个懒觉,起床后站在阳台上伸懒腰,忽然,我惊喜地发现,太阳花开了!而且,一开就是四朵,两黄两红,迎着阳光,像四个靓丽而骄傲的少女,在绿叶的衬托下,光焰四射而又楚楚动人。室外的天空也好似因为这四朵小花而显得分外开阔。

这样美丽的花儿,怎么能放在阳光下暴晒?这样美丽的盆栽,怎能不搬进室内欣赏?一激动,我就把花儿搬进了室内,放在玻璃茶几上。确实,整个客厅因这盆绿色，和绿色上阳光般的四朵小花而“蓬荜生辉”。

可令我没想到的是，这四朵小花进了我的居室后，不到两小时就蔫了。

第二天，缀满花蕾的太阳花草，也并没有如我想象的那样，开得满盆鲜花。

这是怎么回事？单位里的太阳花一直开到日落才凋谢的呀！多年前，初中课本里不是也有篇写太阳花的文章，说它“朝开夕谢”的么？我种的太阳花怎么开花时间这样短暂？难道太阳花也会“南橘北枳”，在我单位“只争朝夕”，到我家后便“昙花一现”？

第三天，一朵花也没开。

第四天，太阳花草失去了精神，倒伏下来。

这小花，如此不争气，我愤而把它又搬回到阳台上。

六

让人称奇的是，才让它在阳台上晒一天，也就是第三天早上，花盆里居然开满了红色黄色的花朵！我看见它们时，它们正在青花瓷盆里喧闹，满脸阳光，精神抖擞。

也许，是我自己猴急，等不及它开花，就把它搬到阳台上去了吧？我怀着喜悦而愧疚的心情，又把这一大盆蓬勃盛开的太阳花搬回茶几，坐在沙发上，仔细凝视欣赏。

不承想，前面发生的“悲剧”再一次上演！

我惊诧了。

莫不是这花儿名叫太阳花，就因为它专为太阳而生？换句话说，它所有的花儿，只为太阳而开？而我自作多情，“强奸”人家感情却浑然不知？

这样一想，内心惴惴，赶紧把花儿又送到阳台上。

七

果然如此！

见到阳光的太阳花，立马有了精神，花朵迎着阳光，畅然开放。你看它们，面对阳光，伸展花瓣儿，袒露花蕊，没一丁点儿顾忌，没一丁点儿保留，把自己完全交给了阳光。而且，阳光越炽烈，它长得越精神，花开得越茂密。而太阳落山，花儿也就随之而谢。

我还注意到，要是雨天，不见太阳的影子，太阳花就会开得很迟，一般到中午时分才开，不到傍晚就凋谢了，而且开的花朵数量要少得多。

水陆草木之花，不知几千万种也。除了昙花喜欢月亮，其他都没有不宣称喜欢阳光的。然而除了太阳花，还有哪种花能如此执着、忠贞不渝呢？牵牛花、映山红、美人蕉，谁不是在太阳初升之时开放，太阳一炽热便即刻偃旗息鼓？向晚的指甲花、夜来香，谁不是趁着太阳快落山时，才出来现现身、露露脸？

花中有众多的投机主义者和“好阳”之叶公，这让我想到生活中一些人，他们口口声声说憧憬爱情，口口声声说对爱人始终如一，但在金钱、权势面前，即刻动摇了立场，出卖了爱情乃至人格和灵魂。还有一部分人，高举右手，宣称自己是某某主义者，宣誓自己为某某事业奋斗，“全心全意为什么什么服务”，其实，他们为升官发财，见风使舵，八面玲珑，何尝不是“高举右手唱高调，双膝跪地拜菩萨”的机会主义者？

冲着这一点，我要高声赞美太阳花，由衷敬重太阳花，它是名副其实、忠贞不贰的太阳追随者，是太阳的化身！

八

夏日炎炎如火烧。三十八度的高温，也没吓倒太阳花。

我掀开窗帘，看阳台上的青花瓷盆里，朵朵的红，朵朵的黄，在火一样的阳光中，骄傲地微笑。

透过太阳花，我看见了一方蓝蓝的天，纯洁而美好。

做人，能做到对爱情的忠贞，对信仰的忠贞，我还能有什么不能释怀的！

2008 年 7 月 7 日

劈柴

周末回家劈柴，帮父亲增添冬天的温暖。

南方的冬天不实行统一供暖，父亲必须为家里准备足够的柴火。为此，父亲已忙碌了一辈子。

冬天北方大雪纷飞，气温常常会零下二三十度，可是，到江浙一带工作的北方人都说，北方的冬天没有江浙的冬天冷。这话起初我很是不信，以为北方人滋生了家乡情结，才有此谰言。

然冬天去过北方雪国之后，方晓得北方人说的确实不假。

北方之冬尽管气温比江南低许多，那温度听起来觉得人会冻成冰棍，其实不然。北方冬天严寒，但空气湿度低，冷是干冷，给人的感觉是冷而不冻，冻而不威。再说，北方入冬后，政府就开始供暖，少则连续供应四个月，多则供应八九个月，人在室内，感觉温暖如春。而南方水汽大，冬天的冷是湿冷，冷气随水汽浸入肌肤，水汽所到之处，冻肌砭骨，不用说人，花草树木皆能冻萎，石头也能冻成齑粉。

打我记事以来，父亲每年都要为过冬取暖忙碌很长时间。为自己，为家庭。

夏天要去山上砍来木柴。要挑那些经烧的橡树、栎树砍，削去枝叶，放在屋外露天晒干。

干燥的木柴烧起来火旺，少烟气，烤火舒服。

夏天上山砍柴是件极苦的活儿。酷热难耐不说，被毒蚊子叮咬一口，会让皮肤红肿半月不退，甚至导致肌肉溃烂；夏季柴叶上多毛毛虫，若碰到毒毛，刺进肉里，也会红肿，奇痒，让人难受无比。在山边长大，我没少吃这种苦头。

吃多了苦，才发奋读书，赖在城市里生活。

父亲做了一辈子农民，跑不掉。要生活，要生存，父亲不怕吃苦——这世上哪有怕吃苦的农民呢？怕吃苦也做不了农民！

砍来的木柴经历夏秋暴晒，那些橡树、栎树失去水分，重量变轻，木质收紧。冬天烧了烤火，火旺炭足。但是，要拿来烧火，还必须锯成段，劈成片。

劈成片的木柴叫劈柴。父亲喜欢在冬天来临之前，把过冬的劈柴准备充足。

锯木是费力活。干燥的木柴会咬住锯齿，让人拉不动。我小时候在家，父亲锯木柴，总叫我帮他拉锯。

木柴架在三脚木马之上，父亲一手拉锯，一手扶住木柴，不让木柴滚动别断锯子——有时还得翘起一只脚踏住木马，才能稳住。

父亲站着，一脚踏地，一脚踏住木马，在上面推锯，我蹲在木马下拉锯，把木柴锯成一尺多长的木头段。

蹲着，拉着，不一会儿，腰酸背疼是自然的事。

父亲从不喊腰酸背疼，一个上午，父亲能锯一两千斤木柴。

现在父亲老了，今年上半年又得了一场大病，再也拉不动锯子，再也举不起斧子。

但冬天还得过，还得照样为取暖准备劈柴——而且得比以往准备更多的劈柴。上了年纪的老人，冬天喜欢煨在火堆边，就像怕冷的煨灶猫，失去了火，血液就会凝固。

周末我特意回家，目的就是接过父亲递过来的锯子和斧子。

木柴是几堆桑树。

父亲老了，再也无力上山砍柴。由于近几年老家农村办厂的越来越多，大气污染越来越严重，原先的蚕桑基地再也养不了蚕子，那些种在田里的大片桑树，便成了废物。这几年，桑农们纷纷挖掉桑树，改桑田为茶苗圃，或挖桑田为水塘，养殖小龙虾，那些粗大的桑树，成了无处堆放的累赘。

上半年父亲病愈，外出散心，见有人用挖土机挖桑林，叫苦桑树无处堆放，便想到了冬天烧火取暖——父亲是个有心人，焉能不在夏天想到冬天——父亲便问桑农买那些砍了无处堆放的桑树，而桑农正忙于改造桑田，正愁无处安置这许多废物，见我父亲要买，便手一挥，送了父亲几堆桑树。父亲喜不自禁，付了运费拉了回来，堆在屋前屋后，甚至院子里，像几座小山。

母亲说，这么多，够烧几年的了。

经过几个月的暴晒，桑树都已晒干。冬天就要来了，我得帮父亲把这些干桑树变成劈柴。

上午锯木，一如父亲年轻时锯木的情形。有所不同的是，父亲有时看见我锯不断木头，便蹲在木马下帮我拉两把锯子，仿佛年幼时的我。

上午锯了一堆木头，下午的活儿，就是把木头段劈开，小的一分为二，大的一分为四或一分为八。

劈柴是技术活儿。干燥的木头难锯，而劈开很轻松。把锯好的木头段子竖起来，人扎一个马步，举起斧子，对准木段中间劈下去，往往“咔嚓”一声，就一劈两半了。会劈的人不需要使多大力气，也不会把斧子砍到地上，手起斧落，木头分开，如切瓜一般，自然流畅得很。关键在于要眼明手快，对得住准头。

我好久没干这活儿了，一上来，斧子乱舞，不是斧子落空砍到地上，劈歪打倒木段，就是劈在木段边上，把木段剁得如狗啃。

父亲一旁看着，做了一些指导，我摸出门道后，就甩开膀子，劈得欢畅了。

我正值壮年，有的是力气。

劈好的木柴则用竹篾箍起来，箍成母亲能搬得动的小捆——因为做饭烧柴，都是母亲的活儿。因此，箍木柴的活儿，都是由母亲来完成。

我劈柴，父亲帮母亲拾掇，凑足一捆，就像箍桶一样，拦腰将木柴箍起来，然后两人抬到屋檐下，码放整齐。

这些年，我读书，在城里工作，劈柴的活儿，都是父亲和母亲共同完成。每年冬天，屋檐下都码着整整齐齐一长堆劈柴，那是父母亲辛劳的成绩。

很多次回家，看见父亲锯柴，母亲蹲在地上拉锯，我要干，他们还不让呢。现在，他们老了，我不干，谁干？

当寒冬来临，大雪纷飞，这些劈柴就派上用场。烧饭，烧火堆烤火。

山村的冬天特别冷，冬天无农事，人没处可去，便窝在家里烤火，打发时光。有火，温暖，人坐得住。

一家烧火，会吸引左邻右舍前来烤火。喝茶，看电视，嗑瓜子闲聊，寒冷打发了，一天的时光打发了，孤独感也打发了。

一个火堆，烧出冬的温暖、家的温馨、乡邻的温情。这是父亲喜欢的，也是我眼里的诗意生活。

做农民的，一辈子的生活，也许就这么点诗情画意。很多时候，在城里工作累了，便会想起父亲燃烧的火堆；春节放假，急急赶回家，也为了那温暖而温馨的火堆。

当然,爱烤火的大多是上了岁数的人,如我的父辈。跟我同辈的,很少有这样的福分了——时代发展,工厂都办到家门口,大多数人都进了工厂,打工谋生,难得清闲了。

父亲他们这一辈人老了,尽管生活条件改善许多,但没有人能改变他们的生活方式。

前几年,我把老屋换成了“别墅”,房间里装了空调,现代化的厨房设备一应俱全,可母亲依旧喜欢用柴火灶台烧饭做菜,父亲依旧喜欢冬天烧火烤火,不喜欢待在空调间里,还说土灶烧菜好吃,空调间气闷味道难闻。

我知道,空调房里,没有火堆边热闹,更没有火堆边的自在与温馨;再说,勤俭节约惯了的父亲,嫌电费贵,舍不得长时间开空调生活。

所以,造房子的时候,我在主屋的旁边,利用多下来的一点空间,建了两间小屋,一间做灶屋,另一间给父亲做冬天烤火的“火房”。两间小屋的屋檐,也特地做了“出水檐”,给父亲码放劈柴。劈柴堆得高高的,父亲心里才踏实,才觉得安稳。

父亲是地地道道的农民,靠自己的双手丰衣足食,靠自己的力量对抗寒冷。现在,他老了,我得为他多准备几块劈柴,让他的冬天,温暖而温馨。

2013 年 11 月 20 日

辣椒虫

我就是那无辣不欢的辣椒虫。

喜食辣，目前已到了“惊世骇俗”的地步。

有人说：“江西人不怕辣，湖南人辣不怕，四川人怕不辣。”我不是这三地之人，却是十足的“怕不辣”中的一份子。

在家中吃饭，若菜中不放辣，必然食不下咽。一日三餐，一年四季，家中最不缺的，必是辣椒了。

冰箱中有专门搜寻囤积起来的超辣辣椒酱，以备不时之需。乘过几次海航的班机，感觉那机上的黄辣椒酱真是过瘾，于是，隔三岔五，跑到某导游那里，央求她从海南代购辣椒酱，成箱带回，以便我大快朵颐。

去饭店吃饭，待菜上来，我必会招呼服务员：“麻烦你帮我找点辣椒或辣酱来，越辣越好。”可惜，能拿出好辣酱或辣椒的饭店，少之又少。最后没办法，只好用“泡椒”让我“将就将就”。我不是说泡椒不辣，而是我觉得这泡椒添加剂放多了，一吃就肚子疼，上吐下泻，受不了。

一般我出门旅游，得自带两瓶辣椒酱，吃完了就赶紧回家。不然没力气玩不说，三天不吃辣，要是生病就麻烦了。

因为那些话说得多了，现在跟领导、同事、朋友去饭店就餐，他们居然抢在我开口前，就招呼服务员说：“服务员，给这位先生拿点辣椒或辣酱来，越辣越好！”呵呵，我好这一口，似乎已经成了招牌了。

也许祖籍是河南，天生我就会吃辣。不过，小时候我吃辣可没这样厉害，读大学时，菜中有没有辣，也全无所谓。要怪就怪我刚毕业时，初踏入工作岗位的那个山区小镇。

印象中那个小镇的人都喜欢吃辣，几乎家家种辣椒，做剁椒，磨辣椒酱，烧菜时,啥菜都要放些辣椒;倘若是做一道火锅,那锅里必定是撒进通红一片辣椒。我深深记得,第一次在那儿吃饭,吃得我眼泪、鼻涕直流,汗如雨下。

也许我的骨子里就潜伏着大量的吃辣因子,一开口吃辣,便被猛然激活起来。在那个小镇,我居然没有被辣怕辣倒,反而越吃越过瘾,越吃越畅快。

其中有一位六十几岁的老太太,她做的辣椒酱最辣,为我最爱。离开那小镇多年,工作中的人物关系差不多忘尽了,唯独对那老太太的辣椒和辣椒酱念念不忘。只要小镇有熟人来,必然求他带老太太的辣椒酱——有时空闲,我也愿意开车长途奔袭,去那小镇买几斤老太太做的辣椒酱。

她做的辣椒酱,是目前我吃到的最好吃的辣椒酱。制作原料,全是选用辣椒中的极品辣椒"一寸钉朝天椒"拼加生姜大蒜子磨的,一般人吃一口,嘴巴和舌头会肿得老高。然而最合我口味,吃啥菜肴都抹上一点,啥菜都香。

商场里出售的辣椒酱,不辣不说,还放有大量的防腐剂,我吃了很容易拉肚子。老太太的辣椒酱,添加的是大蒜子和生姜等天然食品,制成辣酱后,倒入高度白酒保鲜,更加健康。

因为太好吃,故而三斤五斤,很快就会吃完。若是山区小镇没有熟人来,我只好去超市或菜市场购买黄辣椒干——那种黄颜色的干辣椒要比红颜色的辣得多,烧菜时放一两个,也能吃得有味。

可怜的就是我老婆,她父母原是临安人,不吃辣,她跟着我吃菜,简直受罪。

不过,爱屋及乌,两年"锤炼"下来,她也能吃一点点辣了,我做红烧青蟹,不放点辣,她居然也说"不好吃"了——两个人在一起相处久了,会慢慢变得越来越相像,尤其是口味。

变化最大的当然是我岳父岳母,初见我时,看见我那么会吃辣,真是把他们吓坏了,不晓得如何招待我这个"土匪",更不知道他们的宝贝女儿嫁给了我该怎么生活。现在,这两位老人家居然在菜园子里种起了辣椒,时不时地打电话来,叫我过去吃饭,还说专门买了辣椒酱等我去吃呢!

时下正是青椒大量上市之时,照讲我可以过足辣椒瘾,可惜,现在的辣椒跟现在的人一样,男人越来越娘,女人越来越像男人,这辣椒越来越像小白菜了,没一点辣味,吃起来真是寡然无味。

当然,实在想吃,我也会去菜市里挑。吃多了辣椒,手里也就握多了吃辣椒的经验。我能一眼看出,哪些辣椒辣,哪些不辣。挑选了青辣椒回来,我一般是整只洗净，用油焖，加点盐，不放其他任何调味料，半生不熟，吃起来也有点辣气。胃口好的时候，我一餐能吃一斤青辣椒。

有时老婆也想与我“共同分享”，我就把青椒剁碎，半斤辣椒，打入四只土鸡蛋拌匀，放油、盐，摆到蒸锅里，蒸成“青椒鸡蛋糕”，降低辣度，老婆能接受。

蒸好的青椒鸡蛋糕，外面一层有点黄，但里面的青椒，依旧保持绿色。黄色的鸡蛋与绿色的青椒混合，好看又好吃，老婆喜欢。

有人说，吃辣椒会导致皮肤不好。在我看来，这一定是讹传。我吃辣椒多年，只是感觉皮肤越来越白，越来越光洁，以至老婆好几次跟我说，想去韩国做个手术，跟我换张皮用用。呵呵，她对我雪白的皮肤“羡慕嫉妒恨”了。我说，跟我一起吃辣，保证你皮肤越来越白，越来越嫩，莫急。辣椒中含有大量维生素C，多吃当然会皮肤好。

有人说，吃辣的人脾气暴。我看，这也是谣传。我吃了这么多辣椒，脾气也不见得有多暴嘛。脾气跟一个人的修养有关，跟吃辣椒没有必然关系。当然，要是路见不平，或者谁欺负到我头上，把我惹急了，我怎么可能不暴？我可是大老爷们，天不怕地不怕，见谁都敢亮剑的爷们，你若敢干坏事，敢跑我头上拉屎，我不暴，你把我当小绵羊啊！

2011年8月3日

战蚊记

昨天晚上,我被蚊子整惨了!

在电脑上码字结束,已经是零点四十五分了,可以说,在洗澡的时候,差不多想躺在浴缸里睡一晚算了。匆匆把自己弄干净,往床上一倒,时间已是一点多了。天啊,明天还要上班呢!

正欲进入梦乡,忽然,耳畔传来一阵嗡嗡声——妈呀,房间里居然有蚊子!

一想到这家伙要吸我的血,立刻浑身不自在——那毒液注入皮肤里,会肿起一个个大包,不仅痒得难受,弄不好还会发炎成疮——这年头蚊子特别毒,我可没少领教!

没办法,只好爬起来,重新开灯,试图消灭这该死的“吸血鬼”。可是,目光一遍遍扫过房间四壁,外加天花板,又仔细查看各个角落,也没发现它的踪迹。

莫非我听错了,是疲劳得耳鸣?实在太困了,于是我熄了灯,又倒到床上。

熬夜久了,觉得那床就是块磁铁,挨近就想贴上去。可是,刚要迷糊,嗡嗡嗡,仿佛一架日本鬼子的轰炸机,从云端里窜出来,在我耳畔盘旋。

我顺着声音的方向一巴掌拍了出去!这么大的声音,一定是一只又肥又大的母蚊子,没有八两,也该有半斤。太恐怖了。

我赶紧爬起来,揿亮灯,检查一下刚落手的床头,没发现“轰炸机”坠毁的残骸。

天啊,它逃脱了!

我又环顾四周,忽然,我发现它在窗帘那里闪动,果然是只大蚊子!

我赶紧溜下床,扑到窗帘边。可是,等我到了窗帘前,哪还有它的影子!

我把窗帘拉过来又甩过去,想来个“敲山震虎”,把这该死的家伙赶出来,我相信,只要我看见它,就一定能消灭它。区区一个蚊子,我还收拾不了它?可从这头找到那头,也没看见这该死的蚊子。相反,倒看见铝合金窗子没关严,有手指宽的一条缝。

怪不得有蚊子!

我继续四下里搜寻,把衣服、毯子都抖了一遍,还是没找到它!

天啊,明天还要上班呢,这样折腾下去,明天还起得来吗?

因为忙,今年还没买过蚊香片,也没买过杀蚊子的药水,潜意识里,觉得夏天还很遥远,离蚊子闹的季节,还有段日子好挨。没想到蚊子这么早就上门了。

唉,舍不得孩子套不着狼。既然想吸我的血,我就让你来吸,看看谁厉害!

我搬出老经验,灯不关,躺在床上不动,静等蚊子自投罗网,然后趁机消灭它。以前读书,看到过有一项军事战略叫作“敌静我动”,现在我太疲惫了,没劲动,还是来个“我静敌动”,以逸待劳吧。

实在困了,躺那儿,眼皮子真有千斤重。可一想到那么大的蚊子,浑身都痒了起来,死撑也要撑住。

拼命撑了近十分钟,中间有多次差点眼睛就闭上了,正想睡去,该死的蚊子终于抵不住诱惑,现身了!它盘旋着,慢慢飞到我的胸前来。

天助我也!放着那么雪白粉嫩的大腿它不咬,非要飞到我胸前来,企图在我干瘪的前胸塑造一个包。我慢慢抬起双手,趁它正要降落到我胸口,我猛地双掌合击过去,身子也腾空而起。

这下,死定了吧!看你还耍不耍流氓!

我慢慢摊开手掌,想看看这该死的蚊子是个什么死相——我瞪大眼睛,却根本没有看见我想要见到的蚊子尸体——手指缝里没有,床单上也没有,翻身起来寻找还是没有。

天啊,我居然没击到它!就像打羽毛球,明明看见球飞过来,一挥拍子,球还没到,漏球了。

我太心急了!按照经验,应该是等蚊子叮在皮肤上,毒针刺进肉里,然后肌肉一收缩,把它给夹住,再从容地拍死它。也许是怕这么大的蚊子,毒针一刺进肉里,还不立即起个大包!

没打着蚊子,双掌却击得麻木——我这简直是自残啊。

我赶紧站起来,再次四下搜索,可哪还看得见它的影子!

这样一折腾,又去了近一个小时。想到明天还要开车上班,我觉得自己真的不能再折腾下去了。于是,我把空调温度调到 23 度,用被子把自己裹起来,真恨不得连头也钻进被子里。

不知道迷迷糊糊睡了多久，我忽然疼醒了过来——额头上、脸上又疼又痒，万分难受。我不停地抓，还是痒得难受。

我爬起来，开灯，到卫生间的镜子前一照，天啊，我的额头上、脸上，尽是一个个又红又大的包包，额头上的包包，居然整整齐齐排成一排，像小学生排队出操一样。更可气的是，鼻子上也隆起一个大包。

我愤怒了，一下子睡意全无——这叫我明天怎么见人啊！

我想到一句话，"对敌人仁慈，就是对自己残忍"，现在我觉得这话说得太有道理了。

这卑鄙的蚊子，总躲在暗处，跟人过不去，趁人不备来吸人血。你退一步，它进十步；你退一尺，它进十丈。它瞄准你了，吃定你了，你怎么躲也躲不过。对这卑鄙的家伙妥协，就是对自己犯罪。唯一的办法，就是绝不手软，坚决地、义无反顾地、彻底地消灭它。

我简直是气疯了，决定不睡觉，掘地三尺，也要把这卑鄙歹毒的家伙抓住，碎尸万段！于是，我重新回到房间，把门关严，我想这家伙吸多了血，一定飞不动，一定趴在哪儿美滋滋地享受着。

它在哪儿呢？

我的房间很简单，衣橱门都关着，虽是咖啡色，可灯光下它反光，蚊子停在上面我一定看得清楚，窗帘上也不会有，天花板上雪白，我也看得见——它吸饱了血，飞不动，可能趴在地上。红木地板，能够隐藏它的身影。

我低头在地板上搜索。忽然，我在床沿边的地板上发现了一个暗影。灯光下，它一动不动，肚皮鼓囊囊的。

再不能让它溜了，我脱下脚上的拖鞋，轻轻走过去，对准它，缓缓落下去，快到接近它时，我猛地砸了下去。

血液飞溅！

我把鞋底翻过来，终于看见了它罪恶的、肮脏的尸体！

2009年6月18日

回家

一夜蛙噪

老屋的土墙，薄得就像一张蚊帐。久别回家，睡在老屋，就像睡在院外的池塘。

院外池塘的蛙，高声谈论些什么呢？是说我少时的淘气吗？光着脚丫，从一块水田跃到另一块水田，追赶那田间的歌手。是说我少时的秉烛夜读吗？多少个夜晚，烛光从楼上的小窗映入池塘，打搅蛙们的恋爱。这些蛙呀，是我少时赌气的冤家。白天，我在田间地头耍弄它们的兄弟姐妹，而到了晚上，它们就在我院外大声喧哗，打乱我少年求知的思绪。夜晚的静谧，人生的未知，被这些蛙噪得渺茫而惆怅。特别是每到升学时，它们就会越发鼓噪得厉害，让一颗惶惑不安的心彻夜难眠。在它们的鼓噪声里，还掺和夜莺的短笛，菜花的芬芳，以及青草拔节的清香，把少年的心放飞到山外很远很远的地方。从孩提到少年，从小学到高中，我便在和蛙的赌气中，来到灯红酒绿的城市。

许多个夜晚，在城市的高楼上，在车来车往的睡梦中，我都能听见心灵深处，这些蛙大声歌唱，大声谈笑。于是，眼前便闪现了金灿灿的麦田，闪现母亲割麦时的身影，闪现母亲站在麦田迎风用袖口擦去汗水的微笑，而后，水汪汪的麦田，众多的蛙在歌唱收获，梦中的我，不久就在麦田绿成一棵秧苗，迎风招展……

今晚，蛙们在谈论什么呢？它们就像久别的乡亲，拉住我的手对我嘘寒问暖，我的心在这片蛙声中起伏荡漾，湿润的泥土的芬芳和干燥的麦粒的清香仿佛飘荡在眼前，我的心和蛙一起跳动，一起歌唱。

离别十余年，还是在蛙声中失眠，我的眼里满含泪水，我知道，命中注定，我也是喝这个池塘的水长大的。在这块土地上蹦跳的蛙呀，无论我走多远，无论我站多高，我都和你们一样，唱同一首歌，爱这块土地。

晨起听鸟鸣

早晨，我还躺在床上，鸟儿扑棱着翅膀，飞入梦中将我唤醒。伴随着清脆的鸟鸣声，我缓缓睁开眼睛，仿佛清澈的泉水从心间流过，四周冉冉升起清香。

推开小窗，漫山遍野的翠绿扑面而来。绿树上，麻雀，八哥，画眉，杜鹃，竹鸡……从山脊到山谷，从近山到远山，此起彼伏，整个山村仿佛就是一个音乐的天堂。我看不见歌手的身影，它们自在的婉转的歌声，就像漫山遍野的新绿，又如阳光下缀在叶尖上的晶莹晨露，清亮，圆润，甘洌，一滴滴在阳光下闪光，滴在我小小的心的湖泊里，无数圈波纹荡漾开去。那沾满灰尘的心，那长满青苔的心，顷刻之间被冲洗干净。我用手摸摸心口，那儿只剩下一块光洁圆润的卵石。那些被生活击痛的伤口呢？那些被爱情打伤的裂痕呢？那些被一切明枪暗箭中伤过的凹凹痕痕呢？我轻轻抖了抖身子，就像小鸟抖了抖羽毛，沙子、碎石、破钉烂箭，零零碎碎、叮叮当当地撒了一地，心中只有泉水，只有鸟鸣。我看见缪斯女神站在树梢上，向我微笑。

母亲在楼下喊我吃早饭，我伸了伸臂膀，看见阳光照在我身上，我绿得像树梢上的芽，在鸟鸣中舒展。

老屋

老屋老了，墙面上许多处石灰在风雨中脱落，斑驳一如母亲的头发，一块白一块黑。父亲说，屋脊上有几处瓦片也老了，守不住风雨，得找人整治一下。我知道，母亲和比母亲更年迈的父亲，还要坚持在老屋里升起炊烟，迎接阳光和燕子。

老屋老了，屋前屋后那些父亲早年种下的树，越发苍翠葱茏，它们环抱着老屋，遮掩着风雨，并用一些花香和鸟语与老屋交流思想，让老屋在风雨中不显得孤寂。若是秋天，树们还会挂一些果子，施舍南来北往的雀儿，当然，母亲也会收拾一些，在我回家时，装满我的行囊。

院墙也老了，盖在墙上的泥瓦长出了几许野草。那是顽皮的野风，从野地里衔来草的种子，落在瓦隙泥间，风雨滋润，就在院墙上生根发芽，似乎非要把老屋从黄土上抹去。后来母亲就在院墙上放了一盆仙人掌，这些热爱生命，不怕日晒雨淋、霜打雪压的仙人掌，顽强地占据了大半截院墙。五月里，仙人掌在院墙上绽放鲜黄的花朵，那就是母亲写的诗歌了。母亲看不懂我写的诗，而她的诗歌，例如炊烟和这院墙上的黄花，远比我写的任何文字都要深刻，耐读。三十年来，我每次回家，总是在院门外老远的地方就大声喊："妈，我回来了。"然后就听见母亲在屋里"唉"的一声，乐呵呵地跑出来打开院门，从我手中接过包。也不知多少回分别的时候，我走得很远了，母亲还站在门口张望。老屋老了，而院门还在我梦里，深情对我凝望。

给我生命，教我热爱生命的老屋真的老了。我不知道它还能在风雨中坚持多久。这让我的心中总有几分忧伤，许多日子，有事没事，我总会在城市乡下来回奔波，因为，无论走多远，我都看得见，老屋在黄昏的夕阳里朝我微笑，我回过头去就看见老屋的上空暖暖地飘荡着炊烟……

2002 年 5 月 1 日

打年货

今天我回乡,回到父母的传统生活里,帮老人家打年货。

老人家从今天开始就忙着张罗过春节了。中国的老人,大多还是习惯按照农历来生活。

我把车开到县城农贸市场,跟着父亲母亲在市场转了一圈,买了三十斤猪肉,三只猪大爪(猪前腿),三只猪赚头(猪舌头),四只猪耳朵和两只猪肚。老人家二十多年没有养猪了,可还念念不忘腌制腊肉,如果晚辈劝说吃多腌制品容易患癌,他们会固执地说:“如果吃腌制食品会得癌,那你大伯就活不到九十岁。”他们还说,如果没有发明农药,没有提炼地沟油技术,就不会有这么多人得癌。说着,父亲指着肉摊上瘦肉连着肉皮的猪肉说,这种肉不能买,吃瘦肉精长大的猪,肉就是这个样子。活到八十多岁,父亲总觉得自己的经验和理论胜过一切。

确实,没有腊味,生活就少了许多滋味。我的家乡是一个竹乡,一年四季都有竹笋吃,而烹饪竹笋最好的配料就是腊肉。过年时,来一锅仔腊肉炖早园笋,或腊肉骨头炖冬笋,老远就能闻到香味,让人口中生津。到了春天,漫山遍野都是毛笋、水竹笋、石竹笋、红竹笋,要是不准备点腊肉,那春天还有什么滋味!

要说吃腌制食品到底会不会得癌,个中细节也很难讲清楚。一百多年前,我的高祖父活到八十多岁——在清末那个黑暗的民不聊生的年代里,能活到六十已经是高寿了,几千年的封建社会,人生可都是“七十古来稀”的,可我做家谱时,竟然发现高祖去世时有八十多岁,我暗喜自己的家族有良好的长寿基因。

可不,我堂大伯今年九十整了,还能挖地种菜呢;我老父也八十有二了,还能每天早上骑着三轮车,到五公里外的镇上买菜呢。他们这一辈子就是从吃咸菜、腊肉中过来的,也都好好的。

老父八十有二,除了偶发哮喘,别无大恙,每年体检报告单上,血压、血脂指标比我还好，能走能跑，能吃能睡，思维清晰，上周他跟一个无锡的客商谈了一笔竹子买卖，还赚了两千多元“劳务费”呢！他说要把这笔“意外之财”全部拿来打年货，犒劳犒劳儿孙。

又转了一圈，老人家非常遗憾地说，没看到猪尾巴，没看中做腊肠用的猪大肠。

腊味猪尾巴炖冬笋，那比腊肉炖冬笋香气更足，味道也要好得多，近年来，这道菜一直是我家年夜饭餐桌上的必选。除了这道菜味道确实非常好，另一个原因，在于我喜欢。人到中年，我担心身体发福，平时不太愿意吃肉，过年时略微放任下食欲，加上猪尾巴是猪身上活动最多的肉，所以成了我的最爱。

制作腊肠和烹饪熘肥肠用的猪大肠，母亲必选那种吃百草长大的土猪猪肠，吃配方饲料的猪大肠腥气重，又油腻，母亲是不吃的，当然，也不会拿来待客。可现在，挑猪草养猪的人家已经很少了，甚至有一些不讲道德的人给猪吃瘦肉精。社会发展了，国家兴旺了，百姓富裕了，但也有很多美好的东西渐渐逝去。而我的父母依旧活在传统里，至今没有走出来，他们也不想走出来。

我说，没有就没有呗，过年吃新鲜菜，还好些。

母亲说，没有，过年就少了一道菜。是啊，过年少了一道菜，似乎就意味着待客不周到、不大方，作为家庭主妇的母亲，那失落感可想而知。几十年来，母亲总是拿最好的东西待客，她自己吃什么从来都是无所谓，泡饭就着咸菜吃，她也很知足。

父亲则说，不急，过年还早，他到其他地方转转，一天买一条，也能买到几十条猪尾、猪大肠。

这话不假。前年我女儿要吃土鸡蛋，父亲硬是跑了几个村子，不管大小，按照两元一个收购，最后给我买来十多斤。

母亲又说，买迟了，腌了就没有腊味了。

说得也是。腌制腊味，关键就是这个“腊”字，要赶在腊月里腌够时间，让盐分充分渗透进肉里，又恰好能不咸不淡，腌制好之后，还得赶在腊月里洗干净，用绳子吊起来，挂在竹竿上晒，一直晒到腊肉腊肠往下滴油，才真正算得上腊味。要是迟了，就算能在腊月里腌制好，可一旦等开春再拿出来晒，阳光过于猛烈，晒走了肉香不说，单是那苍蝇出来，往肉上一叮，腊肉就变质不好吃了。两个老人家干了一辈子这活，经验写在骨子里头呢。

可惜的是，身为他们的儿子，我只知道享受，没有学会其中任意一点，不知道他们百年之后，我拿什么过年。特别是，这些年来父母亲制作的腊味已经成了在外工作的我的乡愁，让我每逢佳节倍思亲，让我每到农历过大年，不管身在何处，再远也往家里赶。

全中国的儿女们，大概都如此吧，我想。

不过，一次能买来这么多年货，母亲也还是很开心的——回到家，我可以闲着，但父亲母亲还得继续忙碌，母亲要把买来的肉洗干净，把瓷缸和坛子洗干净，然后交给父亲，由他亲手抹盐，把肉一一腌制好。用盐的尺度，全在父亲心里。几十年来，父亲和母亲一直这样配合，唯一不同的是，今年腌制完毕，是父亲、母亲和我三个人一起把装肉的瓷缸挪到屋子的角落。不得不承认，父亲母亲老了，他俩已经搬不动装肉的瓷缸了，他们又不愿意让我一个人搬。

接下来的日子，两个老人家要忙着继续打年货。要买花鲢炸爆鱼，买黑鱼做鱼丸，他们不怕辛苦，恨不得把一辈子吃过的好吃的东西都准备起来；把一年积攒下来的钱全部拿来过年，他们也在所不惜。

近几年，用糖果招待客人已落伍了，父亲和母亲又在传统里，制作起番薯干和炒米糖来。我女儿就特喜欢她奶奶做的番薯干，既有番薯的甜，又有芝麻的香，还有丝丝陈皮的味道。女儿每次吃这个番薯干都停不下来，临走还要带走一袋。

腊月到，年也快到了，写下这些文字，我居然又像孩子般，盼望起过年了。

祝愿我亲爱的父亲母亲身体安康，永远为我守护灵魂的家园！

2016 年 1 月 2 日

出海，做一回渔夫

温州行的第四天，是出海捕鱼。

生在苕溪边，长在苕溪边，父亲又是个半耕半渔的农民，从小我就跟着父亲捕鱼。那时，西苕溪水清，鱼多。唐诗里说“西塞山前白鹭飞，桃花流水鳜鱼肥”，说的正是西苕溪。

西苕溪不仅是鳜鱼的产卵地，也是白鱼和鳊鱼的产卵地。春天一到，各种鱼儿就从长江蜂拥溯游而上，经太湖直奔西苕溪上游。

西苕溪上游水清滩急，山涧小溪和田间沟渠众多，水草丰美，是鱼儿理想的产卵生息地。春雨过后，溪水上涨，先是鲤鱼、鲫鱼洄游，那时，不要说西苕溪里满是鱼儿，即便是放水插秧的水田里，比巴掌还宽的鲫鱼也是黑压压一片。涨水时，用只竹篾编的笆篓，口朝沟渠，尾朝水田，放在进水的田缺里，不到半天工夫，就可以捉到好几斤鱼；待到退水时，用丈把宽的渔网在沟渠里一拦，收获不是一般的多——有一回我与弟弟一个上午就捉到一百二十多斤鱼！当然，所得几乎都是鲫鱼、小鲤鱼或鲦鱼，这类小鱼，大人们是不屑的。

大人们要捕的鱼，是鳜鱼、白鱼、鳊鱼、草鱼、螺蛳青之类，这类鱼块头大，肉味美，刺少肉多，值钱。像鲤鱼、白鲢之类，腥味重，肉又糙，据说还容易诱发疾病，家住苕溪边的人们一般是不吃的——那时鱼多不吃，现在没有鱼，也几乎不吃。时下，市场上青菜萝卜价钱都在五六元一斤，在苕溪边，打上来的四五斤重的野生白鲢和鲤鱼，两元一斤也没人要。

到了产卵季，鱼儿完全抛弃安全概念，成群结队地，不顾死活地，游到岸边水草里恋爱、产卵。此时抓鱼，真是易如反掌啊。用撒网撒，用扳网扳，用赶网赶，用网兜网。随你用什么，都能抓到鱼。

住在河边，有几个男人不是抓鱼的好手?！在我认识的人中，有一个叫“三潭子”的，岁数与我爷爷相仿，水性极好，一个猛子可以钻过三个水潭，他捕鱼的方法，是飞叉叉鱼。

那是一种绝活。三潭子拥有一大一小两把鱼叉，小鱼叉有四个铁齿，形状像灯笼，又名灯笼叉；大鱼叉有三个粗如手指的铁齿，一字排列。小鱼叉叉三五斤重的小鱼，大鱼叉专门对付几十斤重的大鱼。

我目睹过三潭子捕鱼的本领。那天西苕溪水暴涨，水几乎与岸持平，三潭子站在岸边，目光在浑浊的河面上扫来扫去。

我的目光也在河面来回晃动，可我只看见河面上漂浮的木板、树枝、稻草、树叶，以及偶尔夹杂在里面的上下沉浮的西瓜皮。我根本看不见哪儿有鱼的影子。

忽然，我觉得身边人影子一闪，仿佛一道闪电劈向河里。回头看时，三潭子的小鱼叉已经出手了，正慢慢往回收一根细线，不久，鱼叉柄浮出水面，接着，是流着血的鱼在水面挣扎。

我不知道三潭子是怎么看出水里鱼影的，也不知道他为什么出手那么准，几乎百发百中，极少失手。

有人说他是太平军的后裔，是练家子，厉害着呢；也有人说他文武双全，身逢乱世而不济，故意隐居苕溪。这些都是传说，无从考证，但我知道，他除了会捕鱼，还会说书，我很小的时候就听他说《封神演义》和《岳飞传》，说得精彩极了；我还知道，他懂中医，知道很多治疗创伤的草药，可惜，我怎么央求，他也不肯传我。

我父亲倒是跟他学了不少捕鱼的技巧。我父亲也喜欢飞叉叉鱼，但本领没有三潭子强，我父亲更喜欢用撒网捕鱼。撒网就是那种网底有铅坠子的线网，用的时候，把网手拢在手里，看见鱼影，一手抓住纲绳，一手把网甩出去，网铺天盖地往河里一罩，待网全部沉入水底，再慢慢往回收网绳，一网下去，大鱼小鱼能拉上来一大堆。在我记忆里，有一年夏天，父亲一个夜里就抓到五条一百斤以上的螺蛳青，每条鱼都比人长，需要几个人抬到家里。

最热闹的是捕白鱼了。

西苕溪白鱼比鳜鱼的肉还要细嫩鲜美，最佳的烹饪方法，就是先腌二三十分钟，然后清蒸，或者切几片腊肉放里面一起蒸，揭锅时鱼香扑鼻，尝一口，鱼鲜美的滋味能让五脏六腑都瞬间柔软融化。

白鱼的产卵季是每年六七月，江南梅雨连绵，苕溪水暴涨的时候，那时，白鱼一大群一大群地浮游水面，即便溪水浑浊，也能看见它们黑压压的身影，用扳网、撒网、过河罾来捕，最合适不过。

过河罾就是那种覆盖整个河面的扳网，得用机器拉动，一般人家玩不起，而撒网捕鱼则是技术活，很难学会，撒不来的人，往往连人带网飞到河里——铅坠子太重，网撒出去，就会把人拉飞起来——遇到河水暴涨，水性若不佳，那可不是玩的。我也想跟父亲学撒网捕鱼，父亲总说我"读书人学这个干吗"，而不肯教我。于是我只好学扳网捕鱼。扳网捕鱼最简单，只要一张网，三四根粗细不等的竹竿就行。趁涨水的时候，架在河岸边，半晌工夫，大鱼小鱼抓几十斤没有问题。

从记事起，一直到走进大学校门，我哪年不捕鱼！

春夏捕鱼，秋季夜里抓大闸蟹，河里的鱼蟹就是大自然给勤劳人的最好馈赠，谁不愿接受上苍给的这么美的恩赐呢。

捕鱼就是我的青春岁月，捕鱼就是我记忆里唯一的快乐啊。我的第一个笔名，我的网名，都跟捕鱼有关，而且一直用到现在。捕鱼，是我深深的眷恋。

所以，当今年单位里允许我们这些忙人外出休假几天，让我们在丽水、衢州、宁波、嘉兴、温州五条线路中任选一条，我第一个就选了温州——因为我看见这条线路里有一个项目，就是出海捕鱼！

从读大学到参加工作，这二三十年间，我再也没有捕过鱼。

一是二十世纪八九十年代，西苕溪的上游建了几家造纸厂，西苕溪水质遭受严重污染，鱼虾几乎绝迹；二来忙于工作，忙于家庭，忙于生活，也就没了捕鱼的闲情雅致。近几年开展环境治理，听说西苕溪的鱼儿又回来了，河畔又满是捕鱼人，潜伏在我骨子里，流淌在我血液里的捕鱼念想，开始像谷子那样萌发了，我真想买一张扳网，回老家捕鱼去。

从报名的那一刻，我就幻想过无数大海捕鱼的方式。是乘船出海撒网捕鱼，还是坐在岩石上，用根海竿垂钓，抑或在滩涂的淤泥里，滑着木板抓跳跳鱼，人糊得跟泥猴一样？

这些，都是我在电视上看见的海边人们捕鱼的方式。

说实在的，我多次在大海里游过泳，还从没有捕过一次鱼呢！我也没亲眼见过海边渔民现在如何捕鱼。

我想，不管是何种方式，能在大海里捕鱼，能试一试我小时候捕鱼的身手，又能亲近大海，说不定还能畅游大海，那是多么惬意的事啊。更何况，导游早就说，捕回来的海鲜都属于自己，第四天游程的晚餐海鲜大餐，得靠自己下海捕获！

我喜欢吃鱼，也爱吃海鲜。旅游能捕鱼，还能吃海鲜，多美的事！

游程第四天一大早，我就从箱子里拿出准备好的泳衣泳帽，装入背包，准备出海，好好做一回渔夫了。可出门上了大巴，导游告知上午游览洞头仙叠岩景区，下午才下海捕鱼。

全团游客无不是冲着捕鱼来的，一见到辽阔的大海，个个脸上兴奋的光芒都开始流淌了，哪还有心思欣赏岩石之美。在仙叠岩景区，大家都是一路小跑“看”完了整个景区，急忙上了中巴车，冲向炮台山，与抗倭英雄戚继光的雕像合个影，随即回到景区门口，催促导游早开午饭，早点出海捕鱼去。

吃过午餐，我们立马上车前往洞头渔村，登上导游租好的渔船，我们终于得以出海捕鱼了！

我们团队五十一人，除了两人出于身体原因不能登船出海之外，其余四十九人，分成五个小组，平均约十人一条渔船。也不等导游分配好人马，大伙儿就纷纷抢着往渔船上跳，船老板数到十人，就把其余的队员截留在下一条船上，我算腿脚利索的，有幸登上第一条渔船。

这是一条体积比较大的铁质机动船，上下两层，下层船尾甲板上堆放着渔网和机器，船舱内两侧放着几只沙发，中间位置放着一个大茶几，船头是驾驶室。船上两个船员，一个驾船，一个张罗活计。

在船尾与船窗接合部，有一个钢制楼梯，可以登到船上层。我登上去一看，上层几个钢柱顶着一张巨大的钢棚，船沿四周被半人高的钢护栏围着，安全得很。钢棚中间，是一张可以围坐十四五人的桌子，而且桌子还连着十几张椅子，椅子上堆放着几十件橙色的救生衣。看来，这渔船是专门为游客出海捕鱼准备的。

我赶紧穿上救生衣，准备开始捕鱼。

我下到船舱时，船已经突突突地驶离了港口，我走到船老大身边，问道：“请问，鱼怎么捕，要下海么？”

“不用下海，用拖网捕！”船老大头也不回。

“不用我们亲自动手？”

“不用！”

“什么？不是让我们亲自动手捕鱼？”我有些吃惊，简直不敢相信自己的耳朵，所以又追问一遍。

“嗯！”

我扫视了一下船尾的渔网和机器，忽然明白了，原来宣称的“出海捕鱼”，不过是出海“看渔民怎么捕鱼”！所谓的“捕鱼”，无非是看渔民如何把渔网撒到大海里，然后由机器把渔网绞上来——虽然我一次也没看过渔民怎么在大海捕鱼，但一看那机器，跟苕溪边过河罾的绞机差不了多少，我就明白是怎么一回事了。

出海做渔夫，无非是出海观光而已！我很是失望。

“你也不看看，海有多大，你以为是在你老家西苕溪啊，你还想下海捕鱼！当心掉到海里喂鲨鱼！”同行老郑揶揄我说。

是啊，“捕鱼”不过是旅行社吸引游客的一个噱头，旅行社怎么可能让游客“下海捕鱼”呢，看来是我太过于怀念往昔生活，做了一回天真美梦罢了。

就在我发愣之际，船老大问我们道：“你们是要多捕些鱼，还是无所谓？”

“当然要多捕些鱼了，这还要问！”我们异口同声回应道，“今晚的晚餐‘海鲜大餐’，得靠您解决呢！”

“那要出一百元钱！”船老大说。

“为什么？旅行社不是已经付了租金么？”

“租金是租金！出不出一百元，你们自愿！”“自愿”两个字，船老大说得很重。

我们沉默了一会儿。上了人家的船，身已在海上，还能怎么说。

老郑从口袋里抽出一百元，塞到船老大手里，说道：“我们当然愿意付，希望老板能为我们多捕一点鱼！”

“那当然！”船老大接过百元钞票，瞄了一眼，依旧不看我们一眼，专注地驾驶着他的船。

说真的，幸好是老郑经验丰富，颇懂人情世故，果断地掏出一百元给船老大，否则，结果完全就是两样了，这是后话，暂且不提。

待渔船驶出跨海大桥，来到出海口，站在船尾的另一船员就往海里抛渔网，果不其然，拖网捕鱼与我猜想的一致，渔船在前面开，渔网在后面拖，能不能捕到鱼，除了运气，还要看船老大怎么选择路线，另外，则要看船老大有没有把铅块缀在渔网上，让渔网沉到海底——没有看过海捕的，哪能知道这一环节，一百元的额外价钱，加的其实就是缀铅块啊！

知道了捕鱼不关己事，又不能下海游泳，我很是失落，但想着能到大海深处，看看辽阔的大海，吹吹湿润而凉爽的海风，在这个火烧似的炎炎夏日，也是一件快事，心里略为宽慰。

我们一行又回到上层甲板，我一点人数，我们船竟然来了十一个人——七位帅哥，四位美女。既然捕鱼不用亲自动手，大家倚着船栏，摆出各种姿势互拍或自拍，忙着发微信朋友圈，拍了船尾又拍船头，亢奋得不得了，叫嚷声把随船飞行的海鸟都吓跑了。

渔船一直往大海中心开进，渐渐地，跨海大桥退到身后，一点也看不见了；岛屿也渐渐后退，成为身后缥缈的一个黑点。站在船头，朝大海深处看，海水完全与天空连接在一起，海天一色，蔚蓝蔚蓝的，无边无际，说不出的苍茫辽阔。

刚上船我还觉得所乘船只蛮大的，到了大海中间，我才感到，这船不过是沧海一粟，我们这些船中人，就像明末张岱所说的“舟中人两三粒(芥子)而已”，大海真是辽阔，大自然真是伟大啊！

忽然，我觉得船上安静下来，回头一看，四位女士都坐到了桌边，俯在桌上，头深深埋进胳膊肘，一个也不吱声了。

“嗨，你们怎么了?”我问道。

“晕船了呗！”同事阿施说。他还说，人晕船与晕车不同，晕车是耳朵里的平衡骨在作祟，而大海里晕船，是大海磁场在作祟，当人看不见海岸，大海磁场就会影响人的头脑，让人产生眩晕感。

我笑着说：“我怎么不晕呢?”

他说：“不是不晕，你还没到时候，就是常年海上走的海员，也没有哪个不经历几回翻江倒海，晕几回船的。”

说着，他说他也晕了，就往下舱跑，说要呕吐去。

我笑着说：“哪有什么磁场，是你缺少水上生活，对水有恐惧心理吧！”

不是吗？在这茫茫大海上，在这脚踏不稳的水面上，不产生畏惧感才怪。

“船继续往前开，会开到钓鱼岛吧?”小黄坐在位置上，问我说。

“瞎说，钓鱼岛远得很，以这样的速度连续不停开，我问过船老大，至少还要五十五个小时呢！”老郑正好从下舱上来，抢过小黄的话答道，“我在下面问过船老大，我们距离钓鱼岛远着呢，我们才离岸十来公里。”

“看地图，钓鱼岛距离陆地不远，没想到要开这么长时间。”坐在小黄身旁的阿勇说。

“你现在知道大海有多辽阔了吧！”老郑说。

“那是！前天我看新闻，说台湾渔民从台湾开船到南海太平岛，要走半个月，你说这海有多大!”阿勇感慨地说。

“这正说明我们中国地大物博——诗人,你来几句诗吧!”小黄朝着我嚷道。

我的心正被辽阔二字充满,什么也没去想,空荡荡一片,哪能马上写出诗来!

“地倒是很大,物博与不博,待会儿渔网拉上来,你就知道了!”一直没开口说话的老王接过话茬,话中有话地说。

“报纸上说,东海早就没有什么鱼可捕,渔民都跑到其他地方捕鱼了呢!”阿勇说。

“谁叫咱们国家人口这么多!”一直没说话的老林说。

“那不是人口多的问题,是毫无节制,不懂……”老王正想说什么,忽然听见阿施在下面喊道:“快下来,要收网了!”

可不是,渔船已经调转头,往回驶了。

听说要收网了,趴在桌上的美女们瞬间活了过来,举着手机呼叫着往下层船舱跑。

我们也顾不得谈天说地了,也忙往下跑,急于看看有没有收获。

随着机器的隆隆声,拖网的纲绳被一圈一圈绞在轮毂上,渔网缓缓地从海中拉起。我们十几个人或举着手机,或举着相机,或拍或录,记录着收网步骤。

当沉重的铅块收到船上之后,绞机缓缓地拉起渔网——

白光闪烁,一大网兜鱼虾被提出了水面。

“哇塞,好多鱼啊!”我惊叹道。

“大丰收! 大丰收!”十几个人一起叫嚷起来。

船老大把渔网松开,一大堆鱼虾哗啦一声,在甲板上散开,只见鱼虾乱蹦,螃蟹四散奔逃。

美女们高声尖叫着,一手拿手机追着螃蟹拍照,一手抓螃蟹,甲板上沸腾了。

“哎哟,妈呀——”同事小印的手指被大青蟹的大螯钳住了,疼得哇哇大叫,大家不仅没有表示同情,反而哈哈笑着,要她把悬吊着巨大青蟹的手指举高,然后拍照发微信。

小印痛得作鬼叫,我估计十公里外的岛上都能听见。

船老大过来,叫小印把手指放入甲板上的水桶里,他说,螃蟹到了水里,不会使劲夹了,保持不动,一会儿就会自动放开手指。

我也不想错过这个跟小印开玩笑的机会,故意拉着她的手,不让她把手浸到水桶里，让她继续哇哇大叫，把她的怪模样拍成视频。每个人都咧开嘴大笑，乐不可支。

船老大丢来几只白色泡沫箱，要我们赶快把这些鱼虾分开装箱，不然，一会儿死了，味道就不新鲜了，我们才开始蹲下身，一手持手机、相机拍摄，一手从鱼堆里分拣出鱼虾蟹，分别丢进塑料筐里。每抓起一条或一只，都会高兴地叫喊说："哇，这个大！"

不一会儿，青蟹就装满大大的一塑料筐，皮皮虾和对虾也装了半个塑料箱，龙头鱼和海鳗也几乎装满了另一只塑料筐，这一拖网，我们收获了近百斤鱼虾蟹，而且，蟹都是市面价格比较贵的青蟹，虾则都是皮皮虾和对虾，个头硕大。

小鲨鱼以及寄居蟹之类，趁它们还在活蹦乱跳，我们全扔回了大海。

大概是觉得捕获太多，老郑又把一些小虾小蟹扔进了大海，他说，我们不要对大自然索取太多。

我觉得这老兄挺有意思的，他似乎说出了老王没有说完的话。

挑选完毕，船老大又不知从哪里拉出一泡沫箱冰块和几个空泡沫箱，与我们谈好价格之后，把挑选好的鱼虾倒进铺有冰块的泡沫箱内，又在装好的鱼虾之上覆盖一层冰块，然后，盖上泡沫盖，用胶带密封捆扎好，以便我们上岸后可以带走。

人在忙活，船却没有停下，收获颇丰，返航的心情是特别的爽，再也没有人晕船了。

到了码头我们才知道，这次出海捕鱼，五个小组，四个给船老大一百元的，都收获了七八十斤海鲜，而没有给钱的那一组，才打上来一碗鱼虾。

傍晚时分，我们带着捕来的海鲜，回到温州市区，在我们住宿的香格里拉大酒店附近，找了一家小餐馆，出钱请老板为我们加工。不多说，各位能够想象得出，这一晚的海鲜大餐，我们吃得有多 high。

在酒桌上，我们大块吃鱼，大碗喝酒。我感觉，虽然这次出海没做成渔夫，没有享受捕鱼之乐，但欣赏了大海的壮美，收获了大海的馈赠，还大快朵颐地享受了各种海鲜美味，让我感觉温州这趟没白来。

我准备，回家以后，买张大眼扳网，找个机会回西苕溪，好好做一回渔夫。

2016 年 9 月 26 日

春天，与杜鹃花有个约会

唐代大诗人白居易有诗云："江南好，风景旧曾谙。日出江花红胜火，春来江水绿如蓝，能不忆江南？"不错，江南大地，气候温润，四季鲜明；山川平原，错落有致；植物丰富，风景变幻无穷。一个"好"字，不仅道出了诗人对江南大地无尽的喜爱流连之情，更写出了千百年来人们对这块风水宝地的赞美。

江南好，最好自然是春天。春天的江南大地，繁花似锦，美若天堂。看吧，"江北垂杨未爆芽，江南水绿万重花""东风次第有花开""千里莺啼绿映红""花红水绿斗春妍""野棠梨发树蔫绵"……无穷的诗句都不过是大海中的一滴水，江南，是美的海，是花的洋。

江南美，苏州和杭州当推之为最，"上有天堂，下有苏杭"，古人的评价，经得起历史的检验。在苏州和杭州之间，有一方山水尤美的江南大地——竹乡安吉，春天更是绿茵千里，万紫千红。

大概是占尽地理优势的缘故吧，春天的安吉，花开得闹猛。蜡梅花开之后，春梅、茶梅竞相绽放，接着，玉兰、杏、桃、李、海棠一股脑儿齐上阵，铺天盖地，一浪高过一浪。三月的竹乡被鲜花的浪潮覆盖。

到了仲春时节，安吉大地上的花势涌现了一个巨大的高潮——漫山遍野杜鹃花盛开，像一个乐章演奏到最高亢的部分。

安吉地处天目山系，多丘陵。山上植被丰富，森林覆盖率高，不乏杜鹃花的身影。红的，黄的，紫的，蓝的，或扎成堆，或连成片，在绿竹林里，在柴树间，在山崖峭壁上，无不有杜鹃灿烂的笑靥。"映山红"把山映红了，不假。

来自安吉山村的我，从小就熟谙山上的杜鹃花，如同熟悉自己的发肤，什么颜色，什么形状，什么气息，什么味道，闭上眼，她们艳丽的身影就浮现在面前。

红杜鹃，俗名"映山红"，是山上生长得最多的杜鹃品种，也是最受人喜爱的品种。我喜欢它,不仅是因为它有着喜庆的大红色,还在于它的花瓣可以吃。小时候放学走在山路上,或者上山砍柴,看见初开的鲜艳的花朵,总情不自禁地摘几朵,去掉花蕊,放进嘴里,慢慢嚼出它甘甜的滋味。有时候,还会找一根干净的细竹棒,把映山红的花朵摘来,串到竹棒上,串一长串,慢慢吃。或者,用根线,串成一根"项链"挂在颈子上,想来就低头吃几朵。很惬意,回忆起来也很诗意。

这是我唯一生吃过的花朵,所以记忆特别深刻。以至若干年后,看金庸的武侠小说《书剑恩仇录》,读到香香公主吃花的情节,感觉那写的就是一个真实的女子,而不是作者的虚构——因为,不仅我这个"臭男人"吃过花,我小学的同学,无论男生女生,好像都吃过,他们对映山红的喜爱程度,也绝对不低于我。

安吉境内山上的杜鹃花,还有紫红色、金黄色和淡蓝色三种。紫杜鹃比红杜鹃开花略迟,黄杜鹃比紫杜鹃开花又稍微迟些日子。据说,紫、黄杜鹃花朵都有毒素,不能吃,故不曾被我喜爱过。现在,从观赏的角度看,这两种杜鹃花竟是很迷人的。

另有一种蓝色花朵的杜鹃,值得一提。这颜色的杜鹃树比红、黄、紫花杜鹃要粗大,树皮也比较光洁,喜欢生长在阴坡的悬崖峭壁上,叶子比那三色要小而圆,绿而厚,油脂感强,冬天不落叶。开花的时候,新叶生长几乎与花同步,不像那三色先花朵开满枝丫然后再生叶子。这种蓝杜鹃花朵也比红、黄、紫花杜鹃花朵要小,开花的时候,仿佛是万千蓝蝴蝶栖息在嫩叶中间,非常漂亮。

后来读书来到城市,就再也没有上山砍过柴,再也没有吃过杜鹃花。

城市的公园里,街道的花坛里,居住的小区里,也有大片的杜鹃花种植。不过,这种色泽如绸缎般光滑的杜鹃花,都是西洋杜鹃,花瓣艳得妖媚,让人无论如何也不能把它与"吃"联系在一起。每每看到西洋杜鹃,我总把目光抬起来,投向远处的山上——那淡蓝色的远山上,一定盛开着海洋般壮丽的杜鹃花吧。可惜,总找不到一段时间,到家乡的山上,到杜鹃的海洋里,去畅泳,去领略"千里莺啼绿映红"的美好。

就在我要感叹"林花谢了春红,太匆匆",又要错过漫山遍野杜鹃花潮的壮美时,忽接到朋友的邀请,邀我去赏杜鹃花展。

这个由安吉县文联、县林业局和县盆景协会联合举办的杜鹃花展,有个很诱惑人心的名字,叫"相约春天",仿佛是为我专门定制的。花展的地点选在驿站广场边上一个小巧玲珑的院落里。院落四周,被各种鲜花簇拥,绯红的日本晚樱如祥云,大红的曼陀罗如繁星,雪白的绣球花压弯了枝丫,紫红的石楠排成龙……高大的银杏嫩绿欲滴，繁茂的香樟新叶嫩红如烟火……还没赏杜鹃，我已经被这广场和院落周围的春光狠狠地击中，内心不断涌出一句句优美的诗句。

走进院子，眼前猛然一亮。真的，这绝不是仲春的阳光照耀，而是盆盆熊熊燃烧的杜鹃花，光亮照透了整个院落。

小小的院落，外表看上去没什么奇特，里面却是一个正儿八经的江南园林的布局。赭红的古典的小楼，围着一汪清水的池沼。曲径，假山，湖石，亭、台、廊、桥，样样俱全，透出古色古香的韵致。不过，这都是次要的。让我喜不自禁的是，庭院曲径边上，假山上，池沼四周裸露的太湖石上，亭子的石桌上，道旁的石椅上，廊边上，桥头，无不摆放着各具情态且又炽烈盛开的杜鹃盆景——我熟悉的大红，粉紫，淡蓝……一树树仿佛都正翘首顾盼，等待久违的一次相逢。

正对院门的那一大盆，老桩新枝上，鲜红的花儿朵朵盛开，层层叠叠，不见一丝缝隙，也不见一片绿叶，宛如浮在空中的一团红色祥云。多么熟悉的花儿，仿佛就是旧时相好，朵朵在朝我欢笑。我走过去，仔细端详，发现盆中置有一纸片，上写树品种，还有树龄，赫然是“160 年”！160 年，依然繁花茂盛，春意盎然，让每一个目睹芳容的游览者惊羡不已。

别过脸来，又一簇紫色，立于池畔，朝我凝望。椭圆的紫砂陶盆之中，老枝纵横，自成一方山水。七八支老枝上，又都伸出若干细长新枝，新枝上段，尽开粉紫色的花朵，下段，新绿鹅黄，欲展未展，柔嫩无骨，风不忍吹拂，真是令人爱煞！如此佳人，该是我儿时见的谁与谁？可叹伊人依旧笑春风，刘郎已老。

沿着小径，一路欣赏，觉得盆盆都有特色。那枝头缀满花骨朵含苞待放的，我呼之曰“豆蔻年华”；那嫩枝高挑，亭亭玉立而紫纱者，我喊她“下凡仙女”；那盆老枝上仅有一茎红花的，我窃称之为“俏老太”……虽都是安吉本土的杜鹃品种，但在爱花的匠师们的养护和装扮下，盆盆姹紫嫣红，分外妖娆。她们身上，浓缩了安吉的春色，浓缩了安吉的山水，也浓缩了安吉人的爱美之心和浪漫情怀。

最为心仪的，是被标明“001”和“002”的两盆。

“001”是盆紫鹃，造型稳重、大气，树龄有 260 余年而花朵繁密，在这一百余盆美色中，独她具有“一统山河”的气派，我把她命名为“国太”。

“002”号展品，是唯一一盆蓝鹃，碗口粗尺来长的树干却摆了个“S”形的 pose，偃卧盆中，除了一枝藤攀附老干而上，再无旁枝。而顶上却是一大蓬嫩枝嫩叶，嫩叶中间，一朵朵淡蓝色的小花嫣然而笑。这样的描述，何及那盆杜鹃的万分之一生动！我看她无处不在燃烧生命的活力和热情，无处不在表露对春天的热爱和参与。我无法找到一个合适的名词来称呼她，我只把我最喜爱的一个称谓给她：野丫头。

孙逖有诗云："闻唱梅花落，江南春意深。"依我看来，在安吉，应改为"闻唱杜鹃开，江南春意深"才最为恰当。杜鹃开过，江南大地便真真切切地"绿肥红瘦"了，夏天的影子就会映在四月的门槛上，倘若知了唱一声，夏天便闪了进来，流水落花春去也。于是，与杜鹃花的约会，就成了与春天的约会。

王观说："若到江南赶上春，千万和春住。"

姜夔说："高柳垂阴，老鱼吹浪，留我花间住。"

春天，赴一个杜鹃花的约会，赴一场美的盛典，赴一场乡愁的盛宴。身住江南，爱春天的我，爱花的我，多想找一朵红花、紫花、蓝花，永住。

2008 年 4 月 10 日

风致

所有的树，枝丫上都缀满绿色的快乐
无风的时候
每一片绿叶都是一个无声的微笑
如果，来一阵小小的风
所有的叶子都会咯咯咯地笑出声来
树的每一条手臂都舞动起来
最后，它的腰也会欢快地扭起来

如同我，看见你长发飘飘从远处走来
我张开双臂欢呼着小跑过来

逗虫记

一只很美丽的虫子！

圆圆的身子，如我小指甲盖般大小，黑质的甲壳上，像被谁用针尖蘸着白色涂料点了不少小圆点。它慢悠悠地在这树荫下爬着，用它短短的小触须东触触西碰碰，可爱极了。

我见到它时，它没看见坐在长木椅上喘息的我。长木椅在香樟树下面。很大的香樟树，枝叶茂密，遮天蔽日，在这家单位幽静的院落里，撑起一大片浓荫，将夏天最毒辣的阳光挡在几丈外的地面上，她怀里的一缕细细的小风，抚慰了我的劳累，也暂时美丽了我完成任务后的心情——我从百余里外的另一个城市，被支使赶到这里完成一项毫无意义的任务，被毒辣的太阳暴晒，懊恼和无奈是不必说的。

我看见它时，它貌似正在游山玩水。昨天傍晚下过暴雨，地面上一些香樟树的落叶和一些细小的枯枝还未清理。也许，它原本生活在树上，不小心被暴雨打落在地，在新的世界，它正好奇呢！它实在可爱极了。

于是，我有了逗一逗它的愿望。我从地上捡起一小节枯树枝，很细的那种，我怕伤着它。我用树枝轻轻地在它背上磕了一下。

它正爬到我的脚下。一只硕大的鞋子，让它很好奇。它的触角不停地挥舞着，像是在研究我的鞋子是什么东西，鞋面上的油和蜡一定刺激它了，它一定打喷嚏了。它不想爬上我的鞋子，正转身想走，我的小树枝磕到它背上。

它真的吓了一大跳！它猛地从地面上弹起来，弹得很高，几乎超过我的膝盖的高度！

这倒让我也吃了一惊，没想到小小的它，居然这么能跳！按照比例，我们人一蹦跃过十层楼，也比不过它。

可笑的是，它的跳跃，居然是垂直起落。它啪的一声跳起来，又啪的一声落到原地——几乎是原地。所以，我认为，这是它突然受到惊吓，吓了一大跳的缘故。真是太可爱了！这更让我好奇心大发。

它落地之后，停了片刻，便立刻像高速运转的火车转动轮子般，转动它那许多脚（我没有数，只好认为是许多了），飞一样向着来路逃跑。没一点迟疑，没一点张望，即使面前横着小树枝，它也不顾是否撞着，一跃而过，比我飙车还快。

我怎么舍得就此让这可爱的虫子逃去！

我俯下身，把小树枝横在它前面，望回一拨，它又回来了。

它八脚（我认为它有八只脚）朝天回来的。它圆圆的身子还没有停稳，还在水泥地上打着圈子旋转，可它的那许多脚却在不停朝天挥舞，像四脚朝天但发动机没熄火的汽车，车身倒了，轮子还在飞速运转，还在奔驰。

它很机灵。就在我眼睛一眨的瞬间，它居然一个鲤鱼打挺，掉过身来了。我居然没看仔细它是怎么翻过来的，这动作做得实在太快了。呵，本事不小嘛！它掉过身，立即又换了个方向奔去，它一定被吓坏了，心想：这是什么东西，居然如此厉害，居然让我莫名其妙地栽个大跟头。这次它逃得更快，看见一张小小的香樟树叶，便一头撞了进去，也不管树叶最终被它顶起，我依然能从侧面看见它。

真叫人发噱！我呵呵一笑，用树枝一挑，使它暴露出来。它以飞快的速度，拔腿就跑。

我还没看清它翻转身子的镜头呢，逃可不行！于是，我又用树枝把它拨了回来。

可惜，它吃了一堑，大概也长了一智，这次，它居然没八脚朝天。它身子几乎没停，就顺着我棍子拨的方向逃，慌不择路，往我鞋子底下钻。小屁股撅着，几只脚一起扒拉扒拉，小脑袋使劲挤我鞋底与地面的缝隙。

我再次把它拨出来，用树枝按住，硬把它翻了个底朝天。

啪的一声，它又弹跳起来了，原来它有翅膀！

太好玩了！

我不待它逃，又把它翻了过来。

也许是耗尽力气了，这下，它却没有弹跳，许多脚不停地划着，身子不停地转动，哈哈，它像乌龟一样，翻不过来了。

我把它翻回来，想看它再表演一次弹跳。我把树枝搭在它背上，它一动也不动。

嘿嘿,它居然会装死!

我用树枝在它身边的地上敲了一下,它也不动。

我使劲抽了一下地面,它还是不动。

莫非它死了?

我用树枝拨了拨它,它僵硬成一团,触须,那么多小腿,一动也不动。

不像死了呀,我又没使劲弄它,怎么如此恐吓它,它却不逃了?

我跺脚,皮鞋在水泥地面上跺得老响,它还是不动。

它被吓死了。我盯着它看了半天,它确实不动了。

我开始惋惜起来,这么美丽的小虫子,被我整死了,我真是太残忍了。你看它原本在游山玩水,过着逍遥自在的生活,无端被我这样逗弄,把小性命都弄丢了。我为自己的鲁莽感到罪过。

多可怜的虫子呀!它弱小,没有反抗能力,就这样被我拨来拨去,还不是和我们这些小人物一样。弱小,往往就身不由己地被手中有"棍子"的人耍来耍去。手中有棍子的人,高坐在椅子上,无所事事,耍人为乐。而给我们这些"虫子"造成的打击,我们还以为是天生的灾难,吃惊,恐惧,慌不择路,用尽办法,也不能突围,无奈,无助,绝望。最后在绝望中,生命的能量被耗尽。我何尝不是一只虫子!

我悲哀起来,扔了树枝,在椅子上发起呆来。

正在我遐想之际,这小家伙动了一下。还没等我想好"它可能没死"几个字,小家伙拔腿就逃,如离弦之箭。

呵呵,它真的是装死!它跑得还是那么可爱!

见它活着,我忽然感到很欣慰,就看着它逃跑,并为它呐喊:"加油!加油!"仿佛它后面有个强敌,仿佛我也成了一个虫子,它的兄弟。

它爬到椅子后面的草丛里,一晃就不见了。

呵呵,它比我有智慧,比我有办法,遇到耍弄,它可以装死逃过一劫,而我却没办法装死,逃不过去。我只有面对无奈。

我站了起来,望了望树荫外面毒辣的阳光,走了进去。

2008年8月4日

流浪狗

一条流浪狗在我停车位旁边的竹丛中生了两只小狗崽,我四月份就发现了这个秘密。

那片景观竹,有两个车位大,紧靠在围墙边,长得又浓又密,不仔细看,真不知道里面藏匿着什么。我停车时,总看见一条狗从竹丛里探出头来对我虎视眈眈。

这是一条白色夹杂大块黄斑的狗,具体什么品种,我说不上来。个头中等(恐怕只有狼犬的一半大),精瘦,肚子瘪塌,似乎一个月没吃没喝;全身的毛一根根张着,像刺猬身上的刺,白毛早被土染成了土黄色,不仔细看,还以为是黄狗呢。

我一看,就知道这是一条营养不良的狗。要是疯狗的话,应该是眼睛血红,常处于运动状态,不可能静立在竹丛中,朝我观望,喉咙里发出轻微的“呜呜”的警诫声。再仔细看,这狗鲜红的乳房耷拉着——凭经验,我猜测,可能是这条狗在竹丛中哺育幼崽了。不过,我还不至于好奇到扒开灰尘簌簌的竹叶,探头进去观看的那个程度。

我的父母喜欢养狗。打记事起,家里总养有狗和猫。在农村,猫捕鼠,狗看家护院,两者不可或缺。这几年,农村里风气日下,偷鸡摸狗者颇多,每到冬天,偷狗者三五成群,大摇大摆,村民所养之狗,几乎都遭到那些不法之徒的觊觎。然而,我的父母却不减养狗热情,养了被偷,偷了再养,狗成了我家重要的一份子。

曾经我是打心眼里喜欢狗,因为狗忠诚、机警、有灵性,又不乏可爱。所以,见到狗狗,我总喜欢去抚它,摸它,以示友好和亲热。可惜,畜生毕竟是畜生,你想对它好,它可不懂你的心,只对喂养它的主人亲热和忠诚。因而,我小时候没少吃狗的苦头,手脚经常被狗咬伤。

记忆最深的一次,是狗吃食时,我去抚摸它,被它反咬一口,咬破虎口。由于没及时治疗,伤口化脓,溃烂一个多月才好。另外,我两条腿的小腿肚上,都有消退不去的伤痕,而且都是拜狗所赐。万幸,咬我的狗,都没有狂犬病。多次受伤之后,我对狗的态度,也就变得“敬而远之”了。

四月中旬的一个周六上午,我走到车边正打算用车,忽见这条又脏又瘦的狗从我车底下钻出来,蹒跚着往竹丛里挤,我定睛细看,只见它的腹下,吊着两只花斑绒球——两只小狗崽,衔着它们妈妈的乳头不放,被大狗拖进了竹丛。

哇,还真有小狗崽!太漂亮了!太可爱了!

不知道咋的,一向还算稳重的我居然被勾起了好奇心,我扒开竹丛一看,可不是,大狗站在围墙边,头朝外,朝我虎视眈眈。两只虎皮花斑小狗,似乎刚会走路,正扭动小肥腰,甩动小尾巴,嗯嗯呜呜往母狗腹部挤,模样可爱极了,就像游动在空气里的两条快活的小鱼。大狗的脚下,还有一堆乱衣服——大概是谁的垃圾没扔进垃圾桶里,被狗拖进来的吧。

大狗见我扒开竹叶瞅它们,便对我大声吼吠,似乎在驱赶我这位不速之客。

也许是中了邪,那一瞬间,我对狗的厌恨忽然灰飞烟灭,取而代之的,是满怀欢喜之心,我冲动着要钻进竹丛,想要去抱起一只小狗崽玩玩。

大狗见我不怀好意,立刻伸长脖子,张着大嘴,摆出一副“你想干坏事,我立刻废了你”的架势,朝我狂叫。

我知道,母狗为了保护它的幼崽,什么事都能做得出来,贸然招惹它,必定找死。我吓得赶紧退了出来。

可我不死心——两只小狗崽太可爱了,长得也机灵,我有了抱一只小狗崽养养的冲动。可是大狗防备得紧,我怎么才能抓到一只呢?这小狗崽还没有断奶,能不能养活呢?我站在竹丛外继续观察,见两只狗崽拼命往母狗怀里挤,而母狗却不睬它们。我猜想,这母狗都快瘦成皮包骨了,大概没奶水了,不愿喂食了吧。

真奇怪,这样一想,我的心居然一阵柔软,一股热流从脚底蔓延至全身——我居然有了喂养这一大两小三条狗的冲动。

真可笑,心里这样想着,脚上立即有了行动。我几乎是一口气冲到五楼,打开冰箱,取出放在冰箱里的未吃完的红烧排骨和冷饭,担心饭菜冷了狗不吃,还放进微波炉里加热了两分钟,再找了一个大盘子,端着去喂狗。

我朝狗狗友好地“嘘嘘”吹着口哨,把食物盘子塞进竹丛,示意狗狗来吃,见它无动于衷,我想它可能是惧怕我,就转身离开了。过一段时间再来看,盘子竟被舔得干干净净,三只狗狗躺在它们的窝里,大狗正安静地喂奶呢。

之后的头脑发热，至今想来不可思议。我居然开着车，到处去找宠物店，给狗狗买狗粮。在此之前，我可从没留意过哪儿有宠物店，也从没买过任何宠物粮食。那天，我花了近两百元，买了两斤狗粮，还有一大罐狗奶粉。

从此，我就开始给竹丛中的野狗喂食了。老婆知道我花钱喂野狗，笑骂我"钱真多，吃了饭没事干"云云。不过，待她看见那两只漂亮可爱的小家伙之后，也不禁喜得连呼带叫，手舞足蹈，还用手机拍了不少照片，发到她的 QQ 空间里。

当然，我喂狗狗是有私心的，我想抓一只小狗崽带到家里来养。可惜，大狗对两只崽看护甚严，加上两只小家伙也机灵得很，我始终没有下手的机会。

喂了一段时间之后，我故意把食物盘子放到竹丛外，吸引狗狗们出来进食。狗狗们自然禁不住美食的诱惑，自竹丛中走了出来，但警惕性很高，我一靠近它们，它们就溜进竹丛里去了，我奈何它们不得。

于是，我的生活多了份牵挂。在饭店吃饭，我会把吃不完的食物打包；在单位食堂吃饭，我要捡吃剩的肉骨头。好在流浪狗毕竟是流浪狗，什么都吃，一点也不挑剔，哪怕是白饭团子，大狗都会狼吞虎咽——它实在是饥饿得不行。

经过一段时间的喂食，大狗和小狗都对我熟悉起来，我只要"嘘嘘"一吹口哨，它们就会从竹丛中钻出来，抬着头望着我，摇晃着尾巴，期待我给他们吃的。这让我有些自豪感。大狗的毛长顺了不少，不再像刺猬了；两只小狗个头大了不少，圆滚滚的，跟在大狗后面，像两只绣球，一边走，还一边用它们的小鼻子在地上"忽忽""忽忽"地嗅着，像寻找猎物的样子，煞是可爱。可惜，待我伸手去抓它们时，它们很机警地溜进我的车底，趴在中间一动不动。

大狗不再怕我，敢于立在我身边吃食物，只是不让我抬手摸它，手一触到它的皮毛，它就立马跳开；两只小家伙见我站在食物盘子边，它们则干脆不进食，远远地用黑溜溜的眼珠子瞅着我，这让我很懊恼。

一天早上，我正准备去开车上班，忽见一个老头，手持一根棍子，在我车位旁边的竹丛里捣鼓什么。我吃了一惊：莫非，他也发现那一大两小流浪狗了？

"大伯，找啥呢？"我问。

"这里好久没整理，都成了野狗窝了！"大伯看着我说，"好几条野狗，在这里钻进钻出，夜里吵得人睡不着觉。"

"哦？夜里很吵啊？"我有些吃惊，我咋一点也没听见？是了，我头一挨着枕头，梦就马上爬上来，打雷我都听不见，哪能听见狗叫？

“我们年纪大的，夜里本来就睡不好，被狗一吵，就更睡不好了。”大伯有些气愤地说，“这个小区，有人养狗，保安也不来管管！”

“是这样啊？这里是有两条狗，不过，可不是谁养在这里的，它们是流浪狗啊。一条大的，带着两条小的，我看见它们饿得皮包骨头，可怜，才拿点食物喂喂，我怕它们饿疯了，到处咬人，那就不好了。”我笑着说。

“是你喂的？我说这里怎么还有一个盘子呢！你喂给它们吃，怪不得它们赖着不走了……你最好不要喂了，它们吃惯了，赖在这里不走，就讨厌了，又吵又脏。我打算叫保安过来，把这竹林子清理清理，弄得美观点。”大伯说。

“啊？您可别叫保安，那两只小狗崽还很小，没有生存能力，赶走的话会饿死的。让我再喂一段时间，等大一点再赶走，您看怎样？”我几乎是商量带点央求地说。

“不是我要赶它们，它们实在太吵了。再说，万一在这里咬了人，咋办？养狗都要办证的，要打防疫针的，几只流浪狗，你就随它们去吧。万一咬了人，别人找你，就不合算了。”大伯说话，软中带硬，硬中有威胁，我听得出来。

但一想到两只可爱的小狗，我还是不舍得把它们赶走，我说：“它们不会咬人的，我天天跟它们接触，我知道，只要不去打它，侵犯它，它们一般不主动攻击人。像您这样拿着棍子，又在它们的窝边转悠，倒很有可能被咬——狗狗们也有安全概念，有领地意识，要是它们感觉安全受到威胁，领地受到侵犯，它们很有可能发起攻击的。”我也笑着，软中带硬回击说。

说完，我扒开竹叶观望，没看见狗狗，我又低头看我的车底——可不是，一大两小，都在我的车底躲着呢！它们可聪明着呢！

我不动声色，继续对老伯说：“这个角落，一般很少有人来，走来走去的，也都是几个泊车的人，我也没听见谁说被咬了；夜里狗狗叫，也不一定都是坏事，至少，可以吓吓小偷，最近，小偷猖獗得很，我们小区好几户人家被偷，您知道吧？”

“听是听说过，好像是前面那几幢。”老伯说。

“可不是！我们这里没偷，说不定就是狗叫得凶，才把它们吓跑的。我们不能光指望几个保安啊，那几个保安，也只能管管谁乱停车，对业主倒很凶的，对付小偷，一点没辙。”

“那倒也是。”

“晚上把窗户关严实，既可防小偷，又能防狗叫吵人，您看怎样？”我笑着说。

“流浪狗也不是好东西，还是早点赶走的好。”大伯见我上车，要发动车子，他提着棍子走了。

我的车发动机一响，大狗和小狗迅速从我的车底钻出来，溜进了竹丛中。

“嗯，聪明的狗狗。”我心底赞叹道。

不过，我心底开始有了担忧。万一我不在，保安或城管来把它们抓去怎么办？万一咬了人，又怎么办？

又一天，天下雨。傍晚回来，我带了一盒饭店没吃完的鸡块，准备给狗狗们享用。可是，我停好车，用口哨呼唤狗狗，居然没有它们的身影。扒开竹叶一看，狗窝还在，狗狗不见了。

是下雨逃走了，还是出事了？我心里一阵惊慌，暗叫不好，这些天来，大狗从没带小狗走远过，都在竹林附近活动，每天我傍晚回家，只要一吹口哨，它们都会出现。

我一手撑伞，一手托着饭盒，高声尖利地吹着口哨。我想，狗狗们若在小区，一定能听见我的声音。等了六七分钟，我忽然看见大狗从雨中奔来，两只小狗落在它后面很长一段距离，其中一只，腿似乎受了伤，一瘸一拐，跑起来很痛苦的样子。

好像是什么宝贵的东西失而复得般，我居然很感动，眼角不知是飘进了雨水，还是真的有了泪花，居然有些湿润。

我不顾雨水沾湿衣服，从竹丛中掏出盘子，把鸡肉倒进盘子里，示意狗狗吃。母狗大口大口地吞食着，这一天，它似乎没有找到别的食物，饿得慌。小狗见我站在旁边，依旧远远地看着，不过来吃——我到现在也不清楚，这两只小狗是否已经断奶，是否会自己进食了。

为了不妨碍小狗吃东西，我只好乖乖离开，不去看它们。不过，我纠结的是，一只小家伙的腿为什么会受伤呢？遇到别的狗了？下雨天，它们搬家了？

狗狗们都还在，我便没多想，反正只要我一吹口哨，它们就能赶来吃东西，随它们搬哪儿去。我心里还有些得意，以为狗狗们聪明，知道下雨，能另找个地儿避雨。

可是，第二天傍晚我回家再给狗狗喂食时，那只瘸腿的小狗不见了。跟着母狗来吃食的，只有一只小狗。丢了？死了？被人抱走了？

我不知道，我多想问问大狗，它的宝宝去了哪里，它怎么把宝宝弄丢了。然大狗不会说话。我在小区里溜达一圈，也没见着那只瘸腿的小狗。它曾是那么机灵、可爱。

夜里，我还在电脑上码字，听见外面狗叫得凶，而且这叫声很特别，不是那种遭受侵犯而示威的吼吠,而是像狼嚎般,声音拖得老长。仔细听,又像在哭泣似的。

开始我还没在意,不久,我听见外面似乎有人喧哗,我才一怔:莫非,有人在抓狗了?这样一想,心就一惊,莫非是我喂养的流浪狗在叫?

我放下写作,下楼一看,可不是,好几个人正围在竹林边呢!有人打着手电,有人举着长柄的网兜,正在说着什么。走近一看,还有两位保安。

"干吗呢你们!"我感觉大事不妙,大喊了一声。

"抓狗!这里有两只野狗!"保安用电筒朝我照了照,说。

"野狗?哪来的野狗!"我迎头走了过去,"你们可不要把我的狗抓了去!"

"你的狗?你的狗养在竹林里的啊?"保安笑着说。

"是啊,我的狗养在竹林里的啊,大狗生了两只小狗,没处放,就安在竹林里了啊!"不知道怎么的,我居然理直气壮地说起谎来,似乎那三只狗真的是我的。

"别开玩笑!几只野狗吵得别人睡不好觉,别人投诉多次了!我们抓了半天才抓到一只小狗,今天晚上,大狗好像疯了,一直在小区转悠、嚎叫,我们打了一天都没打到它,现在又在这里吵得厉害,再不除去,恐怕大家都不能睡觉了。"保安说。

"呵!原来是你们抓了小狗啊!我正想还有一只狗崽去了哪里了呢!原来被你们抓去了!谁告诉你们这是流浪狗的?谁说的?你看看,我喂狗的盘子还在这里,你们怎么随便抓我的狗?"忽然之间,我的怒气就上来了,我语气恶劣地对保安吼道,"那么多小偷,经常偷东西,你们抓住几个?业主经常反映财物失窃,车子被划,你们来管过几次?有人说这里有流浪狗,你们就来了,你们很积极啊!"

"我们也打听好几个业主,他们都证实这是流浪狗,而且也没牌……"

"业主说是流浪狗,那就是流浪狗了?你们有没有向我打听?喏,那边有一辆车子,也无牌,你把它拖走算了!业主怎么说你们就怎么做,我也是业主,你去拖啊?"我抢断保安的话,发泄着我的不满。

"真是你家的狗啊?"有个人还不信。"什么真是我家的狗!我喂养的狗,那会是谁的狗?你倒说说看?"我气愤地说。

"那你也不能养在外面,公共场所,总不能影响别人。"有人说。

"我也知道影响别人不好,等小狗长大了,我自会处理。再说,它们住在这片竹林子里,吵着谁了?这个地方,除了我们几个停车的业主,谁来这里走动?狗在这里吵,说明这里有情况。有情况,你们知道不?你们不管,狗帮你们管,你们还说狗不好……"我正想骂他们"狗咬吕洞宾不识好人心",转念一想,似乎觉得这骂法不对,应该是“吕洞宾咬狗不识好狗心”才是。

“好了好了,既然你说是你的,那你现在就把你的狗领回去,免得它吵得整个小区不得安生。”有个人不耐烦地说。

“狗为什么会吵? 那是你们抓去了它的幼崽! 别人抓走了你们的儿子,你们闹不闹?!”我继续气愤地抗议道,“你们把小狗抓哪儿去了?”

“扔了!”保安说。

“扔了? 扔哪儿去了?”我追问道。

“弄死了!”另一个保安接话说。

“啊? 弄死了? 你们好残忍啊!”我吸了一口气,觉得心底怒火要再次爆发。

“吵人,又无牌无证,还不弄死!”那个说话很呛的家伙似乎跟我有仇,句句让我忍不住要发飙。

“呵! 好大的口气! 好大的气魄! 吵人,无牌无证,你就敢弄死,我看下次小区里有人吵闹,你们敢不敢来弄死! 我看下回车子警报器响个不停,你们敢不敢来弄死! 既然你们这样有种,这狗就随你们怎么处理! 不过我下回可看着了,要是你们不处理,你们可别怪我不讲道理!”说完,我头也不回地上了楼。

我想,我再跟他们胡搅蛮缠下去,也没什么意思。毕竟,那三条狗,确实是流浪狗,无主无牌无证。

在这个人主宰的城市,不要说无牌无证的流浪狗了,就是无牌无证的人,生命照样得不到保障。那些无证的摊贩,不是到处都受打击么? 那些无家可归的流浪者,谁去保障他们的生活乃至生命? 冻死桥下,饿死街头,不也是时有发生么? 一只流浪狗,又算得了什么呢? 有多少人会去怜悯生命,懂得生命的价值呢?

幸好,这是一只机灵的流浪狗,不是几个保安说抓住就能抓住的。这一点,狗比人强。

一连几个夜里,狗哀嚎的声音都在小区里飘荡,一会儿东一会儿西,就像一个母亲嘶哑地呼唤她走丢的孩子,听了让人觉得想哭。

我不知道,它的另一个孩子,是不是也被人抓了去,是不是也遭了毒手。

弱小者,是多么无奈。

2011 年 5 月 31 日

向晚

喜欢向晚一段时光。

下了班，驾车回家，融入滚滚的车流中，什么都不去想，专心致志开车，跟随车龙缓缓而行，也是一种享受。不像早晨上班时光，担心堵车，担心迟到，不停地在车流中卡位，在红绿灯闪烁中争分夺秒，精神高度紧张。就是平安抵达单位，也要为一天的活计忙碌，每天不知道会发生什么样的新情况、新问题，需要挑战自我，克服困难，解决问题。如果说早晨时光是投身战场，那么，向晚该是一天胜利的凯旋，它给予我的是轻松愉悦。

无论春夏秋冬，向晚的景致都是温和的。阳光不刺眼，落日的余晖适合造晚霞，涂抹出各式各样的云朵，激发人的遐想，唤醒童心；山岚，原野，江河湖泊，城镇，都被斜阳描绘出明暗调子，勾勒出层次鲜明的轮廓。人处于这样的立体空间，很能感触到与自然万物的关系，于是就与宇宙融为一体了。

汽车的喇叭声短而轻快，透露出温和与善意；行人的脚步舒缓，从容而安闲。

向晚的风，微微的，不暴虐。夏也好，冬也好，即使白天狂风肆虐，到了向晚，一般也都平静下来。微微的，落在树上，树枝轻微摇晃；微微的，落在人的脸上，犹如爱抚的手掌。湖水不惊骇，微微的波纹是湖的笑意，小小的浪花与湖岸相拥呢喃，渐渐进入夜的梦乡。

我总想起大学时光，初学吉他，弹一曲二十世纪的流行歌曲《外婆的澎湖湾》。怀抱吉他，手拨和弦，轻轻唱道："晚风轻拂澎湖湾/白浪逐沙滩/没有椰林缀斜阳/只是一片海蓝蓝/坐在门前的矮墙上/一遍遍幻想……"我不是被音乐打动，我是喜欢歌词中晚风吹拂那种柔和的意境。

向晚，我喜欢走到户外，感受向晚平和的脉动。

鸟缓缓地飞，向山边滑翔，投进家的怀抱；蜻蜓缓缓地飞，在湖面舞蹈，我知道，这是它们在享受晚餐;夏天的知了,向晚时的鸣唱悠长而旷远;秋天的草间则有无数虫鸣,高低起伏,抑扬顿挫,宛如休闲人的乐场。我喜欢沿着湖边,或者河边、山边小径,缓缓走一走,融入自然万物。

走一走的好处很多。每日有每日的风景,上班来不及看,向晚闲暇,正好有个弥补,我不想错过人生每一天的风景。走的过程,其实更是忘我的过程。心里装下了斜阳,装下了晚风湖水,其实也就荡涤了白日沾染的尘埃。

不只是我有这样的想法。我喜欢的唐朝诗人李商隐,就是一个懂得享受向晚时光的文人。他那首著名的《登乐游原》诗,就是讲向晚散步的感受。“向晚意不适,驱车登古原。夕阳无限好,只是近黄昏。”是啊,白天有什么想不开的,遇到打击或挫折,又无人可诉说,最好的办法,就是走到空旷野外,看看风景,看看宇宙万物。当感受到了宇宙万物的美好,一切“意不适”,也都被风吹散了,留下的是对明日的期待,以及对生命的珍爱。

有时,我也跟李商隐那样,驱车去兜风。驱车能走得更远,可以远离城市,步入山林或者宽阔的海边,或到另一座城,找一个陌生的地方待一待。人活在世上,需要先忘却自我,然后再找回自我。

当然,这也可以冠之为“体验生活”。

我的许多文字,就是在向晚的一走一动中,在忘却自我与寻找自我的过程中感受出来的。灵感的火花往往在心灵的安静处萌芽,在独处的寂寞中迸发。孤独是文人的病根,写作则是文人的良药。

据说,有思想的人才会孤独。我相信这是真的,我感觉我的头脑就像一列奔驰的列车,无数的轮子都在飞快地转动,一刻不停,连睡梦中都在思考。想得太多,超过了你身边的所有人,就成了孤独者。

不过,这与向晚无关。

我喜欢向晚,因为白天我把头脑卖给了工作,到了向晚,我的灵魂得以自由,得以展开翅膀,任意翱翔,人回到了真我。

还有什么比做一个自由自在的真我更值得喜悦的呢?

2011 年 8 月 18 日

听雷记

听了三四十年的雷声。今日的春雷,竟还让我战栗。

这是公元 2009 年的第一声春雷,轰隆隆,在江南大地轰响,就像警世的神使,于天空俯视芸芸众生,用他浑厚而铿锵、威严而慈善的嗓子呐喊:春来啦——

沉睡了一个冬天的大地一颤。

在大地怀里冬眠的熊、蛇,一切能行走奔跑的,昏睡或已清醒的,都战栗了。

在大地之上生长的树木、花草,一切不能走动的生灵,无论枯萎的、落叶的,还是常绿不息的,也都战栗了。

因为,我的心头战栗了!

是的,春来了!

上苍威严地宣告。

睡眠了一个冬季的生灵,都听见了呼喊,都自觉醒来,在大地上奔跑。那些没听见的,上苍收回了它们奔跑的权利,它们便不再醒来。

落尽了叶子的树听见了,它们重新萌出叶芽,向天空伸出新枝。

小草听见了,向天空展示新绿。

花朵们听见了,红的,黄的,白的,紫的,粉的,蓝的,绿的,黑的,次第向上苍报以微笑。不久以后,上苍将赐予它们果实。

种子们也都听见了,它们张着眼,期待萌发。只要立足于大地,喝一口甘甜的春水,它们立刻破壳而出。不久,地里的玉米,田里的水稻,山上的树木,又增一大片一大片的新绿。

啊,他们都听见了,听见了,轰隆隆的春雷,是学生起床的铃声,是军队里的冲锋号,是万物生长、万马奔腾、龙飞虎跃的发令枪!

一切都因为，我的心头有了战栗，我听见了！

春雷过后，江南大地又是一派润泽，莺歌燕舞，繁花似锦。

报春鸟已经在我楼下的香樟树上唱起了春歌。

黄莺，画眉，鹧鸪，它们的演唱会已经拉开了大幕。这几天，画眉的曲子特别圆润，鹧鸪的嗓音嘹亮。春雷之后，雨水让它们的歌喉更加润滑悦耳，悠扬动听。

我总刻意地去听这些大自然的歌手的演唱，不要门票，它们唱得特别卖力。更多的时候，我总陶醉在它们的春歌里而忘却自我。

现在，我的听觉里有了战栗，我的听觉里有了泪水。

当我撑着雨伞，漫步在雨里，我看见去年果红满树的杏，又挂满嫣红的花蕾。

——是的，嫣红的，明天雨水一收，这里又是满树的绯红花朵；五月里，这里又是满树的红杏！

而我有什么呢？我只能陶醉，只能谛听，只能采一束鲜花养在带水的花瓶。

我其实是多么期待成为一粒种子，被埋进土地里，破壳发芽；我其实是多么想成为一棵树，毕恭毕敬地，听从神使的指挥，开花或者新绿，并葱茏苍郁。

要不然，这轰隆隆的春雷，为何在心头不停地滚动，引发一阵又一阵的颤动？

春来了，我要发芽！

春来了，我要奔跑！

因为，春天的雷声在我心头一阵阵滚动，我得醒来。如同学生，听见早起的铃声；如同士兵，听见冲锋的号角；如同健儿，听见起跑的发令枪。

又一个春天开始，我得珍惜时间，和时间赛跑，做更多更多的事，不让美丽的春光虚度。

附：2009 年第一声春雷，于 2 月 21 日近晚炸响。

2009 年 2 月 22 日

新年记

耳朵第一个从昨夜醒来，窗外的桂花树上，麻雀的叽叽喳喳犹如春天的露珠，在我心头滚动。

隐隐地，远处有爆竹声，还有汽车的喇叭声。仿佛一些草籽的芽，在我耳朵里慢慢滋长。

呵呵，我还活着，黑暗没有把我吞噬！

迷蒙的睡眼感触到一缕绯红——缓缓张开眼，原来是一缕灿烂的阳光从未拉严实的窗帘缝隙里透进来。

金黄的阳光旋转着，浮动着一些细小的微尘，从手指宽的缝隙中钻进来，默默地，照在我的被子上，照在我的胸口。

我忽然意识到，这是新年的第一缕阳光。它从遥远的天堂来，给它的子民带来温暖和光明。是它，带给麻雀响亮的歌喉；是它，带给桂花树芳香；是它，带给汽车奔跑的方向；是它，让升腾的爆竹盛开艳丽的希望之花……

它没有放弃一个拉紧窗帘躲进暗里的人，一个受伤的人，一个灰色的人。它默默地照着我的胸口，温暖地，照着一块冻伤的土地，静候春天醒来。

我小小的心房，霎时无比温柔，我觉得，有一粒草籽，正从我心尖上萌动，萌动春天的草绿和花香，萌动夏天的炽热和力量，萌动风花雪月，萌动硕果累累的金黄……

这样想下去，有泪珠在我眼眶里滚动。我感到，浑身的伤口在愈合。

多么好的阳光！

我该感恩，感谢上苍又赐予我崭新的光阴和崭新的希望。

过去的，昨夜，昨天，前天……也应该值得我感恩，这也是上苍赐予我的风霜雪雨。尽管是苦痛，但也不失酸辣和微微甜蜜；尽管黑夜长于白昼，但也不失蓝天和白云……我有什么值得诅咒，我有什么需要介怀！我还活着，血液还在血管内奔腾！

这样想着，我已经热泪盈眶。

我望着明媚在我胸口上的新年的第一缕阳光，决定起床。我要拉开窗帘，站在阳光里，被阳光拥抱。

我要打开窗子，向麻雀问好，向奔驰的汽车问好，向蓝天和白云问好。我打开电脑，向QQ群里、博客链接的各位认识和不认识的人问好。我写下这篇文字，向每一个读我文字的朋友问好。

新年好，朋友！

当你读下这些句子的时候，我小小的心房，已经被新年的阳光普照，种子和花蕾都开始在我心头萌发。

2009年1月1日

阳光絮语

我知道有人在咒骂阳光。一手遮住额前,一手抹去脸上的汗水,边走边骂:该死的太阳!我坐在靠窗的位置,掀开帘子看街上来往的行人,以及车辆。没有什么敢大声喧哗,那些的士把屁股忍得冒烟,也不敢鸣喇叭。太阳就照在头顶,行道边的树快枯死了,只有远处隐隐约约有知了的吟唱——

我就是一只喜欢烈日的知了!真的,我从不怨恨太阳,相反,每天看见它从窗子照进我的房间,我就有一种欣喜,内心充实而美好。新的一天开始了,尽管它会火一般热,可它是美好的,许多快乐的事情就发生在阳光下,蓝天白云,清风流水,绿草红花,情人爱侣,事业人生,有阳光才叫生活,有阳光生活才有滋味,我有什么借口去恨它呢?

没有阳光的日子我们会想念它,比如雨季,才下了三天的雨,我们便没有了耐心;比如冬天,我们总盼望太阳早点出来,然后,搬把椅子,拿上杂志或报纸,端一杯清茶,坐在太阳底下晒背脊,暖烘烘的阳光一直钻透毛衣,照亮整个胸膛;也许这还不够,我们常把被子放到阳台上晒,收集满满一被絮的阳光,晚上,我们就捂在里面,嗅着它浓郁的芳香——你知道的,阳光也有芳香的啊!

小时候,喜欢和父母一起,在阳光下走到田间地头劳动,插秧,除草,割稻,体味"汗滴禾下土"的辛苦,更体味"五谷丰登"的喜悦,尽管劳动的时候"挥汗如雨",可是没有人会怨恨,迎着阳光时大家都带着自然的笑容。哪怕是脸上挂满汗水,没有空用手去抹,我们也只是微微翘起嘴角,向上吁一口气,吹落汗珠,然后自己忍不住地笑了……现在,我坐在城市的空调间里,我知道,也许乡下的兄弟姐妹正坐在斑驳的树荫下,看着地里的庄稼滋滋生长;也许母亲又会说:"喏,到太阳下出出汗,身体健康,晚上睡觉踏实。"

那年出了车祸,躺在医院里,整天看着白墙和缓慢滴进身体的盐水,就想着到外面走走多好。只要窗子外面有一声鸟鸣,我就叫护士拉开帘子,看见那阳光忧郁地躺在绿色的万年青的叶子上,一闪一闪地睁着眼睛,我就知道,阳光在屋外喊我了! 迎着阳光在外面的天地里自由走动多美好啊,我别无索求。我就这样想着,仿佛一切的生命意义都和阳光连接在一起。那年我的康复快得出奇,并且,从那以后,在阳光下行走,我都很注意:好好走啊,别失去了阳光。

拒绝阳光的人,往往没有了生活的自由,我能理解为什么要把犯了罪的人关起来,作为惩罚。

我不知道人没有阳光以后,会是什么样子。我弟弟三子,就是一个被阳光抛弃的人,其实他也是很爱阳光的。他很聪明,学习成绩也许本该比我更出色,可是,为了家庭,也为了我,他放弃了读书而选择了劳动。他没有怨恨,真的。他劳动的时候总带着微笑,每次和我打招呼也总笑着说:"哥,回来啦!"这让我心揪着难受,我知道,在农村,当父母年迈的时候,得有人支撑一个家,三子做出了无奈的选择,也许是因为当时的贫穷。这让父母更喜欢他们的三子了,也令我敬佩,挚爱。那年七月,我快半年没有回家了,忽然有一天打电话说想回家,三子听了当然非常高兴,与母亲说要到河里抓几条鱼招待哥哥。我们家就住在河边,三子也是抓鱼能手,曾有一个晌午抓一百二十多斤鱼的记录,母亲当然放心。那是一个阳光灿烂的下午,三子去了河边,却再也没有回来。我的好兄弟,妈妈的好儿子,被阳光抛弃在河里。父亲和母亲,在一夜间白了头发,我知道,那是我们失去了阳光,失去了生活的钙质和盐。

然而我们没有怨恨阳光,很长时间里,我都陪着父母在阳光下走走,看看花花草草,看看蓝天白云,让阳光重新渗透我们的内心,融化那里面的冰和雪,驱散淤积在胸膛里的黑暗,我们知道,拥有阳光,就是幸福。

喜欢阳光,就是爱生活。尽管阳光下也有疼痛,可我不怨恨它。它厉害的时候,我就到树荫下躲躲,或者到空调间里避避。傍晚的时候,我还会出去散步,让阳光的余温蒸发体内淤积的空调间里的寒气。回味母亲的话"到太阳下出出汗,身体健康,晚上睡觉踏实",看看烈日,我真的没有怨言,只想做个知了,在阳光下清唱一曲开心的歌谣。

2003 年 7 月 29 日

天下第一美食

我所说的美食，不是那些钱多权大的人变态追求的人间珍稀原料，亦不是那种铺张、奢侈、竞相斗富、讲究“芳饪标奇”的豪宴盛馔。这类美食，选料极其讲究，烹饪极其精细，例如《红楼梦》中描述的“茄鲞”的烹饪：茄子把皮削了，只要净肉，切成碎丁，用鸡油炸了，再用鸡脯子肉并香菌、新笋、蘑菇、五香腐干、各色干果子，俱切成丁，用鸡汤煨干，将香油一收，外加糟油一拌，盛在瓷罐子里封严，要吃时拿出来，用炒的鸡瓜一拌。呜呼，如此考究、铺张，岂不把我等平民百姓折磨个半死，还谈什么吃！

我所说的美食，也不是对膳事情有独钟、艺有所长的美食家、养生家眼中的珍馐肴馔，他们开口营养，闭口花样，非普通老百姓所能轻易触及。

我说的美食，材料物美价廉，咱老百姓能在日常生活中买到，做工简单，不讲花样，却非常好吃，几十年吃不厌，尝遍大半个中国还觉得它最好。

水煮老南瓜

写下这个名称，我知道有人笑了：水煮老南瓜会是美食？

没错！

我不是没吃过西瓜、黄瓜、冬瓜，也不是没尝过燕窝、鱼翅、鲍鱼。若非要一比，西瓜、黄瓜、冬瓜普通得不能再普通，我就忽略不说了；燕窝、鱼翅、鲍鱼因其材料珍贵而受人推崇，味道如何我暂且不做评价，单从买单的票子看，各位普通百姓，您在吃的时候，敢放开胸怀大快朵颐，吃个神清气爽吗？

可老南瓜的味道，确实好！

它香。只要谁在锅里煮老南瓜，方圆半里，我都能闻到它的香味。烧熟了的老南瓜的香味，清芬，醇厚，甘甜，浓郁，仿佛带着一股韧性的魔力，能直接穿透肌肤，穿透百骸，穿透心肌，直抵饥肠，勾引人瞬间饥肠辘辘甚至“肝肠寸断”。

它美。煮熟了的老南瓜块，瓤肉黄澄澄、厚实实，汤水清亮亮、浓酽酽，看一眼就挪不开脚，继而馋涎欲滴。

趁着腾腾热气，用只大碗——最好是海碗——盛一大碗，连同汤水，取一只汤匙，端到桌上，大快朵颐，真乃享受也！

此时的老南瓜，酥软而有韧劲，用汤匙顺着瓜皮挖下去，皮不破而瓤尽分离。送入口中，粉而不哽，甜而不腻，细软润滑，清爽厚实。每每吃的时候，我总感觉它不是南瓜，是凝成块的阳光，是揉成团的花粉，是聚成脂的蜂蜜，一口下肚，让人觉得身体的每个毛孔都在散发香气——呵呵，舒坦！

也许你觉得我写得有点夸张，可我告诉你，自打记事起，我就喜欢这样吃老南瓜，吃了三十多年，从没厌倦过。

确实，我小时候，是食物匮乏的时代，老南瓜已算是十分精致的美食。母亲每次烧煮老南瓜，我都会先把酥软的瓤吃了，然后用汤匙在瓜皮上“刮地三尺”，还不过瘾，就把硬皮都吃了个殆尽。

记忆里，放假帮父母割稻插秧，下午一阵劳累之后，母亲总会煮上一锅老南瓜，送到田头当点心，我总是风卷残云般，一吞就是两大碗。然后抹抹嘴继续去干活，身上仿佛顿时有了使不完的劲。

最难忘的一次，是童年时一个夏天的午后，我和村里的几个小兄弟一起去野外挑猪草，背着一篓子的猪草路过看竹林老人的草屋的时候，我们闻到了草屋里烧老南瓜的香甜味，再也挪不动脚了，每个人都抽动鼻子，不住说着“嗯，好香，好香”，仿佛肠子打了结。根本没有人提议，我们不约而同地把篓子背到了草屋门口。

草屋的门锁着，老南瓜的香味从竹门的缝隙里飘出来。我们几个扒着门缝，看见小小灶台上的锅里，正冒着热气。

“肯定是南瓜煮熟了！”我说。

“怎么会没人？老黑呢？”老黑者，看竹林的单身老汉也，皮肤黝黑，整天背着杆猎枪在竹林子里转悠，村里的孩子都有点怕他。

可那天，不知道从哪生出来的勇气，我居然提议，趁老黑不在，进去把锅子里的老南瓜吃了！（今天想来还觉得是老南瓜的香味让我们滋生了豹子胆）于是，我们这些小鬼居然把竹编的屋墙拆了个洞，爬了进去。揭开锅盖一看，真的是一锅子黄澄澄的老南瓜在沸腾。

那一刻，就是上帝站在我们面前，也不能阻止我们吃南瓜了。大家纷纷去找碗找筷子。搞笑的是，这草屋里，竟然只有两只碗，一双筷子，而我们却有五个偷吃贼。

我从小就有怪癖，不与别人同喝一杯茶，不与别人同用一只碗吃东西。可是，五个人两只碗，一双筷子，怎么吃东西啊？何况又是在偷吃的万分紧张的情况下。

没有人分工，另外四个伙伴，两人一只碗，盛了南瓜去分享了，我却没有碗和筷子，情急之下，我居然把那只小小的木头锅盖翻转过来，把南瓜盛到锅盖里，捧着锅盖喝起了南瓜汤。由于吃得太急，汤水漏到光脚背上，把脚烫红了一大块——呵呵，当时居然没觉得痛。

也不过三五分钟时间，我们五个人居然把一锅子老南瓜吃了个精光，除了一点汤水，连皮都没留下！

吃完了，我们迅速逃离了那屋子，跑到苕溪里，在水里笑得直打滚。

就是今天想起，还忍不住笑，不仅为当时的傻，更为老南瓜的香甜。遗憾的是，老黑到死也不明白，煮了一锅子南瓜，门锁得好好的，怎么会没了呢，他多次在村里说他棚子里闹鬼了呢！

水煮老南瓜，真的是美食。特别是那种农村里生长的（非大棚的）、扁而圆的、外皮长满颗颗疙瘩的老南瓜，味道更佳。摘了以后，先在屋子里摆放一个月再吃会更甜。当然，喜欢吃甜食的，烧的时候，不妨放几块冰糖，瓜味不变而甜味更浓。

工作以后，五牲六畜也没少吃，全国各地跑，各式“美食”也没少尝，但我还是念念不忘水煮老南瓜，特别是近几年，被各式大棚蔬菜、转基因食品，以及添加剂、农药等搅乱了胃口，我更觉得，那农村里土生土长的、满脸麻子的老南瓜，真乃天物，有空的时候，我会去市场里转转，有时候跑到母亲或者丈母娘那里，捞几只回来，藏着，备着，馋痨的时候，慢慢享用。

野兔冬笋炖咸菜

这是我认为的，最好吃的一道菜。

但笋必须是安吉的冬笋，野兔必须是活的野兔，咸菜必须是农村人家自个儿腌制的咸菜，最好是茎秆黄脆而不酸的那种。

烧的时候，兔子活杀剥皮，放清水里洗净，剁成块备用。油最好是用猪油，烧热了后先放一块生姜，使之在油里炸出味，接着把兔肉倒入油锅里爆炒。待兔肉变了色，倒进切成薄片的冬笋，再次翻炒，然后放少许食盐，倒入料酒先焖一会儿，把兔肉和冬笋的滋味焖出来。洗净咸菜，切成小段，待锅里的料酒被兔肉和冬笋吸收的时候，把干的红辣子切碎，放到锅里翻炒几下，倒入咸菜，继续翻炒，炒至半熟，加水用旺火炖。此时可以继续放一些佐料，比如花椒、蒜瓣，喜欢酱油的可以放少许，七八分钟以后，就可以闻到喷香的味道，这道大菜就可以享用了。

但是，先别急着吃，最好找只砂锅和烧木炭的风炉来。点燃木炭，把烧好的兔肉冬笋咸菜盛入砂锅中，架到炭火上，撒上几截新鲜的蒜段和少许鸡精继续炖几分钟，鲜美的味道就完全出来了。

做这道美味菜肴，必定是在入冬以后冬笋肥嫩之时。

也许是安吉的这方水土富含矿物质，生长的冬笋肉质鲜嫩，味道甜美并且没有毛笋的涩味，与其他食物混烧，能把笋的鲜味渗透到其他食物里面，使其他食物味道更加鲜美。

野兔肉精紧不腻，带有淡淡的草性之香，甚至有一点点泥土味——这是纯朴的大自然的味道，是极为被人喜欢的清香味。与冬笋、咸菜混烧，草味土香变得似有似无，肉味鲜甚海贝；而冬笋、咸菜变得更加香脆可口，别说吃了，闻闻都能让人产生旺盛的食欲。

白居易有诗曰："绿蚁新醅酒，红泥小火炉。晚来天欲雪，能饮一杯无？"说的就是冬天，用一只小小的土炉子，炖上美味佳肴，在火红的炉光的映照下，在浮动着菜香的氤氲的氛围中，端上一杯新酿的美酒（也许就是农家自酿的米酒），吃一口香喷喷的佳肴，抿一口香浓的小酒，环境是如此的宜人，气氛是那样的温馨，真是酒未醉人人已醉了。何况是如此味美的野兔冬笋咸菜砂锅，那更是叫人口舌生津了。

第一次吃这道美味，是在我工作以后。那时，我被分配到安吉一个山村教书。小镇山上多毛竹，竹林里多野兔，当地人生活自力更生，非常勤快，所以，野兔冬笋咸菜成了他们的家常菜。入冬以后，村民上山挖冬笋时会附带几只弓弶，下在兔子常出没的地方，第二天去取，往往都有斩获。有时多了，自家吃不完，便拿到小镇上卖，有时五六元一斤，有时十五六元一只，不贵，所以我常去买，还专门为此到当地的饭店里跟着厨师学了一手。每每做这道菜的时候，同事中的几个兄弟便聚在一起喝酒，那份浓香滋味，那份温暖氛围，不知不觉，深深铭刻于心。

我喜欢游山玩水，喜欢到处跑，每到一处，也常常找地方上的名吃。自小不爱吃鸡、鸭，所以，云南的著名美食“气锅鸡”及北京烤鸭等，尽管享誉海内外，但对于我仍是有等于无；西安的“酿金钱发菜”味道虽美，可我知道，挖发菜会严重破坏草原环境，我是绝对不吃的；海边城市的海鲜，名气虽大，无非也都一个味道，没有个性，确确实实与我喜欢的野兔冬笋炖咸菜相差甚远……因而，在外待久了，就会想家乡的好，想这道野兔冬笋炖咸菜的香辣，觉得普天之下，无可替代。

明代的洪应明在他的《菜根谭》一书中说：“浓处味常短，淡中趣独真。”说的是人的心要时常保持悠闲镇静，喝酒吃肉的味道虽浓，但这享受非常短，入口下咽之后便不再有什么，悠闲镇静的趣味，只有在平淡的境遇当中才能够得到。《中庸》曰：“人莫不饮食也，鲜能知味也。”我写这两道美食，正是我在平淡生活中感受到的生活的美好，在自己什么都不想吃而万念俱灰的时候，给自己点亮的一盏灯，照亮生活的路。

我给这两道菜命名曰“天下第一美食”，亲爱的读者，如果你有意见的话，我请你来尝尝吧，嘿嘿，不是自夸，而是味道真的好极了呢！

2007年9月20日

劈腿无门，吃虾有道

有博友在我博客里留下“劈腿门”三字，真令人无限遐想，遐想无限。这冰冷天气，又是连日阴雨，出不了门，最适合在家捂被窝。

“劈腿”二字，对情侣或夫妻而言，自是妙不可言，然对光棍来说，莫不是无情摧残——呜呼，劈腿再美，可惜无“门”，这腿劈得再大，也落得个“筋断无人赏”，罢了罢了……我还是讲讲另类的劈腿吧。

午间与网友麦和“博聊”，说起吃虾美事，不觉口舌生津，腹内暖气腾腾——尔等看客不知，吃虾乃吾极爱者也。

为何爱吃虾？答曰：“吃虾能体现男人之优雅品位也。”

在说吃虾之前，我们先来欣赏一段西方人的“吃品”。

“父亲忽然看见两位先生在请两位打扮得漂亮的太太吃牡蛎。一个衣服褴褛的年老水手拿小刀一下撬开牡蛎，递给两位先生，再由他们递给两位太太。她们的吃法很文雅，用一方小巧的手帕托着牡蛎，头稍向前伸，免得弄脏长袍；然后嘴很快地微微一动，就把汁水吸进去，蛎壳扔到海里。

“毫无疑义，父亲是被这种高贵的吃法打动了，走到我母亲和两个姐姐身边问：‘你们要不要我请你们吃牡蛎？’”

大凡学过初中语文的人都知道，这段文字是出自莫泊桑的小说《我的叔叔于勒》，文中，“我”的父亲是个相当抠门和无情的人，他舍得花钱请大家吃牡蛎，那正如文中所说，“是被这种高贵的吃法打动了”。我初中语文没读进啥到脑子里，唯独这段，无论如何忘不了。我想，将来，我也一定要做个高雅之人。

吃虾的高雅表现在哪？呵呵，标准很简单，那就是：整虾吃进嘴里，虾肉吃进，吐出整张虾皮——必须是整张皮，且要须发无损。

这其实很简单，虾进嘴时，先在虾头与虾身接合处的腹部，用牙齿轻咬一下，咬破一个小口(注意,必须是腹部,背部破了容易断掉);然后,牙齿和舌头配合,轻咬慢挤,从尾部把虾肉由先前咬破的小口里挤出来。

哈哈,这个过程看似很难,实际上,吃四五只虾练习一下,完全就能掌握了。关键在于咬的力度,要拿捏得恰到好处,既能让虾肉出来,又不能咬断虾身。

再次提醒注意,整个过程与普通吃菜一般无二,绝不能放下筷子用手拿虾,否则,不是文雅,而是粗俗了。

试几次,熟能生巧,把虾肉吃掉,整张虾皮用筷子夹住,整整齐齐码放在碟子上——红红的虾皮,很好看。

不过,技术再好,也过不了死虾关。能这样吐出整张虾皮的虾,必须是活虾进锅烧熟的。虾肉很奇特,活虾烧熟,肉紧而有韧性;而死虾进锅,虽然烧熟后与活虾一样颜色,可我一吃就能知道,死虾烧熟后肉是软的,皮也不脆,很难吐出整张皮。

我每次去饭店吃饭,都要再三叮嘱店员:"你可千万别烧死虾给我吃,否则,莫怪我不埋单。"哼哼,要想欺负我,以为厨房背后操作,顾客看不见,这可门都没有!

生活中,许多东西都能吃出品位来。譬如我看一些女士嗑瓜子,就很文雅:大拇指与食指尖轻轻掐着瓜子一端上的一小点,翘着三个瓣的兰花指,往嘴唇边一送,漂亮的红唇微微一启,只听得咔吧一声,香脆的瓜子仁已进女士的朱唇,而兰花指依然掐着瓜子壳,往壳盘送。

我提醒你注意:送进壳盘的瓜子壳,一只只犹如刚绽放的豆瓣,犹如刚露齿的微笑——两片瓜子壳依然连着呢!那吃完的瓜子壳,宛然还是一件艺术品。

吃大闸蟹,也是很值得注意品位的美食活动。要吃得文雅,绝不能用你的手抓着蟹啃,而要使用"蟹八件"——小刀、小钳子、小锉子、小榔头、小镊子、小钩子……嗯,稍好一点的"蟹八件",还是用纯银做的呢。

吃的时候,先用蟹剪从后到前将蟹腿剪下(注意应避开关节部分,而从关节稍微靠前一点的地方下剪),用蟹针将腿肉顶出;对付两只大螯,也用蟹剪从内侧将其剪开,挑出蟹肉。千万别砸,否则吃完不能拼回完整的蟹原形。然后,用蟹锤对准蟹壳四周侧面轻轻敲打,将壳敲松,用蟹针挑开已经敲松的蟹壳,再用蟹针上带小叉子的一端将白色的蟹胶集中起来,放到蟹碗里,蘸着佐料,慢慢品味、享用。呵呵,这样吃,比用手抓着啃,要优雅得多。经过敲打之后,蟹肉、蟹胶完全与蟹壳脱离,很容易操作。

需要声明一下:所谓的蟹八件,我也是去阳澄湖某酒楼里吃蟹才领教到的,平时我可没有这一套烦琐的东西,吃蟹也就不文雅了。

《红楼梦》中,记录了不少优雅的吃相,以及品茶的方法,我就不一一摘录了,感兴趣的不妨去翻阅翻阅,品读品读,必将有所收获。

呵呵,吃东西谁都会,可要吃得有品位,那必定要有雅兴。

总结一下:吃虾不必劈腿,腿断不优雅;嗑瓜子,一定要劈出两腿来,但要羞羞答答,不可大开;吃大闸蟹嘛,随你尽情劈腿,放浪形骸都可以,但是,莫把腿劈碎咯,碎了就不优雅了。

亲爱的读者,你试试看,没趣的日子里,在吃方面找点乐子,生活还是有滋有味,呵呵。

2009 年 11 月 15 日

笠翁说茶

国人采茶、制茶、饮茶的历史非常悠久。有史料记载，早在三千多年前的西周，茶就成为贡品。历经几千年的发展，茶不仅早已走出帝王将相的深宫大院，成为普通百姓生活的“开门七件事”之一，而且滋生了博大精深的茶文化。至于茶能滋味、茶能养生、茶能防病、茶能利礼等功效，前人之述备矣，笠翁不必一一再说。

当前城市生活中，喝茶品茶，已经逐渐成为淑女雅士们高雅时尚生活的一部分。品茶会友，品茶休闲，品茶谈商，正逐渐取代酒席宴会——饮茶品茶，不仅行为高雅，而且符合健康生活的需要。毫不夸张地说，茶的档次、品质，饮茶的形式，已经成为身份地位的象征。化用一句时髦语：“哥喝的不是茶，哥喝的是品位、地位。”

然喝茶者众，真正会识茶、会饮茶、会品茶者，又能有几人？笠翁所见饮茶品茶者，绝大多数根本不识茶，更谈不上品茶修身养性了。

笠翁认为，要饮茶品茶，首先得学会识茶，也就是要知道什么才是真正的好茶。时下正是新茶上市，笠翁就以绿茶中的安吉白茶为例，介绍什么是好茶，怎样才能做到喝茶有品。

慧眼识茶

好茶的第一要素是产地，而非品牌。陆羽在《茶经》里列举了八大产茶区，又把各区产茶的优劣细分得一清二楚，对于我们今天仍有很大的参考价值。这是因为，茶的好坏与水土密不可分。现代科学考证，水土里所含矿物成分，对茶的味道起很大作用，茶叶中所含矿物有钾、钙、镁、铁、锰、钠、锌、铜、磷、硒等，特别是硒、铁、锌等对人体非常有益的矿物质多，茶的品质就好，味道也更加可口。这也是不同地区，茶叶味道不同的主要原因。像浙江的安吉县，土壤里富含硒，茶的品质就相对高，安吉白茶这几年一直供不应求。

茶树有喜温、喜湿、耐阴的习性，故而高山茶比平地茶品质好。随着海拔高度的不同，造成了高山环境的独特特点，从气温、降雨量、湿度、土壤到山上生长的树木，这些环境因素对茶树及茶芽的生长都提供了得天独厚的条件。因此，高山茶芽叶肥硕，色泽饱满，汁水多，加工之后，条索紧结，白毫多，冲泡的茶香气浓郁，滋味醇厚。所以，购买茶叶应先打听是何地所产，是平地茶还是高山茶。

同样是山茶，还得区别是阳山茶还是阴山茶。一般来说，阴山茶好于阳山茶。茶喜阴湿，背阴的茶叶叶片嫩绿，叶厚实而多汁；而阳山茶，由于阳光的暴晒，叶片黄绿，长而薄，汁水不如阴山茶。这一特征在安吉白茶上表现得更为明显。不仅如此，阳山的白茶还特招虫子叮咬，在叶片上留下斑点——冲泡开以后，如同锅中炒焦的焦斑。我的老家是安吉，父母兄弟都种有白茶，实践证明，同时出产的阳山白茶，品质要比阴山白茶差一些，如果不懂，高价购来，会吃大亏。

由于环境污染等问题，在购茶之时，还必须考虑产地的环境质量。一般来说，工业发达的地区必无好茶。废气、工业粉尘、酸雨等都会影响茶叶质量——我们知道，茶叶都是采摘后直接炒制，谁也不会像洗菜一样把茶叶清洗一遍再炒制，所以空气质量对茶叶的品质有着相当大的影响。比如大名鼎鼎的西湖龙井，尽管名气响亮，售价高昂，但笠翁觉得相比过往应还是存有一定差距。试想，龙井出名之时，杭州没有工业污染，好山好水，自然能出好茶，可惜时代不同，环境也大不相同，此龙井非彼龙井了。相反，那些工业不发达的山区，生态环境好的地方，出产的茶叶品质会好一些。

好茶的第二要素是采摘时间。茶叶一般春、夏、秋三季可采摘，但春茶比夏、秋茶品质要高许多，而且采得越早品质越好。因为，春季温度适中，雨量充沛，再加上茶树经过了一年的休养生息，积聚了能量，春芽自然肥硕，色泽饱满，白而柔嫩，含有丰富的氨基酸和维生素，因此春茶香气浓烈，甘甜可口。安吉白茶是绿茶的一个异种，因春季出芽雪白而得名。为保证茶叶品质，一般仅春季采摘二十几天，然后把茶树锯掉，让它重新冒出新芽，长出新枝，夏秋养树，待茶树长大后，来年春季再摘茶叶。那怎么识别茶叶采摘的时间呢？笠翁认为，购茶时，只要冲泡一杯，从大小、滋味、香气、颜色等几个方面都可以加以区分。一般来说，清明以前采的茶叶都是一叶一心，形体短小丰润；清明以后便是两叶一心，叶梗细长。

好茶的第三要素是模样。所谓模样，指的是加工以后的干茶，造型一致，大小、长短均匀，用水冲泡以后，单根茶叶展现出来的叶芽、叶片、叶柄十分完整，或一柄一叶一心，或一柄两叶一心，无碎叶，无破损，在杯中朵朵整齐划一，保持采摘时候的模样。有些干茶造型十分好看，但用水冲泡以后就会露出原形，光有叶片而无叶芽、叶柄的，叶芽、叶片混杂的，有焦斑的，有碎叶的，诸如此类，哪怕茶叶再鲜嫩，也不会是上等茶。这样的茶叶，一般是茶叶大量上市之时，手摘来不及，就大把从茶树上抓下来，或是用机器割，只求干茶好看，不求冲泡效果的做法。

好茶的第四要素，也是最为关键的要素，就是滋味和香气。茶是用来喝的，在喝的基础上欣赏，就是品茶。有的茶叶(指已经炒制好的干茶)，产地是好产地，按时间看是明前茶或雨前茶，模样也十分好看，可用水一泡，不是没有香气，就是寡淡无味，这也属于劣质茶叶。原因主要有这几个方面。一是采摘的天气不对。陆羽在茶经中说，采茶要“晴，采之，蒸之，捣之，焙之，穿之，封之，茶之干矣”，要“凌露采焉”，而“有雨不采，晴有云不采”。雨天摘，茶叶水分过大，味道自然浅淡。绿茶的炒制，是把采来的绿茶晾干后直接放进一二百度的热锅里炒制，如果水分过多，就会“煮”去茶味；若采摘量过大，大量堆放一起，闷热就会“烧”去茶味。而晴天采摘，就不会出现这些情况。二是干燥方法不对。茶叶经过杀青、揉捻以后，还必须经过两次烘干，使茶叶失去百分之八十的水分，才能封装。这也是一个十分关键的步骤。有的制茶者没有烘干设备，有的干脆偷懒，把揉好的茶叶放到太阳底下去“晒干”，结果前功尽弃。经过太阳的暴晒，茶叶裸露在空气中，不仅没有达到干燥的目的，还使香气、茶毫皆散失殆尽，而且，经太阳晒过的茶叶，泡出来的茶色偏黄，茶叶也偏黄，入口有一股青气，十分不好喝。所以，购茶之时，必须先泡一杯，看看模样是否齐整，闻闻香气是否清醇浓郁，尝尝味道是否苦甘——茶叶齐、颜色绿、香气浓、进口微苦、下咽微甘的茶叶，才是真正的好茶叶。

雅心茶具

有了好茶叶，还得配上合适的茶具，才能沏出好茶。

这里讲的“合适”，不是时下人们所认为的“高档名贵”“漂亮高雅”，而是杯要适茶、适人。

有两个误区：一是千茶一具，二是千人一具。

千茶一具，指的是不管什么品种的茶，都用同一种茶具来沏。普通老百姓或用玻璃杯,或用瓷杯,或用搪瓷杯;“高雅”一点的,则用紫砂壶、青瓷碗。但是,我见到他们一年三百六十五天,每天喝茶就用那么一种茶具,也不分是新茶还是老茶,是白茶还是红茶、花茶——这是沏不出好茶的。

对一个真正爱茶的人来说,不仅要会选择好茶,还要会选择好茶具。早在唐朝,陆羽就在《茶经》中详列了与泡茶有关的用具八大类,共二十八种,对茶具总的要求是实用性与艺术性并重,既力求有益于茶的汤质,维持或突出茶汤的色、味、香、形特征,满足饮者生理需求,又讲究古雅美观,给饮者带来审美愉悦。

一般来说,冲泡绿茶,适宜用无盖子的杯、碗,而不宜用壶。上好的绿茶,大都是春季采摘的细嫩叶子制作,制成的茶叶也保持原叶的细嫩特点,倘若用壶泡,则很快就把茶叶蒙熟。笠翁研究发现,茶叶一旦熟烂,不仅颜色变黄难看,而且汤水也随之变黄,失去了香甜的味道,变得难于入口,更不用谈香气了。从这一点讲,冲沏绿茶,无论是杯子还是瓷碗,都宜小不宜大,杯、碗大则水多,水多热量也大,就会很快使茶叶变色变味。再者,饮用绿茶或者花茶,不仅要啜其味、闻其香,还要观其色、赏其形,若用紫砂壶,则色、形无法观赏。坐在办公室或家中案头,目睹嫩白如玉的安吉白茶在杯中或沉或浮,渐渐舒展身子,在汤中整齐林立,此种妙景,让我想起唐朝诗人白居易曾在诗中写道:“青娥递舞应争妙,紫笋齐尝各斗新。”苏轼在《试院煎茶》一诗中写道:“蒙茸出磨细珠落,眩转绕瓯飞雪轻。”把茶比作“青娥递舞”,比作“绕瓯飞雪”是多么美丽动人、赏心悦目啊!为了能更好地观色赏形,陆羽着力推荐的青瓷碗现在却有些过时,比瓷碗更好的是玻璃杯——我说的玻璃杯,是玻璃质地佳,制作工艺好,样式新颖,造型别致的优质杯子,不仅透明度非常高,而且也非常牢固,一般不会因开水冲而爆破,价钱也不是很贵,三五十元左右的就很不错了。

倘若泡的是老茶、发酵茶(譬如乌龙茶、普洱茶)或茶叶碎末,则宜用壶泡而不用杯冲。因为老茶、发酵茶需要保持热量,以使茶中的有益物质充分释放出来,被人吸收。另外,用有盖的壶、碗冲泡,能有效避免茶香过早散失。所以在我国民间,流传着“老茶壶泡,嫩茶杯冲”的说法。倘为了解渴,在家中或办公室内,用大一点的杯子或紫砂壶泡一壶老茶,冷热喝都是不错的。

千人一具,指的则是不管什么样的人,都使用一样的茶具。笠翁经常看见一些女性饮者与男性一样,捧着喝啤酒的大杯子饮茶,也见过男女都用硕大的哈磁杯饮茶的,甚至有女性用大壶对嘴饮的,样子十分滑稽。

我们中国有着几千年的饮茶文化,而它的核心,就是“天人合一”,用一个字表示，就是一个“和”字。“和”即和谐、和美，是饮茶者精神层面的享受。前文已经说过，对茶具总的要求是实用性与艺术性并重，艺术性的方面，就是精神的层面，高雅一点讲，就是“茶道”了。喝茶不仅能解渴，还是一种修身养性的方式。中国人在唐朝甚至唐朝以前，就已将茶饮作为一种修身养性之道，在此便不过多引用赘述。

但是，和谐之美却是美的本质。笠翁认为，这一美学理念运用到喝茶上，就是茶与具和谐、具与人和谐、茶与水和谐，甚至还包括人与环境和谐。

具与人和谐，就是每个喝茶的人，要根据自己的性别特征、性格特征和年龄特征等，选用适合自己的茶具，达到人与具的和谐状态。笠翁认为，体态小巧之人，适合选用小巧的茶具；时髦前卫之人，不适合选用古朴典雅的紫砂壶与青瓷；女性不宜端着大壶，嘴巴直接对壶嘴饮用，而应该配置一个小巧的杯盏，将壶中的茶水倒出，慢饮细啜。这样，饮茶才能达到“人具合一”“物我两忘”的高雅境界，使饮茶处于一种特殊的审美状态之中。

慧根之水

要沏一壶(杯)好茶，还需要有好水。

“其水，用山水上，江水中，井水下。其山水，拣乳泉石池慢流者上，其瀑涌湍漱，勿食之。久食，令人有颈疾。又多别流于山谷者，澄浸不泄，自火天至霜郊以前，或潜龙蓄毒于其间，饮者可决之，以流其恶，使新泉涓涓然，酌之。其江水，取去人远者。井水，取汲多者。其沸，如鱼目，微有声，为一沸；缘边如涌泉连珠，为二沸；腾波鼓浪，为三沸。已上，水老，不可食也。”这是茶圣陆羽在《茶经》中对沏茶之水的描述，大意是：沏茶最好取涓涓之山泉水，其次是远离人类污染之江水，再者是经常使用之井水，而水的温度控制在“三沸”以内，“三沸”以上为“老水”，“不可食”。一般来说，水煮沸五分钟以上，就是老水了，不能食用。家中的饮水器，每隔个把小时，就会重新沸腾一次，也是常沸之水，也不可食用——至少食用对身体健康不利。

今天的城市人，要想直接取山泉水、干净的江水煮茶，似乎已经不太可能了。家里只有两种水，即自来水与桶装矿泉水。笠翁认为，自来水是不宜用来沏茶的。自来水漂白粉气味重，直接对茶的色、香、味、形带来伤害，再好的茶叶，再好的器具，也沏不出一杯香喷喷的好茶。笠翁多次试验过，直接用自来水烧成的开水沏茶，不一会儿，茶水变黄，茶杯上有一层茶垢；茶水入口没香味，而有涩味。

那么,什么水比较好?在城市,假如无法取到山泉水,我当然推崇矿泉水。

插说一个故事,在《红楼梦》第四十一回“贾宝玉品茶栊翠庵　刘姥姥醉卧怡红院”中,说到妙玉为钗、黛煮茶,当黛玉猜测煮茶的水是“旧年的雨水”时,妙玉冷笑道:“你这么个人,竟是大俗人,连水也尝不出来!这是五年前我在玄墓蟠香寺住着收的梅花上的雪,统共得了那一鬼脸青的花瓮一瓮,总舍不得吃,埋在地下,今年夏天才开了。我只吃过一回,这是第二回了。你怎么尝不出来?隔年蠲的雨水,那有这样清淳?如何吃得?”为煮一杯香茶,居然搜集梅花上的雪,还“埋在地下五年”——我们不说这种做法是否科学,但古人对好水的追求,确实值得我们今天的品茶人去探究。

有了好水,煮水之器也有讲究,“膻鼎腥瓯非器也”,有膻味、腥味、油味的器具都不能用来煮水或泡茶。沏绿茶之水,以温度控制在九十摄氏度左右为宜。过低,干茶舒展不开,茶汁和茶叶内的有机物质不能释放出来;过高,就是“不可食”的“老水”,还会对茶色、茶形带来伤害。

沏茶之前,应先用温水清洗茶具,一是清洁茶具,二是防止温度骤升,炸破茶具。沏茶之时,不要一下子把水冲进茶具,而是先用稍许水湿一下茶叶,停顿几秒,再冲好茶水,以免茶叶浮在水上。所冲之水的多少也有讲究,正所谓“浅茶满酒,待客之道”。意思是,茶水要冲得浅,酒水要倒得满,才是招待客人的礼数。这是很有道理的,如果茶水太满,不仅不宜用手端来饮,而且水多还会冲淡茶味。这一点,陆羽在《茶经》中也有叙述:“茶性俭,不宜广,广则其味黯淡。且如一满碗,啜半而味寡,况其广乎!”一般来说,第一杯茶要喝尽,然后再冲水一次,否则不能尽兴。第二次以后,茶叶内的有益物质基本上也都释放出来了,所以,有客人来,茶冲两次之后,第三次可冲可不冲。《红楼梦》中,妙玉对三杯茶还有个说法,说是一杯为品,二杯即是解渴,三杯便是牛饮,笠翁觉得颇有道理。

东坡先生说“从来佳茗似佳人”,但佳人再好,还得慧眼识;识得佳人归,还得学会呵护和欣赏,不然,再好的佳人也会被糟蹋成蓬头垢面之俗女子。笠翁破费几千文字,絮絮叨叨,实在是出于对茶之喜好。爱之愈甚,愈不忍其被糟蹋,但愿各位看客能体察一二。

最后,笠翁再次摘录白居易的诗,与诸位分享饮茶之乐趣:“游罢睡一觉,觉来茶一瓯”,“从心到百骸,无一不自由”。

2006 年 8 月 25 日

风雅

我如此深情凝视一棵树
是因为
我一直想长成一棵树的样子
我要把我的青春和汗水
凝结成杏子，凝结成桃李苹果柚子
直到我耗尽心血轰然倒下
我还要坚持
把我干枯的身躯
给你们劈柴烧

我喜欢的声音

人体真是一件奇怪的东西,每个器官都分别有各自的功能,而且每个器官都懂得享受。譬如嘴巴,会享受各种美食;譬如鼻子,会享受各种好闻的气息;譬如眼睛,那享受的万千世界更丰富多彩了。我今天要说的是我的耳朵,它喜欢享受那些美妙的声音。

春雷

我喜欢听春天第一声惊雷。

立春一过,我的耳朵就开始期待,期待那惊天动地、振聋发聩的轰隆声。

草木枯落、白雪纷飞的漫长冬季,候鸟南飞,虫豸销声匿迹,天空、大地、山峦、河流、花草、树木都沉睡不醒;天空被阴霾笼罩,我的耳朵也陷于万籁俱寂的寂寞里,没有诗意。

我喜欢春的万紫千红,喜欢莺歌燕舞的无限生命活力。

于是,立春一过,耳朵便盼望着,盼望着,盼望空中突然亮出耀眼的闪电,像巨大的锋利的宝剑般的闪电,瞬间划破冬的阴霾,照亮一切沉睡的眼睛,然后,让那高居云朵之上的惊雷,冲着还在昏睡的一切大吼一声:春天来了!

是的,春天来了,每年的第一声惊雷,都如是庄严宣告,醍醐灌顶。

那些光秃秃的枝条听见了,灰色的脸庞经雨水一洗,立即有了春意。看吧,每一棵树都是高明的魔术师,醒来的它们,在精光的皮肤之上,掏出花蕾,装上绿芽,再一转眼,又个个穿上了绚丽的春装。你白我黄,你红我紫,鲜艳的芳香的,都是树中的女性,她们都有非常好听的名字:玉兰,红桃,山樱子……每一棵都那么光彩艳丽,每一棵都那么楚楚动人,以至于我总想把她们都娶回家,跟她们海誓山盟,白头到老。至于树中的汉子们——朴、栎、枫、合欢,都毫无例外地一身绿。或墨绿,或黄绿,或红绿,或蓝绿,或紫绿……他们分开站,一棵树就是一面绿色的旗帜;他们站一处,就是一片绿色的海洋。我喜欢他们身上无限的生命活力,以及永远向上的精神和勇气。

大地上的野草被唤醒了。这些野火烧不尽的草啊,一声霹雳,就是它们与生命赛跑的号角。长茎的,一夜能高出一寸两寸,让你经过它们时,昨日还是“草色遥看近却无”,今晨已是“芳草碧连天”了。爬藤的,一场春雨过后,兴许能长出三尺来,它们从地面奔向一棵树,或是一棵竹、一根电线杆,然后,紧紧抓住,一下子就能蹿到树顶、杆顶,去展示它们赤橙黄白的花朵,然后,在秋天炫耀它绚丽的果实……当冬天再次来临之时,它们不带一点遗憾,化为腐土,为来年的春雷再次唤醒碧绿的生命而毫无保留地奉献自己的一切。

这一声霹雳也是鸟儿们出发的号角。

燕子,喜鹊,野鸭……还有许许多多我叫不上名字的鸟儿,听到雷声,都展开翅膀,日夜兼程,从南方奔向北方大地,奔向自己出生成长的故乡,去奔赴一场属于自己的春天的恋爱。

春雷一响,万物复苏,蓬蓬勃勃,看一眼,就能觉得生命无限美好。

而我知道,人的春天,却在一年一年的春雷里,越来越少。于是,春雷响过之后,我在花盆里撒下春的种子,以求把春留住。报春花,风信子,瓜叶菊,太阳花……不久以后,春天就在小小的花盆里绽放新绿。闲暇时光,我又可以施肥浇花,修枝剪叶。我喜欢住在春意盎然的居室,仿佛有春的存在,才是诗意的栖居。

经历了久久的肃杀冬季,我盼望着,盼望着春早早地到来。

我支起耳朵,等待天空那一声霹雳,就像恋爱时,等待情人靠近的足音。

鸟语

鸟语是世界上最美妙的声音。也许我的前世,就是一只鸟。

这些年来,我一直喜欢听鸟语。燕子的呢喃,麻雀的叽喳,画眉的婉转,鹧鸪的缠绵,打更鸟的高亢,夜莺的凄凉,喜鹊的悦耳,杜鹃的惊心……我无一不喜欢听。

老家的房子依山而建。山上有茂密的树木,山下溪边是广袤的竹林。河流,森林,田野,便是鸟儿的天堂。

我小时候听过各种鸟叫。

屋前屋后的山坡多画眉。众所周知，画眉是鸟儿中的音乐天才。阳光灿烂的春天，是画眉最爱演唱的季节。只要有一只画眉开叫，立刻，山林里到处都有回应，悦耳的声音便如山泉般在耳边汩汩流淌，清凉而甘甜。可以说，高中毕业前，我都是在画眉优美的歌声里长大的。

我能逼真地模仿画眉的叫声，几乎可以达到以假乱真的地步。我要是站在山坡下学画眉叫，漫山的画眉便会情不自禁地跟我呼应。小区里有老人养画眉鸟，挂在树上，我经过的时候，也会情不自禁地朝它们叫几声。于是，笼子里原先沉默的鸟儿都争先恐后地跟我比赛唱起歌来……

我不仅能模仿画眉，还会模仿子归和鹧鸪的叫声。因为学得太像，母亲常说："你是鸟托生的……"

即便如此，画眉鸟的声音，却不是我最喜欢听的鸟语。

我最喜欢听的鸟语，是一种在我老家被叫作"打更鸟"的鸟儿。这鸟儿长什么样儿我至今没见过，只知道它喜欢住在竹林里。与一般鸟儿白天鸣叫不同，打更鸟大多在黎明时分鸣叫，声音至今听来仍然觉得极像"亮快了"三字，鸣叫的时候，"亮"字后面一个拖音，"快了"二字非常急促。而且，它的叫声一声比一声响亮，一声比一声高亢，一般连叫六七声，直到声音高到不能再高为止，我甚至怀疑，十里外都能清晰地听见它急促嘹亮的叫声。

我读小学和初中时，都是走读，学校在十里外的镇上，每天黎明，天还未亮，我就得起床去上学。打更鸟叫过三遍，我就得起床了，不然赶到学校会迟到，这比闹钟还准。心里惦记着上学，打更鸟叫第一遍时，我就会醒来，然后躺在床上，听它一声又一声高亢地报时，听着听着，它的声音便刻在心底，觉得那是催人奋进的军号。

可惜的是，打更鸟的声音太高亢，人类无法达到它那样的分贝，我根本无法学会。

叫声极美的，还有一种叫"杨梅鸟"的。老家山上，有许多野生杨梅树。每到六七月份，山上长满一树一树的野生杨梅，虽然有些酸，但那时却是孩子们喜爱的美食。杨梅鸟的叫声也很奇特，就像是一个嗓音极好的俏女子，悄声在唤同伴"吃杨梅咯——"的声音。而有杨梅鸟叫的地方，必定有一树红熟的杨梅，循着它的叫声寻去，必定有无限的惊喜。

现在，我住在城里，很少听见"打更鸟"和"杨梅鸟"的鸣叫了。不过，城里的麻雀、鹧鸪似乎非常多。有时，双休日偷个懒，早上想多睡会儿，总被它们吵醒。

当然，我一点也不责怪它们。窗帘掩映，阳光微露，睡意初醒，此时窗外传来几只麻雀平和的对话，虽然听不懂它们在交谈什么，但是，那叽叽喳喳的私语，在初醒后寂静的氛围里，听起来竟是那么的富有生命活力，让人觉得一觉睡后能够醒来，是那么的美好。打个不十分妥帖的比喻，仿佛就是失去水分的花瓣，忽然有清冽的露珠滴上来，顷刻便鲜活起来的样子。

我喜欢听鸟语，常常立于树下，听鸟儿们歌唱或对话；有时漫步山间小路，听鸟儿们为我讲述诗情画意。阳光灿烂的日子，听一树不知名的鸟儿啁啾，宛如听一场大师们演奏的高雅的音乐会，听完之后，心中无尽的生活烦忧，都被洗涤干净，无限舒畅。

我喜欢听鸟语，非常赞同古人总结的最具诗意的"鸟语花香"四个字。当然，人类永远也听不懂鸟儿在说什么，唱什么，只是觉得美好，任何文字的表达，都只能是拙劣的形容。

夜雨

夜雨是造诗的天籁。

听雨的场合，最好是乡下，像我老家那种，远离城市与喧嚣；时间最好是夜晚，雨天闲来无事，晚饭之后，看一会儿电视，人们都愿意早早躺到床上，睡觉养精神。此时，村庄腾出空旷，铺满宁静，为夜雨的天籁营造静谧的舞台。

夜雨弹奏的乐器，便是屋瓦。最好是木楼，没有严丝合缝吊顶的那种；瓦片呢，最好是青黑小瓦，适合雨点小巧的手指弹奏；楼外最好有竹林，或者一树两树的芭蕉、梧桐。

这样的舞台，无论春夏秋冬，躺在床上听，都能听出诗歌的韵致。

夜雨，古人比我更爱。

"小楼一夜听春雨"，这是春雨营造的最美意境。春雨的手指绵软，落在碧瓦之上，声音极其轻微细腻，一如蚕食桑叶，沙沙地响；又如少女的叹息，温婉柔润。

春雨必须用心上的耳朵听，听那声叹息里的憧憬，听细腻里的甜蜜。

春天的夜雨都长有轻快的爪子，爪子上都长有绵软的脚掌。时而蹑手蹑脚，从一只耳朵踱进另一只耳朵；时而如风，在心灵的平原上席卷而过。

春雨必须用发亮的眼睛听。听花朵缓缓绽放花瓣的声音,听花蕊里飘出的缕缕的香,听明朝深巷里,绵软的吴音。

有一年春天,我在湖州一条老街上小住了几天。一天上午,我还在春雨的梦里酣睡,忽然听见街上传来一串清脆悠长的女声:"白兰花——五角一朵——白兰花——五角一朵——"一瞬间,我竟然感觉时光倒流,仿佛一下子回到大宋王朝。我来不及穿衣,赶忙扑到窗前,掀开窗帘往外张望。窗外,经春雨洗涤过的阳光分外黄鲜,还闪烁着七彩的光晕;街旁的树木缀满新绿,仿佛夜晚的雨水没落到地上,全挂在枝头——那种嫩绿,若有一丝风来,我想必定会像露珠一样飘洒于地上。街上行人如织,一个妇女,胳膊挎只黄色竹篮,竹篮上搭着一条白毛巾,正缓缓地沿街甜美地吆喝,叫卖玉兰花。那一刻,我几乎有飞奔下去买几朵的冲动——只可惜我不是女孩子——那时那景,是多么的诗意!

春天的雨,怎么听都不会有伤感。就是雨点大些吧,就是伴有阵阵的雷声吧,落在耳朵里,眼前也都是春光灿烂。"一夕轻雷落万丝,霁光浮瓦碧参差。有情芍药含春泪,无力蔷薇卧晓枝。"在大才子秦观的耳朵里,一夜春雨,千金良宵,何等的浪漫逍遥。

就是暮春吧,夜雨也十分有听头。"春眠不觉晓,处处闻啼鸟。夜来风雨声,花落知多少。"我想,诗人的耳朵,一个夜晚何曾舍得眠过。风声,雨声,伴随着缤纷的落英,连接清晨清脆的鸟鸣,这样的天籁盛宴,又怎么能够舍得睡着,只恨不得找根链子,把春光牢牢系住,让灿烂的春花永远开在梦醒的早晨。

夏夜的骤雨,是盛大的音乐演奏会。

狂风舞动茂密的树冠、竹林,潮涌般哗哗作响,是演奏会的序幕。

雷电铿锵的鼓点响起,从山脉的那一边,慢慢滚到头顶之上。

"轰隆——""噼——啪——""啪——"

一声比一声猛,一声比一声歇斯底里,使劲在你头顶上擂,在你头上扔炸弹。爆炸、爆炸、爆炸……强烈的电光,一瞬间穿透厚厚的瓦片,照亮房间。

大雨,倾盆而下。

屋顶之上,仿佛有千万匹骏马在奔腾,有千万支利箭在发射,有千万条人马在倒下。树木呜呜如号角,雷电砰砰像炸弹,瓦片叮当似万箭齐射,屋檐瀑布飞泻……万千声音齐发,天崩地裂。

在这惊天动地的雨声里,躺在床上,感觉就像坐于大海中的一叶小舟里,时而被滔天巨浪举到高空，时而被漩涡深深沉溺海底，人根本无法把握自己的生命，只能任凭命运摆布……

幸好，夏夜的暴雨总是急而短促，一阵猛烈的厮杀之后，便有了胜负。不久，侵略者丢盔弃甲，落荒而去。鼓声渐远，箭镞稀落，只剩下屋檐滴滴答答，仿佛是为战争的创伤哭泣。

然夏雨的演奏容不得观众舒缓一口气，正待安眠，屋外的池塘里，一声珠圆玉润的唱腔忽然拔地而起，直抵人的心灵——一只青蛙，呱呱呱地高歌起来。

它这一唱不打紧，立刻，就有另一只蛙起来对唱，第三只蛙起来伴唱……几十只蛙起来合唱，几百只蛙同声高唱。池塘里，稻田间，到处都有蛙在高歌。或浑厚，或清丽，或绵长，或急促，或高亢，或低沉，高低起伏，抑扬顿挫。时而独唱，时而合唱，仿佛是胜利者在举办盛大的庆典。

然而，这一切喧闹声，似乎跟人无关——我从没听说有哪位村民抱怨夏夜的声音嘈杂，使他夜晚睡不着觉。相反，一夜夏雨，降下清凉，洗去人心头的烦躁，更好入梦。

夏日的夜雨，在人心头，刻录宁静，于是就有了“黄梅时节家家雨，青草池塘处处蛙。有约不来过夜半，闲敲棋子落灯花”的美妙诗句。

秋冬的夜雨，则是诗人们的最爱。

秋天，草木枯落，雨点落在枯萎的叶子上，别有一番声响。特别是秋雨绵绵，从屋檐滴落下来，倘若檐下恰有一枚枯叶，或者塑料的纸片，那种滴滴答答，在寂静的夜晚听来，真若一忏悔僧人，独坐枯灯下，缓缓地敲打木鱼，清脆而空灵，辽远而苍茫，让人不由得就滋生起命运的慨叹来。

也许是经历了春的希冀、夏的热烈，秋冬时节听雨，不同人生经历的人，都有不同的感受。

“梧桐树，三更雨，不道离情正苦。一叶叶，一声声，空阶滴到明。”秋雨连绵，冷雨滴在枯萎的梧桐树叶上，如泣如诉。诗人的脑海里，浮现出一个独处深闺的女子的脸庞，也许，她就是诗人深爱的情人。因为离别而思念不已，因为思念而痛苦不已，寒冷的秋夜，孤枕难眠，又听到这样幽怨伤怀的雨声，她怎么还睡得着觉。其实，诗人这样遐想，正是他自己难以遏制相思，雨声不止，寂寞和痛苦不止。

与温庭筠听雨起相思不同的是，女词人李清照因遭受战乱，丈夫去世，国破家亡而独守空房，那种悲痛撕心裂肺，自然让她无法入眠。秋日夜晚，雨打梧桐，声声凄凉。孤独无助的她，独立窗前，用耳朵咀嚼那冰凉的雨声，苍白的嘴唇随着幽咽的雨声轻轻念道："梧桐更兼细雨，到黄昏，点点滴滴。这次第，怎一个愁字了得！"

秋日的夜雨，滴答有韵，苍茫空灵，不知道打湿了多少古人的眼睛。那"巴山夜雨涨秋池"的李商隐，那"夜阑卧听风吹雨"的陆游，那"空床卧听南窗雨"的贺梅子，那"少年听雨歌楼上""壮年听雨客舟中""而今听雨僧庐下"的蒋捷，至今都还醒着一只耳朵听，听雨诗意地讲述各种人生境遇。

其中，最于我心有戚戚焉的，当属宋人林逋，他那句"此夜芭蕉雨，何人枕上闻"，写出了秋日夜晚的清幽和安静，以及听雨的闲适和浪漫。如果有可能，我也想在城市商住楼下，种一树两树芭蕉，好在秋冬夜晚，听雨的天籁。

虫歌

虫子们都是唱情歌的高手。

夏末，蝈蝈的响亮情歌宛若一条潺潺的溪流，清澈的泉水哗哗啦啦地，在光滑圆润的卵石上流动，激起阵阵涟漪；时不时地，溪流还从高高的悬崖上飞落，溅起飞花滚玉般的声响，在寂静的夜空中传播得很远。

蝈蝈的情歌就是这样抑扬顿挫，悠远绵长，从夜幕降临一直唱到黎明。虽然，夏天的蝉也是高音，但比起蝈蝈来，它的歌声则显得单调枯燥，远不如蝈蝈情歌的清澈圆润。因为蝈蝈的歌声如此动听，小时候，我可没少捉过它。

绿色的竹丛中，丝瓜、南瓜的绿叶上，都是蝈蝈歌唱的场所。很多时候，能听见蝈蝈激情万分地唱歌，却难以发现它的身影，这是因为绿色是它最好的保护色，它碧绿的身躯，就如同一片宽大的竹叶。

但这并不影响蝈蝈美女们找到唱情歌的帅哥——很小我就知道，会唱歌的蝈蝈、蟋蟀，都是虫子中的帅哥，而虫子靓女们则都羞答答，默不作声。蝈蝈帅哥在绿叶上使出浑身解数歌唱，蝈蝈美女们听到歌声，则会悄无声息地来到它身边；然后，一对情侣边唱歌边交配。这样的情景，也该是激情四射的吧？

可是，只要想到，这是它们生命的绝唱，你就会肃然起敬。

蝈蝈、蝉、金蛉、蟋蟀，还有许许多多我叫不出名字的虫子，它们从卵到成虫，有的需要几个月，有的需要六七年时光，然而，当它们成虫来到地面上，生命给予它们的，仅仅才几周时间，有的甚至更短。它们就像传说中的荆棘鸟一样，一生才唱一次歌。歌声唱完，生命结束。当你听到虫子们唱歌时，那一定是它们凝聚一生的力量，投入全部的身心，用百分百的真情歌唱，它们通过歌声呼唤爱情，把最美的一面展现在情人面前，唱完就死。

它们唱的，是生命的情歌，也是生命的赞歌；是用生命在唱歌，是生命的绝唱！

夏天，白昼酷热，夜晚凉爽，我喜欢乘着一点晚风，到郊外去散步，呼吸呼吸新鲜空气，锻炼锻炼身体，消解消解暑气。倘若能听到蝈蝈的歌声，则能成为非常美好的享受，有"沧浪之水可以濯我心"的感受。生活中难免会有受伤、厌倦的念头，聆听蝈蝈的生命绝唱，感受一下蝈蝈的生命激情，再回首眺望那灯火阑珊的城市，你会觉察出一些美好的东西来。于是便从黑暗中，向着灯火，慢慢踱回家。

如果说蝈蝈是虫子中的帕瓦罗蒂，那么，秋夜的蟋蟀，则是班得瑞或乔瓦尼了。

秋夜，没有了夏的浮躁嘈杂，更加幽静清冷；月光皎皎，落木萧萧，天地一片空旷。

万籁俱静中，一种清丽的，像两块玉片不停撞击的声音，忽然响起来——"句句句句——句句句句——"，连绵不断，清越悠扬，扣人心弦。在乡间旷野，在城市草坪，甚至在高楼房间里，你的床底下。

蟋蟀的歌声真的是十分动人的，我不知道为什么，在古人的耳朵里，听起来居然那么伤悲。《诗经》中就有关于蟋蟀叫声的描述："蟋蟀在堂，岁聿其莫。""蟋蟀在堂，岁聿其逝。""蟋蟀在堂，役车其休。"说是听见蟋蟀鸣叫，感叹时光易逝。大诗人杜甫，写诗感叹说："促织甚微细，哀音何动人。"连一生金戈铁马的南宋大元帅岳飞，听了蟋蟀唱歌，也伤感地说："昨夜寒蛩不住鸣。惊回千里梦，已三更。起来独自绕阶行。人悄悄，帘外月胧明。"遍读唐宋诗词，找不到一句说蟋蟀振奋人心的。

不过，这不影响我喜欢古诗词，喜欢蟋蟀美妙的歌声。我喜欢蟋蟀唱歌时的那种宁静、澄澈。我白天忙于工作，无暇思考，趁着夜晚的寂静，正好放飞思想。

大学刚毕业那年，我到一个偏远的山区小镇工作。单位安排我住的宿舍，是山边的一座平房。屋子四周都是草地。每到周末，都是我一个人独守那幢空房。大家可以想象：一幢房子，一个人，一张床，一盏灯，又在山边，夜晚降临，有多么寂寞啊！那时还没手机，我也没钱买电视机，更不要说私家车了。思乡，思念大学里那些朋友，考虑今后的人生道路，是免不了的。夜晚，孤独难耐，似乎唯有捧一本书读，才能打发时间，才能忘却烦忧。可是，当我把头从书本中抬起来时，我发觉我并不十分孤单——屋外屋内，尽是蟋蟀的歌声！时值秋天，正是蟋蟀谈情说爱的时候，大概是它们也觉察了我的孤独寂寞，就围着我的房子唱歌，有些居然从破了的窗缝中挤进来，爬到我简陋的书桌底下、床底下甚至枕头上，摇头晃脑地敲它们玉的云板，演绎对生命的热爱。

有时，我感觉它们太吵了，想把它们从房间里赶走。可是，三五次之后，觉得一切手段都是徒劳——它们的数量太庞大了，赶不尽，也防不胜防。于是，只好由着它们高兴，想来就来，想去就去，反正，房间里有虫声热闹，总比死寂要好。

就这样，我看书，它们唱情歌谈恋爱；我睡觉，它们在我枕边激情澎湃。

哪怕我睡不着，到屋外走一走，也到处是它们清冽的歌声。那时，天蓝蓝，月溶溶，风轻轻，走到哪都能听见蟋蟀“句句句句——”的清唱，让我觉得，秋天是多么空阔，多么宁静，多么美好啊！

也就是那一年，我开始发表诗作和散文。寂静之中，我对生活、生命，都有了全新的认识。感谢蟋蟀，多年来，它们一直在我心底悠悠地唱歌，我也一直能写出崭新的诗句来。

我喜欢的声音，都是来自大自然的声音，它们都很单纯，但却能激发我内心美好的向往。我始终认为，大自然是人类最好的书，它可以是爱情，可以是音乐，可以是生活，也可以是生命，可以是人类学习的一切东西。我之所以特别喜欢班得瑞的音乐，也是因为班得瑞的音乐中，融入了许许多多的自然因素，大自然的风声、雨声、雷声、水声、鸟声、虫声……都有体现。生活在城市，有时不能很好地接触自然，于是就听听班得瑞的曲子，聊以慰藉。更多的时候，我愿意漫步山边、江边，或坐于湖边、公园的长椅上，小区的石头上，聆听风声、蛙声、花开的声音，甚至蚯蚓的吟唱，并从它们的歌声里获得某种启迪。

听听自然吧，也许，你也会成为诗人。

2012年2月26日

崇敬大树

我平生没有崇拜过任何人,对于天地鬼神亦如此。

细细回顾这三四十年来的人生历程,才发觉自己还是有顶“礼”膜“拜”的。但“礼拜”的不是什么人和事,而是经风历雨的沧桑大树!

读小学的时候,我就对大树有了爱慕之心。那时,和我很要好的一个同学邀请我到他村里去玩。他很自豪地向我介绍他们村,最有特色的地方就是村头有棵很大很大的树,也确实如他所说,那棵树可能得三个大人的手臂伸直才能合围。我去的时候,正值夏天,我们几个小孩就在村头大树上爬上爬下地玩耍,树下不远就是小溪,我们用稻草在树枝上结绳,躺在茂盛的枝叶间享受清凉的风。在田间劳动的大人们被日头烤得受不了了,就跑到溪中洗洗脸、洗洗脚,然后坐在大树下歇凉,一边用斗笠扇着风,一边谈论村子里的长短是非,全不在意摇着树枝乱叫的我们这群孩子的窃听。

回家后,我就问大人们为什么我们村没有大树,大人们都说,原先村子里到处都是大树,大的有圆桌那么粗,“大跃进”时期全都砍了炼钢炼铁了。结果钢铁没有炼成,满山满村的古树没了,剩下唯一的一棵,就是我们家祖坟前的那棵槠树。

是啊,我这才想起,我们村最大的树就是我家祖宗坟前的槠树,粗大的枝干也需两个大人才能合抱,伸展出去的枝也有脸盆粗细,繁茂的枝叶撑起方圆半亩的绿荫,就像一柄巨伞撑在祖坟之上。可那是我们敬畏的地方,谁也不敢去攀爬,连上面偶有一段枯枝也没有人敢去折断——后来我明白,坟前大树成荫,有着“荫及子孙”之意。据说我家祖宗曾考取过清朝的秀才,也算是一方的乡绅,故而死后子孙们在坟前植树,希望祖宗保佑后辈继续享受荣华富贵吧。在淳朴厚道而又有着迷信色彩的农村,祖坟前有大树是极其光彩的事情,似乎那就是祖宗的象征,砍了那树,不亚于挖了谁家祖坟——谁愿意去干这样缺德的事!所以,那棵大槠树得以保全下来。从此,在我的心里,对大树就有着亲近而敬畏的复杂情感。

后来我走出村子,到镇里镇外读书,所就读的两所中学,都是大树成荫的学校,我从内心里感觉亲近和喜爱。那遮天蔽日的大树,那随风摇动的数不清的片片树叶,仿佛就是琅琅书声的积淀。无声之中,它们洋溢着深厚的文采,就像唐诗宋词,诸子精粹,看着看着,心中就有了诗意——我就是在这样的氛围中开始写诗歌,许多同学也像我一样仿佛一下子有了灵性,写出了美妙的文字。我问过不少爬格子的校友,他们也都说没有哪位老师教他们写诗歌、散文,似乎是在不知不觉中就会写了,一切好像就是那些郁郁的大树给了我们灵性。

工作多年以后,跑了不少学校,我发现,一个越是有着文化底蕴的学校,也越是有着参天大树。像大家熟知的北大,校园内遍布了端庄浓绿的桧柏、苍劲古朴的油松、华美高雅的白皮松、金黄富丽的银杏枫树等。据北大园林科调查,全校共有416株古树,其中300年以上的有30棵,100年以上的有386棵。大名鼎鼎的未名湖自不必说了,景色出众,已经成为北大风景的标志。环湖的杨柳婀娜多姿,枝条低垂,温柔地拍打着水面,令人流连忘返,百年来不知道有多少文人在那儿驻足,胡适、刘半农、茅盾……另外像哈佛,走进去的感觉就是绿树森森,它从1636年建校至今已培养出了7名美国总统、40名诺贝尔奖得主和30名普利策奖获奖者。这是一个高不可攀的纪录,但是,这难道和校园里绿树合围的那种氛围一点关系都没有吗?也许,正是这些老树,见证了一位又一位的学者,把他们的精神和灵气传播给一位又一位后来者,成就一所百年名校,经久不衰。

但是,对树的这种感受,三十岁以前一直在我的潜意识里存在,没有像今天这样清醒。可那份潜在的意识,竟然不知不觉影响到我的生活。10年前我认识了一个女孩,也就是我现在的妻,那时我还没有和她确定恋爱关系。第一次到她家去玩,震撼我心灵的,不是她家人的朴实和善良,而是那村子中到处耸立的棵棵大树。在村口用石块砌成花坛围着的,就是一棵高耸入云的千年古银杏树。我去的时候正值深秋,一下车,我就觉得天空特别耀眼,抬头一看,惊呆了,我从未见过如此美丽壮观的树!满树的叶子都是金黄色的,在阳光下闪烁着金色的光芒,高举到蔚蓝的天空中,所有的叶片都显得透明,微风拂动,似乎能听见金属薄片轻微撞击的清脆的叮叮当当的声音,细听,竟然是《秋日私语》,是《蓝色多瑙河》,是《高山流水》,在我沧桑的心头缓缓流过,我深切地感受到一种熟悉而热烈的气息,紧紧抓住我的手,抓住我的心。而这样的大树古树,在妻的那个村子里竟然有很多,三五百年的三角枫，一两百年的榧子树，近百年的合欢树，无不老干粗壮，枝繁叶茂，我似乎从中读到了这个古朴的小山村，用它特有的灵气和气韵，欢迎走进它的客人，叮嘱走出它的主人。语言浅显，每一个碰到它目光的人都能读得懂它，而深入它的内心，你又能发现蕴藏在它深处的千年底蕴，只有生活久了，才能品味出它的气韵。在这方自怡的天地，它像阳光一样，普照着缕缕炊烟，普照着青瓦白墙的房屋，普照着和平生活的代代子孙。而有着这样灵气的村子，生活在其中的人也必然是充满灵气、善良淳朴的。事实也正如此，最后我把那个女孩娶回家，使她成了我的妻，10 年的相处，她的性格一如我第一次在她村口读到的那样。也许，是我先爱上了她村中的树，再爱上了她吧。正是那年，我的审美观发生了变化，我体会到，没有古树大树的村子，就像一个肤浅的粗人，不管建筑如何豪华，装饰如何精美，也只能给人一种暴发户的感受。

今年七月，我去普陀山旅游，进了普济寺，我再一次感受到了来自古树的震撼。这里的树尽是百年以上的香樟，棵棵树干粗大，枝丫伸展得很开，但又不是我平日见到的那种铺天盖地的青葱茂密，每一枝伸展出去都干净利落，所有枝丫都挑着一大簇碧绿的树叶，疏落中见遒劲，遒劲中显现道骨仙风。其中有一棵已经有六百多年了，我和三个同事手拉手方抱住它的身子。原本我是被同事拉来敬香的，可是，当我看见这些超凡脱俗的树，已然忘记了要去大殿给如来佛祖磕头，而是双手合十，恭敬地对那棵六百岁的古树膜拜——这生命力旺盛的树啊，也许正是哪位得道高僧亲手种下的，六百年来，风霜雨雪，电闪雷劈，它岿然不倒，把它对生命的热爱写满枝头；六百年来，寺院内香火不断，那袅袅升起的香气，天长日久浸润着它的枝叶根茎；六百年的声声木鱼，洗礼了它的凡尘俗气，它不就是一位站着的活佛吗？想得道的高僧个个化为烟尘远去了，寺院红顶黄墙也脱落一层又一层，只有这树，六百年风雨不动，笑傲世间。回想我这半生看见的那些古树，哪棵不是从一个又一个的时代走过来，见证了人世间的一切风雨，可它们都不说出来，都转化为枝，转化为叶，转化为阳光，生生不息地生长着，活着，活成一部历史。那天，在普济寺，我把脸贴在大树宽厚的背上，一任泪水流淌，我听见了古树胸中沉稳的心跳。活着，不要有什么索求，就已经很好，就是很大的福，还要向佛祖祈祷什么呢？

后来，我到了北京，去了故宫御花园，手抚那老态龙钟的古柏，轻声说，这是某个妃子泪水浇灌过的；在天坛，遥望大片的古柏树林的墨绿，我对自己说，这是朱棣亲手种植的，康熙、乾隆曾在它们跟前凝思过的；在十三陵，棵棵古树都庄重而威严，就像我家祖坟上的那棵楮树，我仿佛看见一朝又一朝文武百官的叩拜。所有的古树大树都是有灵性的树，面对它们苍老慈祥而又充满活力的面容，我深深敬畏和羡慕，因为能从它们身上，感悟人生的一切。

2004 年 9 月 20 日

听听那鸟语

三月，在水泥筑就的城中，在汽车的鸣笛声里，听鸟语。

“春来到——春来到——”，二月料峭未尽，报春鸟嘹亮的声音穿透灰色的苍穹，越过清冷的屋脊，像一缕绿色的阳光，在每一株沉睡的枝头荡漾。枝头一暖，寒霜羽化为晶莹的晨露——闪啊闪，那是树醒来的眼睛。

不久，黄莺、画眉这些抒情的高手，陆续登陆我所住的城市，一展她们的歌喉。小城里的每一棵树，每一个屋脊，每一根电线，都成了她们的舞台。这些乡间的原生态的歌手啊，她们的每一句歌词，都闪烁着旷野的元素。如竹露在绿叶尖滚动的，一定是黄莺的歌喉，清凉，圆润，甘甜。她一定是唱给小草们听的，声音不高，但清晰绵软。她唱啊唱，草坪上站出大片的粉丝，小巷的墙角，电线杆的根部，被小狗撒过尿的石头，都有追星一族探头眺望。而那如山泉飞溅的，一定是画眉在歌唱。溅溅潺潺，袅袅不绝，她是花朵们的偶像。“美丽的小女孩，把你的小蛮腰扭起来，快快快!”这是我翻译的画眉的歌词，三月的小城，不计其数的美眉为之疯狂。玉兰、雀梅、曼陀罗、红叶石楠……很多美眉我叫不出名字，我只看见她们跟着画眉的歌唱舞蹈……

诸多的女声里，当然也不缺男高音、男中音。鹧鸪是其中最有实力的代表。三月一到，小城每个小区，每座公园，都能听见他浑厚的男中音。“古哥哥——哥！古哥哥——哥!”音质醇厚，抑扬顿挫，而且从黎明唱到黄昏，一场接着一场，不知疲倦。他的声音里，一定富含高浓度的荷尔蒙。那些光棍的树们，那些衣着庄重的树们，听了他的歌，噌地窜出了木杪的火焰。红的火焰，绿的火焰，黄的火焰，白的火焰……在香樟的冠上，在枫的冠上，在柳的冠上，在雪松的冠上……鹧鸪在歌唱，木杪的火焰在熊熊燃烧，风不能熄，雨不能灭。谁听见了，谁的心底就有火焰在燃烧——爱的火，生的火，噌噌噌地从心底往上蹿，从骨头里往外蹿。人也挡不住，我看见,一个男生搂住一个女生的香肩,我还看见,一位男士牵住一位女士的手走进婚姻的殿堂,他们一定是听了鹧鸪的歌唱。

三月的小城,到处都是鸟语。斑鸠、蚁鴷、伯劳、地鸫……他们也来赶场。我看不见他们的影子,此时,树们开始有了绿荫,他们就在绿荫中间,引吭高歌。歌声飞越一条条街道,飞越一幢幢高楼,飞入我的耳朵里,他们就在我的耳朵里歌唱与私语。那都是缤纷的花朵啊,或鲜艳如玫瑰,或灿烂如郁金香,或清新如出水芙蓉,或清香如空谷幽兰。我不说出他们的名字,一任他们的歌声在我心底绽放。我只安静地听,我不惊动他们任何一个。

“叽叽——叽叽——”,这是山雀的呢喃。“喳喳——喳喳——”,这是喜鹊的欢唱。“小娇——小娇——”,这是情侣鸟亲昵的呼唤。“布谷——布谷——”,这是布谷鸟偶尔到城市来观光。他们大呼小叫,却自然亲切,听得人怦然心动——他们的声音里,满是紫云英、油菜花和谷子的清香!

众多旋律中,我最爱听也最怕听的,却是打更鸟的歌。打更鸟只在春天打更。三月一到,每天凌晨,都能听见他高亢的声音。“亮——快喽!亮——快喽!”从四更开始呼起,一直到太阳跳上山头。一声接着一声,一声高过一声,一直高到天上不能回转为止,然后歇一口气,再次呼喊,声震十里,焦灼而殷切。小时候,家乡有一片几千公顷的原始竹林,里面有许多鸟,当然也有打更鸟。春天的早上,我都是在打更鸟的呼声里起床,步行到十多里外的学校上学——那声音,不是能用一般的钟鸣可以比拟的,那是催人奋进、珍惜春光的呐喊!听见这样的声音,你还能继续在床上“春眠不觉晓”吗?我所记得的我的小学、初中生活,春天我总是早早起床,背语文,背英语……而今,在城市里,又听见打更鸟的呐喊,我的青春却不在,至今一事无成,怎么能不让人“恨别鸟惊心”!

三月,在水泥筑就的城中,在汽车的鸣笛声里,听鸟语,听生命的火焰,听青春的呐喊。

听着听着,夜不能寐,就着夜莺的灯火,急敲键盘落灯花,写我梦想的文字。

2007 年 3 月 31 日

春天的符号

玉兰花

早上，在上班的路上，看见几棵玉兰树，满树的鹅卵大小的花蕾强烈震撼着我的心灵。我该用怎样的语言来描述它呀：胳膊粗的树干，半丈以上尽是向半空四射的光秃秃的枝丫，枝丫上没有一片叶子，却布满了星星一样的花蕾，朝阳下，如玉的灯盏。白的玉，紫的玉，闪烁着令人眩晕的光彩。雪白的花瓣，紫中带点粉红的花瓣，都已经微微张开了唇，仿佛是含着笑的羞答答的少女。那份笑意，在我注视它们的时候，我看到了，那是浅浅的笑，抿着唇的笑，妩媚的笑……迎着朝阳顾盼生辉，让人忍俊不禁，似乎喊一声，它们全都会在同一时间"哎——"的一声答应你呢！

傍晚，我回家的时候，又扭头去注视玉兰花，路边去年才种的那棵树，只有三五朵花立在光溜溜的枝头上，很像三五只洁白的小鸟伫立在枝头梳理它们美丽的羽毛。我走过来的时候，它们为什么一点也不惊慌呢？我真想去抚摩一下那光滑的羽毛，可惜它们都在高高的枝头，我只能在树下听它们窃窃私语。我想，它们一定在谈一些开心的事，要不，它们怎么始终微笑着呢？它们的话题一定很时髦，要不，怎么空气中都萦绕着芬芳呢？我多想也站在枝头，站在它们中间，和它们一起叙说春天，叙说年轻……

柳条儿绿了

柳条儿绿了！二月末的那一天，我站在工作的那幢楼的东头三楼走廊上，不停地给各位朋友发手机短信，我想把我见到的第一缕春光的喜悦，分享给我所有的朋友。

我工作单位东面的马路边，种着一溜柳树。那天我在开着空调的办公室坐了一个上午，几近窒息中我夺门而出，站在走廊上眺望远山。

远山也和我的心情一样，灰色；天空，我的衣服，都是灰色，空气里还是春寒料峭的冷。

这时候我看见柳树，看见了那一溜刺眼的嫩绿。

立即，一些诗句从我的心底奔涌而出："娇春杨柳含细烟""九曲池头三月三，柳毵毵""上阳柳色唤春归，临渭桃花拂水飞""城柳含烟淑气浓""江南柳，叶小未成阴。人为丝轻那忍折，莺怜枝嫩不胜吟""浅浅余寒春半，雪消蕙草初长。烟迷柳岸旧池塘。风吹梅蕊闹，雨细杏花香""红尘陌上游，碧柳堤边住"……

我不知道是什么样的心绪，居然产生力量，驱使一向慵懒的我走出单位，走到路边看柳。

走近了，才看见柳条上刚刚爆出点芽儿，黄黄的，脆脆的，就像一滴露珠沾在上面，手一碰，就会滚落到地上一样。枝条尖上的芽儿略长一些，有米粒大了，枝条后段的芽儿则是刚刚微微张了一线睡眼，露出眸子中的那一点点妩媚的眼光。仅一粒细细的眼光不起眼，多了，整个柳树就光亮无比了，特别是在这灰色的天空、枯黄的衰草的映衬下，就像一朵火焰在燃烧，鲜亮而灼热。我知道，就这一点火焰，不几天，就会把大地各个角落都燃烧得轰轰烈烈——这就是春天，就是燃烧着生命的春天！

我说不出自己为什么这样感动，为什么看见这样崭新的鲜亮的柳树叶会有一种莫名的感动和惆怅。年轻的时候，我从没有这样注视一棵树的鲜绿、一朵花的凋谢，是在哪一年，我站在这样的春天面前，开始觉得我离它们很远的？是同事喊我"老翁"的时候，是妻说我头上"有一根白发"的时候，是某某同学撒手人寰的时候，还是那年三子遭遇不幸的时候？

二月的春风，你能剪出千年柳树的细叶，却为何不能将人的生命，重新裁出青春？

我走过了春天，为什么我就不能走回头，和柳树一样，重新绿一回？我还有许多心愿没有实现。走过的许多错误的脚步，我想要重新摆一摆。还有那句没有来得及说的话，我一定鼓起勇气对你说出来！

哦，柳条儿绿了，我站在它身边，我和它的距离却是那么遥远。我抓不住它的衣角了，我只能远远地看，远远地看……

“柳条儿绿了！”我给储存在手机通讯录里的所有朋友都发了这样的短信，我是想告诉他们，我多么喜欢春天，我多么想和柳条儿一样，重新媚绿一回。

我给四五十个朋友发了短信，都没有回音，我知道，他们都在忙碌，为了生活。当他们抬起头来的时候，柳叶儿又落了。

双休日，我一定要去苏堤，看“杨柳堆烟”，看“帘幕无重数”，看“三月三”的“柳毵毵”。我要在生命中最美好的季节，珍惜自己的生命。

朋友，你愿意陪我去吗？

燕子

“不许打鸟！”

这是你说的，在春天，在燕子归来的时候。你说，燕子的名字就是你的名字，你也是天上飞的燕子中的一只，打鸟，就是打你的朋友，就是打你！

吓得我不敢捡起一颗小石子，我怕我会在不经意的时候，随手扔出石子，打伤你的翅膀。

因为，在我的心底，我期待你飞得更高，飞得更远。

从此，我看见你的时候，我就会想起天上飞的燕子，我爱它们，爱它们飞舞的身姿，爱它们自由而欢乐的歌声。

我始终没有扔那颗子弹一样的石子，在我默默的祝福里，你飞向远方。

从此，我看见天上飞的燕子时，就会想起你，想起春天，一件美丽的心事。

朱自清曾说：“燕子去了，有再来的时候；杨柳枯了，有再青的时候；桃花谢了，有再开的时候。”但是，美丽的，你告诉我，有些心事为什么一去不复还了呢？有些人，走过去就走过去了，怎么再也没有回头了呢？

桃花

漫山遍野的桃花呀，都是我前世咯出来的血！

“去年今日此门中，人面桃花相映红。人面不知何处去，桃花依旧笑春风。”春天来了，桃花开了，在风中，怎么看都是治不愈的病痛。

无可奈何的病。桃花依旧，红颜已老，太匆匆，自是人生长恨水长东。

可惜，我不是李白，不会追问“春风尔来为阿谁”；我也不是李贺，想要“劝君终日酩酊醉”。

我只能在漫山遍野的桃花中读春天，读美丽无比、跳动生命火焰的春天，读出一身的痛。又一个春天来了，又一个春天将要离去。来的还会来，去的永远不回头，一切的懊悔都没有用。

在疼痛中珍惜，在珍惜中生爱。

爱阳光烟柳，爱春风花朵，爱生活，爱自己的工作，好好活着，爱我喜爱的事情。

2005 年 3 月 31 日

孤鹜

深夜，独坐月光斋，不上网，不码字，也不看书。熄了灯，把自己浸在黑暗里，手掌蒙着眼睛支着头，精骛八极，心游万仞。茫茫苍穹，我是一匹孤寂的兽，彳亍在凛凛寒风中，大地之上，千年寒冰闪烁着荧荧的冷光。

我不知道想说什么，也不知道想写什么。我只在想象，我是一匹兽，想在黑夜里吼叫。

我也不知道我想吼什么。我只能想象我的吼声，没有语言，像狼嚎，并能声震寰宇。

就在我认为，这个黑暗里，只有我这一匹孤独的兽时，一只鸟突然飞进我的耳朵里！

嘎——嘎——，嘎——嘎——

低沉，苍茫，孤寂，凄清。它鸣着，飞进我的耳朵里。

这是一只孤鹜！"落霞与孤鹜齐飞，秋水共长天一色"里的那只孤鹜！

它是从大唐的黄昏，一直飞到现在的孤鹜。从黄昏到黑夜，它飞到现在，也没能飞出黎明。

它没有朋友。不知道是它抛弃了朋友，还是朋友抛弃了它。也许，这鹜群中，也小人相党，拉帮结派，排斥异己。孤鹜啊，你一定也是鄙视那个种群，不愿意同流而选择独自飞。孤傲，不合群，这是你的完美个性，又是你的致命伤。你鸣叫着，低沉而苍茫、孤寂而凄清地鸣叫着，你想挣脱黑夜重压，想劈开黑暗的阻挡。

嘎——嘎——，嘎——嘎——

苍茫而悠远，辽阔而孤寂。却又像一柄重锤，如建设大楼夯桩一样，重重地砸向大地，落在我的心头，并溅起阵阵回响。

我仿佛觉得，这孤寂而苍茫的声音，如同从我的心底发出的一般。只有深怀孤寂的人，才能发出如此苍茫而孤寂的鸣。

啊，孤独飞翔的鹜，你一定是我的亲爱的朋友！

我打开窗子，想招呼它，或者，想看它一看。真挚的友情，不需要对酒当歌，也不需要夸夸其谈。一个目光，一个眼神，足以传递飞翔的力量。我想用我孤寂而深黑的目光，给这独自飞行的朋友，致以崇高的敬意。

然窗外漆黑，什么也没看见。唯有苍茫的声音，在宇宙空间内回响。

可我知道你在飞，在黑夜里不停扇动翅膀。向前，向前，一直向前，始终向前！

我也知道，你是噙着眼泪在飞。那是孤独的泪，那是勇士与过去决绝的泪。黑夜唯一的好处就是，它掩盖了真实，谁也看不见你的泪水。然而我知道，那闪烁的苍穹深处，闪闪的星就是你的泪。一闪一闪，在我的心头。

嘎——嘎——，嘎——嘎——

你飞过我的头顶，你前往远方。

当世界重归寂静，黑色重新浸染我的眼睛，我，似乎还能听见它的鸣叫：

嘎——嘎——，嘎——嘎——

苍茫、孤寂，温暖而亲切！

我分明看见它的翅膀掠过黑夜的刀锋，向南飞去了，怎么还有它的鸣叫呢？

正在我怀疑之时，我竟然发现，它在我心底鸣叫。在我打开窗户想看它的时候，它就飞进我的耳朵里，飞进我的心底了。

开始，我觉得这是幻觉，是由于孤寂而刻下的深深的幻觉。于是，我试图把这幻觉从耳朵里掏出来。我用手指在耳朵里挖，像掏耳朵一样，想要挖出这“嘎——嘎——”的幻觉，我需要朋友，但不需要幻觉。可是，无论我怎么挖，这叫声始终在我耳底叫不歇。

白天，走在大街上，在熙熙攘攘的行人中，我也能听见这幻觉的鸣叫。哪怕是在众人的笑谈中，只要我一凝神，“嘎——嘎——”声便会在耳朵里响起。

我继续在耳朵里挖，我想定要把这幻觉从我的耳朵里掏出来。用火柴棒，用棉棒和耳勺，我一直挖。可是，在耳朵里挖出血来，这幻觉之声，始终安然不动。

它啊，早已飞进我的心灵，并深深扎了根，成为我心灵的一部分，怎么还能挖得出来呢？

现在，无论是白天还是黑夜，当我安静地坐下来的时候，当我浑身伤痛的时候，当猎枪向我瞄准的时候，我都能听见它在我心底鸣叫：

嘎——嘎——

低沉，苍茫，孤寂，凄清。

我摸摸自己的胸口，啊，我浑身都是寒冷的羽毛，我也成了一只黑夜里飞翔的鹜！

2007 年 11 月 16 日

鹰于崖顶俯视芸芸众生

鹰踞于崖顶最突兀的岩石之上,俯视众生,四方八极,尽收眼底。

崖顶之上,除了岩石,还是岩石。冰冷,但干净。崖顶本是风歇脚的地盘,风从天庭降落,首先到崖顶歇脚,崖顶之上的岩石,被风掸得干干净净,别说细小的沙砾,连一星儿灰尘也没有。

草不喜欢,树不喜欢,天上的云,也不愿意在崖顶久留——这样孤寂的地方,除了风,还有谁喜欢待呢!

但是,鹰喜欢。大千世界,唯有站到这样的高度,才能将四方八极尽收眼底,俯视芸芸众生。

这让风有些恼怒。它呜呜地吼着,想把鹰吓走;它使劲吹刮着,想把鹰摔到悬崖底下去。

鹰毫不在意。它翅膀轻轻抖了抖,风就自己摔了个跟头,从崖顶一直跌到谷底。

风爬起来,一群麻雀站在屋檐下,张望着风,好奇地打探。“你从哪里来?”麻雀问。

“从山崖顶上。”风揉着伤痛,对好奇者回答说。

“崖顶? 那是什么地方?”麻雀们叽叽喳喳。

“在大山之巅,很高,很陡峭,上面有只鹰。”风也不想啰唆。

“比我们的屋檐还高还陡? 上面还有只鹰?”麻雀们哈哈大笑。它们笑风没见识。

风落荒而逃。逃到山坡,撞见画眉在唱歌。

“你从哪里来,风?”画眉甜美的声音,让风陶醉。

“从崖顶上来,被一只鹰摔下来了。”风倒没有撒谎。

“崖顶? 在云上面? 还有鹰?”画眉很兴奋,“啊,我早在神话里读到过,至高无上的鹰,它生活在云上的宫殿里,那里遍地是钻石、黄金、美玉,我渴望那样的生活!”画眉陶醉在自己的梦想里。

“那你怎么不上去看看?”风冷笑着说。

“……高在云端,我可望不可即……”画眉很是失落。

“切!”风扭头便走,它不想在这里浪费口舌和精力。

“我们的生活多么快乐……”在山腰的森林里,杜鹃、云雀、岩燕、林鸥……许许多多的鸟齐聚一堂,正举办大型文艺演出,歌唱美好的生活。

“风,你从哪里来,这样狼狈?”众鸟看见风,都停下来招呼,行礼。

“……都是那只鹰……唔……我现在要改口叫它大王了……你们见过鹰吗?”风见众鸟如此热情,不免把脚步停了停。

“你说我们的大王啊?它正在那里打瞌睡呢!”杜鹃鸟指指一棵高大的树上方。

风抬头一看,吓了一跳,那只鹰怎么来这里了?再仔细一看,风居然自己笑了。

“呵,不仔细看,还真以为是它,”风自言自语道,“这家伙居然也长了一副鹰的模样,但是脸却像只猫;而且,这家伙目光呆滞,精神萎靡,没有崖顶上那只鹰俯视一切的气质。不是它!”风笑道。

“哦,你说的是那只鹰啊!”岩燕说,“我见过,它在大山之巅,在高高的云端上的崖顶上。”

“我也见过。它飞起来,犹如一道闪电。”云雀补充说。

“可惜,它脑子有病!”那个身子如鹰脸如猫的大王半眯着眼睛鄙夷道。

“是的,那只鹰脑子有问题!放着这美丽的森林不住,它非要住到光秃秃的崖顶上;它想标榜自己,它目空一切!”林鸥看了一眼眯着眼睛的“大王”,义正词严地说,“只有脑子有病,才会跑到那寒冷的孤寂的高高的崖顶上!”

“我补充一句,”那只猫脸的鹰努力睁了睁惺忪的睡眼说,“它原来是我兄弟,但它太好高骛远,眼里又没他人,我早和它断绝了关系!”

“是的,它太目空一切!”众鸟异口同声地说。

“可它,是真正的鹰啊!”风忍不住,说道。

“我才是真正的雄鹰!”猫脸的鹰大声纠正。

“是的,我们大王才是真正的雄鹰。”所有的鸟,都指着猫脸的鹰赞美道。

风打了个寒噤,再次落荒而逃,逃到悬崖顶上。它又见到了鹰,鹰正孤独地俯视芸芸众生,目光如黑云中炸开的闪电。

风肃然起敬,轻轻为这只鹰梳理羽毛。

2008 年 4 月 6 日

我一个人苍茫

你对着那山坡笑了一下，那山坡一下子就绿了！

仿佛春风吹皱了湖水，仿佛花朵绽放了春天的笑靥，你唤醒了它的梦。

那曾是怎样的山坡！兽不走，鸟不飞，草不生，乱石穿空，像个巨大的伤疤。任何人看着它，仿佛都是一个远方，视线不会停留片刻；任何远方看着它，都是一个死寂，不现任何一丝生机。

山坡上的石头，曾是怎样的石头！每一块都是山的一个盼望，每一块都是山的一个梦想！可是，春天的雨不来，风不吹，每一块巨石都踮起脚尖，翘首引颈，企望千年。

最后，化成黝黑的、巨大的伤！

千年以后，你来了。凝眸相视，浅笑嫣然。

这痛了千年的山坡，这伤了千年的巨石，居然在一瞬间，全部复活，扑哧一声，全绿了！

一切的伤，化为云雾；一切的痛，化为鸟语。

化为泉水的歌，化为瀑布，化为彩虹，化为蓝蓝的天空，应和着你的笑。

只是，在你转身要离去的时候，不知你有没有想到，这山坡，已经把你装进它的视线里，深深刻进它千年的梦里。

当你移步，离它而去的时候，它紧捂着嘴巴，喊都不敢喊一声，它怕那冒昧的一声，从此打破了这鸟语花香的梦，它怕。

它目送你渐行渐远，渐渐走出它的视线，它不敢招手，它怕跌落了攥在手心的你的微笑，它怕。

于是，这个山坡一直绿着，它绿给你看。

你不来，这个山坡一直绿着，像一个巨大的惊叹。

瀑布，在等待中熄灭了激情。

泉水也因思念而枯竭。

可是，这个山坡坚持绿着，它至死都不愿意放弃生命中最美的一瞬间。

现在，我们都能够看见：烈日炎炎炙烤大地，那山坡上，草枯树黄，奄奄一息。可它还在等！等雨水，等你的一颦一笑；等你的消息，像等一场甘露；等你微笑着，从它面前轻轻走过……

你不来，你不知道，一个等字，是怎样的煎熬！那个等字，就是烈日中，火一般的炙烤。

请你相信，即使是如火的煅烧，这山坡，也绝不失望！

无非，它把梦，等得苍茫；把寂寞，等得辽阔。

2008 年 8 月 20 日

洗冷水澡

一

我喜欢洗冷水澡，不是一般的喜欢，而是一天不洗，身上难受。酷暑天气，我每天三番五次站到冷水里，经冷水的冲刷，方觉得舒畅。

我说的洗冷水澡，不是那种到山塘水库、江河湖泊里去野泳，而是站在自家的浴房里，在淋浴喷头下，酣畅淋漓地接受冷水的洗礼。

关上浴房的门，剥光身上的衣服，像一棵树站到天空下，接受雨水的滋润；像久旱的大地，从皮肤到毛孔，从毛孔到肌肉，从肌肉到五脏六腑，无不渴望雨水的浸润和滋养。当清冽冰冷的水打在皮肤上，你能看见暴雨打在干旱大地上而弥散的白色迷雾，你听见龟裂的大地迸发出的畅快呼喊。

换一个比喻。你见过铁匠铺子吗？见过铁匠打铁吗？呵呵，我就是那块被丢进炉子里烧得通红的铁块，每天，我必须经过降温，才能让自己冷静下来，在夜晚睡一个安稳。我是那块烧红的铁，我也是那个赤膊的铁匠，每个夜晚，当自己停下思想，停下手里的笔或者键盘，我将自己从炉子里夹出来，然后丢进冷水里冷却。“哧溜——”，铁块在冷水里翻腾，嘶叫——这不是痛苦的哭泣，而是冷却下来、平静下来的幸福的呻吟。经历冷水的淬火，一块生铁可以锻造成钢。

一年四季，我都喜欢把自己丢进冷水里，让自己冷却下来，也让自己坚固起来。

二

我喜欢洗冷水澡，有好多年了。

小时候，家住苕溪畔。苕溪是每个渔家孩子的浴盆、浴缸。家住苕溪畔却不会游泳的男孩子很少。记忆里,七八岁或者更小,就在苕溪里学“狗刨”,没有游泳圈,没有救生衣,只要天气热起来,谁也不会错过这天赐的快活。打水仗,摸螺蛳,抓小鱼,七八岁的小男孩,没有谁不会。

倘若真不会,那可就糟了。只要你去河边,即使你不会水,也会被同伴或大一点的孩子抬下水——他们可不管你会不会游泳,也不管你有没有穿衣服,更不管你怎么挣扎呼叫,他们抬着,就把你往深水里扔,然后,看你像只小鸡一样在水里扑腾——他们要的就是这效果,让你在求生的挣扎中,学会游泳——如果你实在不行,等你喝足了水,他们会把你从水里捞回来,他们不着急。

呵呵,如果你就此不敢去河边了,那么,你会永远被耻笑;如果你回家告状了,那么等待你的将是喝到更多的河水。你只有尽快地掌握游泳的技巧,和他们并肩同行,去“欺负”别人,除此之外,你没别的办法。

差不多一天时间,每个不会游泳的人,都能从深水区域逃回来。当一个人没有退路可走,还有什么困难能挡得住他!而越过了这道坎,或者这座山,天地将为之一阔。不久以后,宽宽的苕溪,再也挡不住我们的幼小身躯。仰泳,潜水,踩水,随后的花样,只要你肯学,没有多少难事。只可怜苕溪里的虾兵蟹将,龟鳖鼋鼍,从此不得安生。

没有哪个读书的暑假,我不泡在水里。借口到河对岸去挑猪草,举着个大竹篮子游过去;然后,又背着一篮子猪草,从对岸踩水回来。一为显示本领,二为享受河水的惬意。

大人到河里抓鱼,我们跟去洗澡。有鱼抓固然可喜;没鱼,能与水接触,在水里“深入浅出”“劈波斩浪”,那比抓鱼还痛快。

三

读中学以后,我是住校生。学校没热水,我们只好用冷水洗澡。用脸盆舀冷水往身上浇,那几乎是每天必做的作业。

冬天洗冷水澡,往往让人忍受不了,我们那时的错误做法是,先打篮球,把自己折腾出汗了,然后抱着干净的衣服,到学校浴室里去浇冷水,或者就直接在盥洗室里浇冷水,一边浇,一边嗷嗷叫,声震校园,这往往被女生骂为“做鬼叫”。那时我们不懂,出汗的身子是不能直接洗冷水的,容易感冒不说,还容易患风湿。

至今，我常常回忆读高中时，溜到校园外面一条小河去偷洗冷水澡的情景。所谓偷，是因为学校不允许外出下河洗澡，那是绝对的纪律。可男生似乎总有办法，几个死党悄悄去，悄悄回，不告诉别人，也不胡吹。

校园外面那条河，直接从山坳里流淌出来，河水清而冷。河边有大丛的芦苇和桑树地，可以隐身，可以躲在里面换内裤——那时候，在野外曝光自己的身体是很害羞的事情，非躲着不可，紧张而刺激，所以记忆特别深刻。

毕业以后，我先是在一个山区小镇工作。那是一个贫困山区，似乎什么都缺，就是不缺水，单位对面的山脚下，有一条弯弯曲曲的河流，河流不宽，但河水碧绿，长年不息。它是苕溪的上游。当地人为了灌溉和用水，在每个村子的河流上游拦河筑坝，挖渠把水引到村子里，流到田间去，每个坝头都是一个天然的浴场。

青山碧水，蓝天白云，那是我躺在那条河里最舒心的事。我几乎天天去洗冷水澡，从夏天到秋天，从霜降到河边的水结冰。

我和朋友洗冷水澡的时候，当地的农民会到坝上来看笑话。他们说："看啊，你看这些人啊，真是有毛病，这么冷的天，还泡在河里……"

唉，子非鱼，焉知鱼之乐。你不喜欢洗冷水澡，怎么知道洗冷水澡的乐趣！

四

由于工作的调动，我离开了那个山区小镇，来到了小城。暂时的生活条件的改善，也让我离开了洗冷水澡的日子。

管道煤气、淋浴房，想什么时候洗热水澡，都不是问题。城市里面，还有众多的浴室，桑拿浴、芬兰浴、土耳其浴、木桶浴、按摩缸浴，形式五花八门；盐浴、玫瑰浴、木瓜浴、中药浴，种类琳琅满目，很让人迷失自己。洗多了，除了助长一身肥肉，也让自己的身子弱不禁风，感冒、鼻窦炎经常在秋风肃杀的时候找上门——这在以前，可是从未有过的现象，在高中毕业前，我还从不知道挂盐水什么滋味呢！

由于写了部小说，莫名其妙被人对号入座，各种打击随之而来——威胁的，恐吓的，给小鞋穿的，造谣生事的，看热闹的，看笑话的，层出不穷，连续几年，月月不曾停歇过。那段日子，我白天微笑上班，夜晚独坐枯灯下，码文字以娱心情，给日子找点亮光。

也有借酒消愁的时候。有天晚上，喝得酩酊之后，只觉得身体燃烧得厉害，犹如炽热的火焰山。我想喝水,摸到水龙头,冰凉的冷水灌进肚子里,竟然觉得无比舒畅。忽然,脑子里一个念头一闪:洗个冷水澡! 我什么也没多想,剥去束缚自己的衣服,就站到了淋浴喷头下。拧开水龙头,冰爽的冷水从头而下。

那是十二月天啊,早已是穿羽绒衣的日子。子夜,自来水有多冰,我感觉不到!我只感觉畅快,只觉得自己干裂太久,只觉得身上的锈迹,在冰冷的水下,哗哗落地……一直冲到心里的怒火结了冰,一直冲到大脑停止思考。我只想安静地睡一觉。

那一晚,梦里都是阳光和花香,没有拿着刀子的魔鬼。

从那以后,我每天晚上睡觉前,都站到水龙头下,接受冷水的抚慰。仿佛只有冷水,才是我的知心朋友,它明白我需要什么。

没有什么比冷静的心灵,更让人幸福了。

五

坚持洗冷水澡,已经快五个年头了。说也奇怪,每天深更半夜被冷水冲刷,不仅没感冒,就是想感冒,它也不来了,讨厌的鼻窦炎也消失了。别人穿羽绒衣过冬,我只需要西装;别人盖被子,我只需要毯子。

我不怕风吹,不怕雨打,不怕霜凌雪压。最关键的是,我学会了坚持和忍耐。毕竟,冬天的冷水是刺骨的,需要坚持,需要抵制热水的诱惑。

一个人想要享福,那是很容易做到的事;而要学会吃苦,并坚持吃苦,没有坚韧的毅力,绝对难办,不信,你可以试试。现在,我可以对任何人说:“你吓不倒我!”我可以对任何事情说:“想难倒我,没那么容易!”

夏天即将过去,秋天悄然来临,我继续洗冷水澡。越是天冷,越是要扛住。扛得住冬天冷水的打磨,也就扛得动生活,我觉得。

扛过来的生活,你会觉得特有味。一如洗冷水澡,当冰凉的水珠滑过肌肤,你能感觉到它的滚动,你能听见皮肤与水珠之间的嬉笑和呐喊,你能感觉热与冷的拼杀和决斗的震撼,你能感受全身肌肉和毛孔的战栗,以及心脏和大脑的战鼓轰鸣。

真的很爽,爽到你想高声呼喊。

呼喊声落地,一块生铁炼成了钢刀。

2008 年 8 月 1 日

思念成草

我的思念注定不能长成大树，遮天蔽日，随风招摇；我的思念也注定不能汇成大海，惊涛拍岸，卷起千堆雪；我的思念只是一棵草，一棵野火烧不尽，春风吹又生的野草。

一切都是天注定，你进入我的心灵，一如草的种子，落入土壤。

倘落于流水，“落花有意，流水无情”，也便无所谓发芽滋长，滔滔洪流，顷刻将它淹没；倘落于火海，“谈笑间、樯橹灰飞烟灭”，纵使你我多情，应笑我，早生华发，“一樽还酹江月”。可种子偏偏就落于土地，落于这个一碰就产生生命电光的土壤！

生命一旦苏醒，就势不可当。它要发芽，它要咬破泥土，要钻出地面见阳光。

也许，你说，啊，我的经过是多么偶然！不要发芽，啊，不要。

你搬来一块石头，压住它。可是，你一转身，它已经顶着巨石，亮亮的眼睛，向你张望。此时，你一回眸，它顷刻嫩嫩地绿了；你一微笑，它便碧绿了整个原野。

你有些慌乱，连忙说，啊，不是故意的，不要绿，不要燎原，不要……

可是，一棵草，一旦萌发，谁也挡不住它的成长。石头压不住，搬来大山也压不住。风一吹，它就咬破岩石的罅隙，在岩石上绿。你看，你搬来的石头，是不是也被它染绿了？你看，天山之巅，泰山之顶，你经过的地方，是不是都有它墨绿的身影？

你落荒而逃。

思念的草，紧紧跟着你的脚步，一直绿到你的门外，你的窗下，坐上你的台阶，从黑夜望你到天明。你走到天涯，它就绿到天涯；你行到海角，它就绿到海角。思念的草，如影相随，如影一样，默默把你凝望。而你，在温柔的梦乡，早已将它遗忘。

思念之草，并不因你的遗忘而停止疯长。你不在意的时候，它荒芜得东倒西歪，如借酒浇愁的酒鬼。

风不来，雨不来，草在凝望中，枯干了泪水，“衣带渐宽终不悔，为伊消得人憔悴”。

“秋风萧瑟天气凉，草木摇落露为霜。”倘若在秋天，你看见满脸憔悴的草茎，请你不要惊讶，不要感慨，思念会有如此刻骨铭心。它让整个大地，一蹶不振，奄奄一息。

“北风卷地百草折，胡天八月即飞雪。”“天若有情天亦老，人间正道是沧桑。”当思念之草，望穿秋水，梦断楼兰，或者，一场大雪长时间地湮没了它的消息，请你相信，思念绝不会随风而逝，绝不会。平静的雪面之下，思念之草根，正丝丝缕缕浅滋暗长，在黑暗的泥土中盘根错节，“剪不断，理还乱”，当你达达的马蹄从上面踏过，请你相信，它一定在黑暗的泥土中默默为你祝福。

如果是春天，你打马经过江南，在我们曾经相逢的地方，如果你愿意，在曾经回眸的地方，回眸。

你马蹄所踏之处，都有浅浅的绿草，在向你微笑。

2008 年 7 月 22 日

海桐嫩如小白菜

办公室位于大楼北侧，属于无阳光地带，即使不开空调，温度也常年比朝南的办公室低起码三摄氏度。我的印象是，春、夏、秋像坟墓，冬天像地狱。

在这样的办公室坐久了，阴暗之气就如青苔，爬满全身。不仅如此，细细体味，那阴气、寒气，那暗和黑，会真的如青苔那细细如丝的孢子根，慢慢地渗透皮肤，从毛孔探进去，然后，深入骨髓，钻进五脏六腑。继而，就是丝丝的凉，缕缕的痛——反正，是一种说不出的难受，让你无法安心思考，不耐烦于手头工作。喝开水，饮绿茶，煮咖啡，都无济于事。你根本杀不死，这绿苔一样的、病菌一样的阴气。

唯一的办法，就是站在阳光里！我感觉，这世界上最伟大的事物，莫过于阳光了。

站在阳光里，真的感觉如同婴儿躺在母亲的怀抱里，那种温暖绝不是汹涌澎湃的惊涛骇浪，也绝不是烈焰腾腾的熊熊大火，而是涓涓细流，洌洌甘泉，温柔地从全身流过。先轻轻揭去爬在身体之外的青苔，然后，不愠不火，顺着那青苔的孢子细根，到肌肉里去，到骨髓里去，到五脏六腑里去，把那阴湿寒气之根一寸一寸地拔去，并把那受伤的地方，轻轻揉平。

在办公室坐久了，你知道我多么喜欢站在阳光里！有时在走廊上，倚着栏杆，享受阳光的沐浴，而目光越过高楼，极目远眺，是一种惬意的享受。穿过薄薄的雾霭，寻找远方的山岚，让心灵做一次轻松的飞翔。真的，有时我能看见，在层层叠叠的高楼尽头，有着淡蓝的远山的轮廓。我想，那是飞鸟和灵魂栖息的地方，宁静而安详。有时搬把椅子，把沉重的头颅埋在椅子的靠背上，闭目假寐，什么都不去想，一任阳光荡涤沙石尘埃。

当然，这样的享受，是在手头工作不紧的时候，一周难得一回。更多的是，在办公室坐久了，坐累了，厌倦了，找了空隙出来，到走廊上透一口气，顺便享受一下阳光的拥抱。没时间远眺，目光便在楼下的花圃里寻找日子的新意。比如杜鹃花开了，金盏菊花开了，石榴挂果了、红了，都能带来惊喜。阴暗的房间需要温暖，枯燥的工作需要亮色。而一草一木、一花一叶，都能改变单调的格局，我喜欢在阳光中寻找生活的信念。

最近，我喜欢上了楼下那几丛海桐，大叶海桐。它们那么绿，那么嫩，一大团一大簇地旺盛，在阳光中几乎要冒出碧绿的水来。我真想像羊那样，扑上去大快朵颐，它们比小白菜嫩多了去！

去年春天，江南普降大雪，楼下的海桐被大雪压得七零八落，细长的枝条大部分被拦腰折断，硕大的圆球造型成了硕大的疮疤，很难看。

单位里所有的人都觉得惋惜，认为这海桐是没救了。由于难看，园艺师干脆从枝条折断的地方，给海桐来了个大修剪。春天过后，有的枝条没能重新萌出新叶，到夏天，叶子也没能完全遮住断枝。

可是，今年春天，它们居然长得这样旺盛，所有的枝条都在呼呼地冒着嫩枝嫩叶——春天还没有褪尽，海桐丛又成了硕大的绿色球体，细微的风吹过来，我看见嫩枝已经超过一尺多长，碧绿水嫩的叶子在阳光下熠熠发光。

这是多么美好，多么富有诗意！你可以想象，阳光有着多么大的能量，让这样濒临死亡的树，重获新生，而且还能比过去更加嫩绿，更加精神。这怎能不让人心头振奋，有了“面朝大海，春暖花开”的力量！

是的，当厌倦烦躁滋生的时候，当寒冷和痛苦来袭的时候，站到阳光下来，接受阳光的抚慰和恩赐，让一草一木、一花一叶点亮我们的生活。

2009 年 5 月 9 日

风趣

你们看，在春天
每一棵树都满脸酡红
稚气得像个的孩子
它们爱生活，无论脚下贫瘠和肥沃
每一棵树，都坚持面朝阳光
天天向上

土郎中

大哥的关节炎又犯了，不由得让我又想起了那位土郎中。遇见他，真是我前世修来的福气！

那时，我大学毕业两年多，被分配在一所山村中学教书。一向身体健壮的我，才在那所中学阴暗潮湿的土坯房里住了两年，就得了关节炎。我深刻地记得，二十五岁那年冬天，膝关节是如何疼得让我在床上打滚——那是一种细针戳心般的痛，看不见，摸不着，只要天气突变，它就像魔鬼一样，在关节里穿刺。

我去医院里看过。医生说，现在的医学技术还不能治愈风湿关节痛，只能配几帖膏药，在疼痛来临的时候敷一敷。你知道，那时的我多么绝望，我还是小伙子，人生的幸福之路才迈出第一步，从此我就得和这魔鬼纠缠不清了？

就在关节炎折磨我的第二年的初冬，一个无所事事的周末下午，我在小镇简陋的小街上闲逛，在冷清的邮电所的围墙边，我看见了他——一个七十多岁的老头，瘦瘦的，但很精神。他坐在邮电所围墙边的小凳子上，在面前的水泥街道上铺了两块塑料纸，一边是几截木头段子，一边是一些草药。有一两个山民正在买他的草药。一般来说，我对街头摆地摊卖草药的，不会多看一眼。加上那天天气阴暗，我的关节隐隐作痛，我更没有心思去关注别人。就在我经过这个小地摊的时候，我忽然听见那个老头对那两位山民说："这是龙骨，很稀有的一味药……"

"龙骨？"我吃了一惊。我是读中文系的，知道"龙骨"和"药"联系在一起，特殊情况意味着什么——那说的可是甲骨文啊！也许是毕业还不久，大学里教授的唠叨还依稀记得：清朝末年，河南小屯，农民挖地挖出一些宽大的骨头，由于农民没文化，当地又没有那么大骨头的动物，于是，农民很迷信地以为这骨头是龙的骨头，竟然劈了做药引子，以为能治百病，药铺广为收集应用。后来，有人注意到这骨头上面有一些古老的文字，古董商知道后，认为是古董，才开始收购，可惜已经很难得了，几两纹银一个字，也很难收到了。这些龙骨被贩卖到北京、天津以后，才被辨认出是殷代的遗物，才被认识到，这是中国最古老的文字和“书”。突然有人说“这是龙骨”，我能不回头去看吗？

“老先生，请问哪个是龙骨？”对于老人，我一向还是比较尊敬的。

“这些就是。”老人指指一小堆木头段。

我哑然失笑，真是书读多了，傻得可爱，这里哪可能有什么甲骨文！

虽然失望，可我还是很好奇，因为，这些木头段子，实在太奇特了！树的外皮好像是藤，质地却是木头，横截面有许多云片状的花纹，就像我们常见的画上的龙的龙片。有一段全部去皮的，花纹裸露，整截木头看上去还真像条龙。而且，这木头闻上去有一股浓郁的药香。

“这是什么药？”我好奇地问。

“龙骨啊，治风湿的药。”老人倒是语言比我还严密。

“治风湿？”我哂然一笑，“风湿能治得好吗？”

“怎么治不好？”老人一边给山民称草药，一边应答我，利索得很。

我不想跟他争辩，捣乱别人的生意总归是不道德的事情。我无意地问了一句：“我就有风湿性关节炎，你能治好吗？”

他把买卖做好后，上下打量了我一番，从凳子上站起来，走到我面前，很和气地说：“你哪个关节疼？我看看。”

我说两个膝关节都疼。

他叫我把裤子捋起来给他看。他这里捏捏，问我疼吗，又那里捏捏，问我疼吗。虽然我十分不信任他能治关节炎，但我还是如实作了回答。

看了，捏了，老头说：“嗯，你确实有关节炎。几年了？”

“两年了吧。”我说，“怎么，能治吗？”

“好治。”

“好治？”我真想笑出来，我到大医院都去看过了，都说没办法治，他居然平淡地说“好治”！看来，江湖医生什么病都能“治”！

可那时，我并没把心里想的，从嘴巴里说出来。看他这样大岁数了，朴实，清秀，不像是个骗子；加上我实在有点病急乱投医的意思，就打算把戏演下去，看他怎么个治法。

“是不是要吃药？”我知道，一般江湖医生都是叫病人买药以牟利。

“你这样的关节炎，不用吃药。”老人很干脆。

“不用吃药怎么治?”我更好奇了。

“火烧一下就好了。”

“哈哈!”我记得那时我笑过。“‘火烧’就好了！开玩笑，火一烧，人确实什么都好了!”我也幽他一默。

“你不懂！火疗也是医学的一种！你要不要治?”他见我开他玩笑，有点生气了。

我收住笑——见老年人一本正经的样子，我能那么放肆吗?

“那怎么烧?”

“你坐下来，我烧给你看?”他叫我坐到他的小凳子上。

凭走江湖的经验，我知道，只要被他一烧，钱就得木佬佬跑他口袋里去了。我说:“老先生，什么费用啊?”

“这样吧，今天我治的人也不多，我给你优惠。一般我都是十块钱一个坑，我收你半价。”

“会不会很疼？会不会有什么后遗症啊?”

“疼是有点疼，你忍受一下就好了，烧后会有一个小疤痕，过些日子就没有了。”

说真的，我一直在观察他的表情，一切都是那么自然、诚恳，绝对没有我想象中的狡猾的样子。

那时，我想，也许他真的能治，万一治不好，也不过才损失一二十元钱。要知道，关节疼痛，是多么难受！不知道哪来的冲动，我心一横，就坐稳到他的小凳子上，任他摆布了。

老人蹲下身子，把我的裤脚往上翻，一直翻过膝盖。接着，又继续按我的关节，一边按一边问我疼不疼。最后，大概是找准了位置，他不停地按那个位置，直到按出一个深凹来。然后，他往那个凹里按一些药粉(至今记得其中一味是麝香)，并很快地把那个凹里的药粉点燃了——我一疼，眼睛一闭，就不知道他在干什么了。

等凹里的药粉烧完了，他说:“一个穴道治好了，还要不要继续治?”

我感觉了一下，被烧的地方只是火辣辣的，没什么别的，好像被香烟蒂头烫过一般。我想，既然烧了一个，那么索性把双腿膝盖全部治过吧(其实只要烧四个穴道就行了)。

于是，他重复前面的动作，在我双腿膝盖两侧，各烧了四个疤。

末了,他一拍我的肩膀,问:“这里烧不烧?”

我想,我这腿已经下了狠心来体验的,还不知道有没有什么效果呢,肩膀就免了吧。他还很认真地告诉我,他住哪儿,以后想烧去找他。那时,我哪里真的会相信他的话,把他的话记在心上呢?唯一记住的,只是他告诉我他的年龄:七十又四。

见中学的老师在“烧腿”,这个摊子的周围围了好几圈人看热闹。等我烧好,有人便毫不犹豫地上了老人的凳子——有关节炎的患者看来是很广泛的。

真不敢想象的是,那年冬天,我过了个舒服的冬天,膝关节竟然片刻也没有疼过。更没想到的是,自那以后,一直到我写下这篇文字,我的膝关节再也没有疼过,除了打篮球时候摔倒在地上。看来,膝关节处的关节炎真的被那老人“烧”好了。

去年春节,我去那个小镇拜访老同事,顺便去街上找了当年一起被那土郎中“烧”治过的人,他们也都说关节炎治好了,没有疼过。

一提到“土郎中”,往往大家都会不屑一顾,甚至可能联手痛击,认为江湖游医怎么能信。可有些事情,我也觉得困惑,这不得不让我想起一句话:“高手在民间。”我想,中医发展了几千年,在民间,一定有许多“有一手”的土郎中,他们或许掌握着治疗某种疾病的秘方,由于世俗观念,他们一般不轻易传人。加上社会对待他们也不是很信任,政府对待他们也不是很重视,因而,他们掌握的技术、秘方,往往不能广泛地应用于社会。现在大家目光都紧盯现代科技,传统的东西日渐消失,说不定,当那些掌握某项技术、秘方的人不在人世时,他们的技术、秘方也随之消失了。当然,以上仅是我个人的猜想罢了。

看到大哥关节炎犯了,那么痛苦,我是多么为自己庆幸啊!又是多么渴望,能再次遇见这位神奇的土郎中!但愿他老人家还健在,但愿他的秘方还在。

2008年2月14日

我们城市里的“吉卜赛人”

小时候看电影也好，看小说也好，我对吉卜赛人的印象都十分深刻：他们没有固定的居所，以卖艺为生，在城市与乡村之间流浪，是世界闻名的流浪民族。大篷车是他们的交通工具，也是赖以谋生的铺子和起居生活的家。原以为，这样的描述，仅在外国电影和外国小说里，但通过这几年的城市生活，我发现，今天我们中国的城市里，居然也有许许多多的“吉卜赛人”！

防水补漏的“吉卜赛人”

傍晚出去散步，在城市的边缘，我又见到了他们。在一排早早关了门的铺子前面人行道上，并排停着三四辆三轮大篷车，那就是他们存在的标志了。

我走过去的时候，妇女们正蹲在地上，用煤饼炉子做饭做菜——往往是一家俩炉子，一只煮饭，一只炖菜。我几次见到，他们的菜肴都只有一个。小的不锈钢锅子，里面炖着大杂烩。上回他们炖的是苦瓜排骨，很特别，我记忆深刻，回家也学做了一回，味道还不错。这回是大白菜炖豆腐，里面还有猪肉，做了这么多年饭菜，不用看，单凭嗅觉，我都知道是什么菜，放了什么佐料。男人在车上搭帐篷，一个七八岁的小孩在抹床——所谓的床，就是一张床板，架在车厢的物什上——今天我看仔细了，原来车厢边上设计有架床板的铁扣。

男人见我来，以为又要采访他，笑着说：“我们明天要走，见不到报的。”上回，我给他们拍了照片，想发到报纸上，替他们做个广告的，种种原因，没发出去，一个多月后，他居然还认识我。我讪讪地说：“不是呢，我散步路过。生意好不好？怎么，把孩子也带来了？”“生意马马虎虎，今天下暴雨，多做了两户人家生意。孩子放几天小假，硬要跟来，我就随他，让他吃点苦也好。”男人一边忙活，一边和我搭话。

“是的是的，吃点苦也好，知道父母在外劳动的艰辛，有利于他们成长。”我说。

这支车队，是专门修理房屋漏水的“吉卜赛人”，不管是屋顶漏水，还是水管漏水、地下室渗水，他们都有一手绝活。经他们维修的住户都说效果比较好，价钱又实惠。他们已经在这个城市里赢得了不少信任。

说他们是“吉卜赛人”，其实，他们是安徽阜阳的农民。三四辆车，都是一个村子里的，或亲戚或邻居。“组成一个车队，在一起，既有个照应，又能合作。”这是我上次和他们攀谈时，他们跟我说的。到了一个城市之后，他们各自揽活挣钱，各自吃各自的饭，但绝不拆台恶意竞争。一般在一个城市待上三五天，或者一个星期，他们又迁移到另一个城市。生意好的地方，一个多月会有一个轮回。和正宗的吉卜赛人一样，车就是他们的交通工具，他们谋生的铺子，他们生活的家。每每看见他们在街头露宿，我的心头都有一份敬意。

他们的存在，弥补了这个城市的许多缝隙，让许多城市人生活得更踏实。

卖陶瓷的“吉卜赛人”

他们大多是江西人，每隔半年，就会到我住的这个城市。我在广州、杭州、南京、北京等许多城市都看见过他们。他们一来，必定占据半条街或者大半个广场。那半条街或者大半个广场，必定是瓷的海洋。

从一人多高的硕大的青花花瓶，到小如算盘珠的瓷盅、瓷缸、瓷甏、瓷盆、瓷瓮、瓷壶、瓷盂、瓷盘、瓷碗、瓷碟、瓷盏，瓶瓶罐罐，凡所应有，无所不有。瓷的玩具，瓷的画，瓷的棋，瓷的烟斗……大大小小，琳琅满目，瓷的工艺，无所不具。它们从低到高，由小而大，有条不紊却又错落有致地被摆成一个又一个瓷的方阵，供你参观，任你挑选。各式各样的造型，古朴神秘的釉彩，简约浪漫的画面，诱惑着一个又一个爱古典、爱美丽、爱装饰、爱体面的城市人的眼球——呵呵，不瞒您说，每次经过这些卖瓷的“吉卜赛人”部落，我都激动得挪不开脚，这些典雅高贵的瓷，谁不喜欢呢！

中国是瓷的国度，陶和瓷的文明是几千年华夏文明的象征。不必说远古的人面鱼纹陶盆的神秘，也不必说唐三彩的阔硕圆润，更不说汝、官、钧、哥、定北宋五大官窑生产瓷器的高贵惊世，单是那明代景德镇的青花瓷，便足以迷倒整个世界。青色淡雅的正德瓷，艳丽浓重的万历瓷，五彩绚丽的成化斗彩瓷，哪一件不让世界上的达官贵族痴狂倾倒！瓷器上绘画纹饰的内容更加复杂多样，植物、动物、文字、山水、人物、花鸟、鱼及虫等无不入画，或自由奔放，或自然洒脱，或简约轻快，或浪漫夸张，这样的艺术品谁不心仪？大明是世界瓷器产地，景德是大明瓷器的工厂。从此以后，景德瓷名扬世界，声震寰宇。从此以后，景德人和瓷器融合成了一个整体。直到今天，许许多多的景德人还辗转在世界各地，像吉卜赛人那样，传播他们的美术和工艺，传播我们几千年的华夏文明。

是的，他们是“吉卜赛人”，你看吧，他们驾驶着装着瓷器的大车，辗转于一个又一个城市，乃至乡下小镇。每个瓷器摊子旁边，都会有个极其简易的塑料帐篷，这是卖瓷人的家，是他们的居室或厨房。在烈日下，在暴雨中，在寒冬里，他们一顶帐篷，一个整整齐齐的瓷器方阵，在大街或者广场上，卖着美丽高贵的瓷器。他们用他们的辛苦，美丽了一家家楼堂店馆，典雅了一户户城市人家。

下回，你看见他们的时候，别忘记去买件瓷器，哪怕一方瓷的砚台，一副瓷的棋子。

到处开展销会的“吉卜赛人”

比卖瓷人的车队更加浩浩荡荡的，自然是这些到处开展销会的“吉卜赛人”。他们的车队更加庞大，人数更加众多。前几年，他们一来，就拥塞了一条街。

可不是嘛，他们在街的两边，搭起塑料大棚子，形成一间间店铺。卖衣服，卖鞋子、袜子，卖被面、枕套、床单，卖锅碗瓢盆、小电器，卖小饰品、小玩意儿，虽称不上包罗万象，但也算是五花八门。他们一来，一条街就会热闹沸腾。

炸小吃的赶来凑热闹，卖氢气球的也牵了一大团鱼啊鹿啊蝴蝶啊，从街这头飘到那头。于是，电喇叭吆喝买卖声，油炸臭豆腐的浓郁味道，小孩子兴奋的嚷嚷，以及讨价还价的争吵，糅合成一派节日的氛围。一般来说，这些“吉卜赛人”卖的物什，都是便宜货，买者大多是城市打工一族，或者喜欢淘便宜货的老人、城市低收入者，有钱一族是不会屈尊到这种“吉卜赛人”的地摊上去购物的。我非有钱人，偶尔去逛逛，不是为了购物，而是那里人多，嘈杂，热烈的氛围能平衡我心头的寂寞。我喜欢从嘈杂声里穿过去，感受普通人物积极乐观的生活态度和旺盛的人气。当然，偶尔我也会买些小玩具，或者指甲钳、钥匙扣之类的小挂件。

以前，我不能理解这样的展销会存在的意义，认为档次太低，没有质量保证，出了问题找不到人索赔。不光如此，它还让整洁的大街显得不协调。但事实上，每次他们来，总有许许多多的人围着他们的地摊转，即使买了一双鞋子穿三天就破，也没人去要求理赔。“本来就是便宜货，能穿三天就不错了，”买的人如是说，“想穿得耐久，到大商场买去！”这话让我明白了，“吉卜赛人”的这些廉价的物质，解决了一部分人的实际生活问题，很多人欢迎这样的廉价物品，欢迎办展销会的“吉卜赛人”。

现在，在我住的这个小城，这样的展销会还常能看见，不过市容的管理者很人性化地把举办地设在了体育场——在没有体育赛事的时候能服务人民，算是做了件好事。

这样的展销会，不仅在城市，而且在乡镇、在村口你都能看得见。一般以一周为期，过了一周，他们又会开着大篷车，转到另一个城市、另一个村口。

他们都是些什么人，至今我无从知晓，但他们凭着自己的劳动赚钱生活，同时解决了别人生活的困难，给别人带来阳光和温暖，他们应该走进我的文字，走进你我的心灵。

磨剪刀的“吉卜赛人”

“磨剪子咯——戗菜刀——磨剪子咯——戗菜刀——”

浑厚的男中音，拖着长长的波浪形尾巴，似吆喝，又似歌唱，高亢悠长而又抑扬顿挫，四下散开，穿透村子里每扇厚重的木门，直达村妇的耳朵里。

整个宁静的村落即刻沸腾起来。做饭的主妇拿出钝了口的菜刀，纳鞋底的老奶奶从针线箩里摸出锈迹斑斑的剪刀，砍柴的汉子抽出刀鞘里的泼刀，陆续围拢到磨剪刀老人的周围，把刀子交给磨剪刀老人去磨。

这是我小时候生活的那个山村里，常见到的情景。其中印象最为深刻的，是干这一行当的，必是五六十岁的老人，一头半白的头发，穿着洗得褪色的布衣服，肩上扛着一条老旧的木长凳——长凳一头固定一个手摇式的砂轮机（或绑两块磨刀石），凳腿上吊着个洋铁罐子；另一头则绑着个破布垫子，顺带挂着一只篓子（或是一只箱子），里面装着钢铲、刷子、抹布、油石等东西。谜语“骑着它不走，走着不能骑”，说的就是磨剪刀人的这长条凳。可不是么，磨剪刀人要干活的时候，当然骑在这长条凳上，自然是不走了的；干完活扛起凳子走路，又吆喝生意去了，人在走，又怎么可以骑呢？如果没见过，你还真猜不出来这谜底是什么。磨剪刀人干活时，像骑马一样跨在凳子上，朝着有砂轮机的那头，拿着剪子或者刀，进行“戗”“锉”“磨”“洗”，最后，把一把锃亮的剪子或菜刀交到你手上。

所谓“戗”，就是用一种比一般刀具质地更好的钢刀，像刨木头那样，把剪子或刀刨出刀刃来。刀剪用久了，就会失去锋刃，变“钝”。戗刃是力气活，你想，用钢刀去刨铁，会是省事的么？戗刃又是个技术活，戗的时候，刀具两边都要戗，而且还要戗得平均，让刀刃在铁块的正中。偏了，即使磨出锋口，使用过程中，也容易崩口。一般来说，剪子不需要戗，菜刀、柴刀、铡刀等刀类，使用久了，倒是必须要戗，不然无法磨出锋刃来。

戗完了刃，还要“锉”锋，就是把戗出来的刃雏形，放到砂轮上去打磨，使刀锋进一步显现出来。打磨时要仔细，用力要拿捏得恰到好处，不然戗出来的刃，就会被打飞了，对刀具造成很大破坏。磨出的刃要由铁逐渐过渡到刃，不可让刃过宽，否则，使用时也容易崩出豁口。但真正的行家一般不用砂轮机，高速的打磨往往会造成高温，高温会减弱刀具的刚性，他们则老老实实用手在砂轮上磨，边磨还边浇水，以退却磨刀时产生的高温。

待砂轮磨出刀刃后，再进一步，就是把刀或剪子放在质地细腻的油石上细磨了——在刃上磨出锋来。这步是关键，一把刀快不快，完全看锋口。磨刀人会一边磨，一边用手指到锋口上去刮试，眯起眼睛，仔细观察。直到他的皮肤“告诉”他，此刃完全可以吹毛立断，那么，工作就完成了，把磨好的刀，稍微清洗一下，递给它的主人。

看上去如此简单，其实并不然。不用说磨的过程中技术要到位，而且不同的刀具还有不同的要求。砍肉的刀刃要窄，切菜的刀刃要宽，剁刀刃要厚实，剔刀刃要尖利……不同用处的刀，有不同的磨法和要求。

“磨剪子咯——戗菜刀——磨剪子咯——戗菜刀——”

几十年过去了，我长大成人，搬到城里来，偶尔也能听见磨剪刀人那绵长旷远的吆喝，在小巷子里，在住宅小区的周围。有时是用电喇叭播放，有时是原汁原味的口头喝唱，暖暖的，厚实的，穿透了城市的铁门。那一刻，内心觉得异常甜美和温馨，仿佛乡音。

我知道，这是不受约束的“吉卜赛人”流浪到城市里来了——城市里人口众多，谁家没几把菜刀。也许对磨刀人来说，这里有更广阔的市场。这也许让人欣慰，磨刀这个老行当，在经济高速发展的今天，在许多行当快速消失的今天，它还继续存在着。每每听见，我也会像母亲那样，搬出厨房间十余把刀，砍斧、砍肉刀、菜刀、瓜刀、剔刀、鱼刀，还有剪子，递到磨剪刀人手里，让他给我的刀改头换面，闪烁刀光。

到城市里来谋生的磨剪刀人，多了一辆旧自行车，有的多了个电喇叭。其余，依旧与我小时候见到的，别无二致。他们从乡间走到城市，从这个巷子穿到那个巷子，从一个城市流浪谋生到另一个城市，我说他们是“吉卜赛人”，我想也不为过。我对这些老手艺人，神往而钦慕。

我们的城市里，还有许多像这样辗转流浪谋生活的人，他们都是朴实的人民。我见到的，还有补篾席的，卖麻花的，耍杂技的……不一一列举了。他们干的活计，是大多数人不愿意干的。辛苦，劳累，报酬少，却又居无定所，飘忽不断。可以说，他们跟真正的“吉卜赛人”一样，相对一个城市，他们是外乡人，是异类，他们在城市的缝隙里穿梭，用自己的双手和智慧谋生活，他们应该赢得尊重和关注。

2008 年 7 月 25 日

收废品的女人

我不知道她的名字，也不知道她是哪里人。但是，我“认识”她快三四年了。

四十多岁，瘦小身子，黝黑的皮肤，衣着与我们当地人几乎存在二十年时差，跟我在西部落后地区所见到的在地头劳动的妇女没什么两样。

我第一次见到她，是在我住的那个小区门口，她正坐在香樟树树荫下的地上乘凉，与她一起的还有另外三个妇女。我知道，她们是收废品的。

三四个人正叽叽喳喳说话。看见我瞅她们，立刻有三个人站起身来，朝我问道：“老板，有废品卖？”

奇怪了，她们怎么知道我想卖废品！我没开口说话，脸上也没写着，我只不过瞟了她们一眼。

看来，这些收废品的已经收成精了。白天，她们骑着破旧的三轮车走街串巷，拖着长长的音调呼喊：“收——废——品——”，声音婉转，还抑扬顿挫；傍晚，她们则守候在各小区门口，等待上班一族清理居室，淘汰过时物品。大概真的是干一行精一行，她们很能察言观色了。

但是，我是真的有废品卖。好不容易按揭买了一套房子，刚装修完。清理房屋时，清出一大堆硬纸板——那些木地板的包装箱，炊具、电器的包装盒，整理一下，还真不少。堆在楼道下，老大一堆。妻说：“你去找个收废品的来，把这些卖掉，也许能卖出好几餐饭的钱呢！”隔壁的老伯站在旁边搭腔说：“我们装修好房子后，纸板箱卖了一百多块，你这么大一堆，肯定还要多，有好几餐饭好吃。”说实在的，小老百姓买套房子，花尽所有积蓄不说，还欠一屁股的债，我们就是如此。等房子装修好，口袋里真的连吃饭的钱都快没了。这废纸要能卖一百多块钱，那可真是值得欢喜。

我向来没有看不起谁的意思。可是，谁也不喜欢那些“成精”了的人。我对站起来招呼的三个妇女看也没多看一眼，因为我瞅见了还坐在地上正仰着头望着我不说话的她，我注意到她的衣服最破旧，皮肤最黑。于是，我就向她招了招手。她站起来，一手提杆秤，一手捏张蛇皮袋，笑着跟在我后面。我对她说，我有些废纸要卖。

看见一大堆废纸板，女人很是欢喜，她不说话，从蛇皮袋里掏出一些绳子铺在地上，然后埋头整理纸板箱，也不顾纸板上沾满水泥、木屑、石灰、尘土，理出一小堆，捆成一捆，手脚十分麻利。不一会儿，她的头上、脸上、衣服上、手上全沾满了灰尘，与汗水混合在一起，仿佛刚做好的泥陶。

理好之后，她喊我过去，帮她抬秤。这时问题来了，两个人抬着都显吃力的一捆废纸板，她称出来只有四十多斤，原来估计总分量有两百多斤，她称出来只有一百八十八斤。买卖东西我一向没有看秤的习惯，看着她又如此可怜的样子，我更没想与她计较。讲价的时候，她跟我说四毛五一斤，与我知道的五毛五又差了一毛，我想说也没张得开嘴。不过，付钱的时候，她很精确地算出了“八十四块六”，并很大方地给了我八十五块钱。

结完账，她叫我帮她把纸板捆子抬到她背上，她一捆一捆地背了出去。背的时候，她很不放心地叫我帮她看着剩余的废纸。我让她放心，这里不会有人拿的。

回到楼上，妻很吃惊地问我：“那么一大堆纸板，才一百八十来斤？四毛五一斤你就卖给她了？”我笑着说：“我也估计分量不对，可我不愿意跟她斤斤计较，我看她比我们更需要钱呢！”妻生气地说：“下次还是我来卖吧，你还不是一见到女人就开不了口！”我哈哈一笑，点了一下妻的额头：“你也不看看那是怎样的女人！”

第二天下班，隔壁的老伯在楼下拦住我问：“你昨天纸板卖了多少钱？”我告诉他“八十五块”，他大呼：“你上当了！她的秤有鬼！”

“你怎么知道的？”

“今天她找我收废纸，我称好的三十斤废报纸，她的秤才称出二十二斤，三十斤就扣八斤！”

“那后来呢？”

“后来？后来我要弄断她的秤，她照三十斤的分量算钱给我了！”

我说：“姜到底还是老的辣！”

老伯说：“那些收废品的外地人，大多不守规矩，你老实就要吃亏！”

我连连点头称是，并说：“以后一定多长个心眼。”我没想到，看上去那么老实巴交的女人,也会来这一套,看来人真不可貌相。

第二次与她打交道,是在半年后,妻店面经营有方,我们更换了一些老一代的电器,加上半年的报纸,积累下来的废品“占据”了储藏室不少空间。妻忙,要我把那些杂物处理掉,并告诫我“小心上当”。于是,我又去找收废品的。

我走到小区门口,那里依然有几个等待收废品的女人坐着。这次,我没停脚,我不想找这几个女人卖废品。不过,我正走的时候,忽然听到一声喊:“老板,是找银(人)收废品吧?”我扭头一看,正是上次那个收废品的女人。

我感到很意外,这女人也会主动“出击”了,看来“进步”不小啊。这么一想,不由得慢了脚步。这女人一看我慢了脚步,从地上抓起蛇皮袋,就朝我快步走来。说实在的,我真的不想找她来收废品,但看她主动找上来,我却不好意思拒绝了,心想,上回邻居老伯教训了她,现在也该收敛了吧。于是我不说什么,转身往回走,带她去收废品。走了几步,发现有个男人背着杆秤,低着头跟在后面,大块头,胡子拉碴,比女人穿得还破旧。我低声问这女人后面跟的是什么人,“我屋里的!”女人瞥了后面的男人一眼,很大方地说。

“哦。”我没多言语,心想,这收废品买卖收入大概还可以,女人找丈夫来做帮手了——这也好,一会儿省得我帮她往身上扛了——女人背那么重的东西,着实令人同情。

这次我要处理的废品是:一辆旧自行车(老款的永久牌男式自行车,时间是久了点,但品貌尚有半成新,骑行绝对没任何问题,因为放储藏室占空间,所以要处理掉),一只电饭煲(可以照常使用,不过褪了点颜色,妻说难看),一台饮水机(也可用,只不过一次烧开的热水只能泡一杯茶,不适合我这个“茶罐子”,得更新换代了),还有一张单人床(搬家时候搬来的,放在新房子里不“般配”,惨遭淘汰),另外就是两纸箱报纸了(订了两份报纸,一份《都市快报》,一份《健康报》,每份报纸都有十几大张,半年下来,积累的报纸我搬都搬不动)。

女人先看我要卖的报纸,把纸箱中的报纸一叠一叠理出来,照样用绳子捆成几捆,我想,也许她是为了方便称量才这样做的吧,不然真是多此一举了。这次,女人似乎很大方,给了我五毛五的价钱,可是,在称重量的时候,我还是产生了怀疑:两纸箱报纸,怎么才六十斤?要知道,三十斤重的物品,在我这个大男人手里,还是感觉不出有什么重量的!于是我对她说:“你的秤不准!”“沁(秤)不准?你拿外面店里校吧,少一斤陪你两斤!”女人信誓旦旦地说,“你们大老板,就是小气,卖一点废品也斤斤计较!我们穷银(人)混碗饭吃多不容易……”她仿佛在诉苦,也仿佛在岔开话题。“我不是老板,跟你一样是普通老百姓!”我对她说。“你们老别信(老百姓),个个都是老板,你们浙江银(人)都是老板!”原来这女人很会说话,我看走眼了。她吃准了我不会为这点东西到外面去校秤,所以说得理直气壮,最后让我哑口无言。

接着,我想卖掉那辆旧自行车,我问她,这辆自行车值多少钱,谁知道,这女人用她的秤钩钩住那辆自行车,站到废报纸堆上一拎,随口说道:“五块六毛钱。”

我几乎晕倒——哪有自行车论斤卖的!

“这自行车还能使用,也不是废铁,哪能称斤两卖的呢!”我哭笑不得,制止她说。

“我们不管收什么,都按斤论价,不称我怎么知道多少价钱?”她站在报纸堆上,弯腰扶住自行车,头也不抬地说。

“你买过自行车吗?你买自行车是按斤买的吗?”我问她。

“你卖的是废品,不是自行车!”她终于抬头瞟了我一眼,我看她的眼光很是狡黠。

“算了,我不卖了!”我说。

“你看你的这屋子(我的储藏室)这么小,放这么大的车子在里面,太挤了吧?你老板也不骑这破车子了,不卖掉放这里烂啊?”

她倒关心我的储藏室了。“我要卖也不能论斤卖给你!”我说。

“废铁两毛一斤,你这自行车二十八斤,五块六毛钱,我给你七块钱好了!”说着,她招呼他男人来把自行车推到外面去。

“五十七块差不多!”我愤愤不平地说。

“看哟看哟,你老板哟,一辆新车才卖多少钱!这样吧,我再加你两三块钱,你卖了吧,我买去给他骑,就算你老板做做好事吧!”

看来我非卖不可了,话说到这份上,我实在无话可说了。

接着,卖饮水机,五块钱;电饭煲,五块钱。见东西如此不值钱,我索性“破罐子破摔”,把那张单人床白送给她了!

妻回来,问我今天卖了多少钱,我两手一摊,说,就报纸卖了四十八块,其他都白送了。妻气得要命,骂我除了读书写字,其他时候都是猪头一个,被人宰了还替人说好话。

我说："谁叫她说得那么可怜呢！你没看看她老公有多熊样，你看了也会不忍心跟他们讨价还价的。"

妻除了骂我"猪"之外，也说不出一个道道来。

此后一年多，我经常看见那个女人的男人，骑着我那辆旧自行车，有时带着那女人，有时是单人，在我住的那个小区逛来逛去。一年多来，那女人多次看见我，要给我"收废品"，我都没理睬她。

去年过年前一天夜里，我和妻躺在床上，妻忽然想起什么事似的对我说："嘿，我领教那女人的厉害了！"

"哪个女人？"

"就是那个收废品的！"

"你卖废品给她了？"

"她经常在这里转悠，碰到人就问有没有废品。正好我们的储藏室里的废报纸旧书又堆了很多，要过年了，我想清理一下，就卖给她了。"

"她怎么厉害了？"

"她说我们好久没卖废品了——不知道她怎么知道我们好久没卖废品了，她真有本事！"妻说。

"那还不简单，她天天在这里转悠，谁谁收了废品她肯定知道，那些收废品的说不定是一起的！"

"可能她们还包干到户了呢！"妻很有感触地说，"我正想卖废品，她就找上门来，说我们的废品都是卖给她的，你说她厉害不？"

"厉害！"我说，"这次你肯定又吃亏了！"

"是呢！"妻叹了口气，说："这次来收废品的，是她和她的孩子，十多岁，大概读初中的样子，那么冷的天气，只穿一件旧夹克，放假了，来帮他妈妈的忙，怪可怜的，我就卖给她了。"妻叹了口气。

"那她掐你的秤了？"

"我只看重量了，没看秤砣。"妻有点难过地说。

"秤砣有什么奥秘？"

"老伯说的，那女人的秤砣有假，有什么磁铁之类的东西。"

“没看见就别瞎说。”我说。

“这还不算什么，关键是她清理好废品之后，还帮我把储藏室打扫干净了。”

“好事啊，终于感化她啦！成好人啦！”我似乎很高兴。

“唉——”妻叹了口气，“这就是她的厉害！”

“这怎么厉害了？”

“不是她被感化了，是我被感动了。我一感动，送给她许多旧衣服。”

“送旧衣服就送了呗，有啥可叹气的。”

“我想她要是还欺负我的斤两，那我太伤心了。”

“你又没看见！没看见就不能瞎猜，否则是跟自己过不去。”

“可我觉得那些报纸、书不止那点分量。”

“哈哈，那你以前怎么骂我‘猪头’来着？！”

妻生气地拧了一下我的胳膊，说：“我们都不是她的对手，下次有废品扔了也别卖给她，听见没？”

“哈哈，人家收点废品，养活一家人，不容易呢，宰就被他们宰吧，反正卖的是废品，也不是什么宝贝！”我安慰妻道。

“就你知道大方！”妻又拧了我一把。

从此，那女人一家子在我心里留下了深刻的印象。

说不打交道，这次五一放假在家，我又与那女人碰上了。她依旧候在我住的小区门口收废品，碰到也在所难免。

“老板，有废品卖不？”我走过小区门口时，她喊道。

我看到，她的脸色比以前白净多了，头发也比以前整齐多了，衣着虽然还是与我们当地人不一样，但是也比以前好看多了。看来，江南的空气很养人呢。

“我没废品。”记起老婆对我说的话，我对她有戒备。

“咋会没呢？都半年没去收了，报纸肯定有，你看我站了一整晌午了，还没开张！”

这女人鼻子大概属狗的！昨天我才把家里塞得到处都是的报纸整理出来，扔到储藏室，今天她就闻出味道来了。

“报纸是有点，就一点点东西。”我想说没有，可话到嘴边，还是改变了——我说不来谎话。

“一点点也好的。”她兴奋起来,似乎眼睛都放出光彩来了。

我无可奈何。反正都要卖,卖给她卖给别人都一样,不宰价的收废品的可能还真找不到。

于是她又跟着我,来到我的储藏室,我把门打开,叫她自己去整理——无非是几个月的报纸,还有过春节时候冒出来的水果箱、礼品盒之类,妻扫地的时候没把它们扔掉,我觉得放在家里碍眼,也不整洁,趁着放假全部整理出来,不过也没几斤。

“老板——老板——”我正站在外面阳光里听着鸟鸣,那女人忽然在储藏室里尖叫起来。我以为发生什么意外了,赶紧跑了进去。

那女人蹲着,手里拿着几个红包发呆。我一下子明白了什么。

“我在这盒子里看到这个,里面都有钱。”女人一手拿着巧克力盒子,一手拿着红包,对我说,“喏,拿去!”

我这才想起,这个巧克力盒子,是女儿的“钱箱”,今年过春节,长辈给她的压岁钱,我们都让她自己留着,作为她自己的买书钱和零花钱,昨天我清理她房间的时候,忘记了这茬,把她的钱箱也当废品清理出来了。

我接过红包,打开一看,一百两百,果真每个都有钱。我忽然感动起来,连声说:“你真是好人啊!你真是好人!”

“你才是真好银(人)!”那女人笑了起来,“这钱本来就是你的嘛!”

“这钱是我的,可我当废品卖给你了,我没看见,你也没拿去,你当然是好银(人),大大的好银(人)!”我激动地说。

“老板,这几年你一直照顾我们,我怎么好意思拿你的钱呢!”那女人不好意思起来,“这么多钱,我们是不会拿的。”

“喏,这一百块钱给你,算我给你孩子买个书包。”

“不要不要,我要你的钱,就不喊你了,快拿回去。”

“那这报纸,就送你好了。”

“不行,我不白要你的,还是老价钱,五毛五一斤。下次,有了废品卖给我就是了。”女人笑着说。

女人再三推辞,我也就没再坚持,一会儿,她称好报纸,付了钱,从口袋里摸出个小灵通,叽里呱啦说了几句话。又过了一会儿,她老公开着一辆崭新的电动三轮车来到我的储藏室外。

“哈,不错嘛,都鸟枪换炮了嘛!”我高兴地与她开玩笑起来。

“都亏你们照顾!”女人笑着说。

“你们浙江银(人)好啊!”他男人接着话,也憨憨地笑着说。

“都好都好!”

“那下回有废品喊我来收?”

“一定一定!”

女人坐在男人的电瓶车上,笑着驶出了小区。

我拿着女儿的几个红包站在阳光底下,忽然觉得阳光很灿烂,很温暖,甚至,还闻到了空气中馥郁的花香。

2007 年 5 月 21 日

撞车记

爱车被撞了！

新车，被撞了个大凹凼。而且在主控门的位置，就差安全气囊没被撞出来。

谁撞的？

一个送外卖的老头。

怎么撞的？

他老人家一手拎着四盒外卖，一手骑电瓶车，以四十码的速度，连人带车撞到我停着不动的车上。

前提：我没违章停车，我正遇到前车尾灯一红，紧急制动。

当时，那老头离我还远着呢，足有二三十米，不知道为什么，他连人带车朝我奔来，一下子就撞了上来，貌似基地组织的自杀袭击。可他不是自杀！他爬起来，不停抱怨："哎哟，这车子一点儿刹车也没，这车子一点儿刹车也没……"

我赶紧下车，一看，瞬间石化——我的车门被他撞进篮球那么大的凹坑，而且很深。天呐，新车买来才三个月，三个月来我没舍得让它受一点儿伤害，一丝儿划痕也没……我在单位还吹牛，说自己驾驶技术过硬。

我开始心疼了！我乃上班打工一族，不是啥大款，更不是一张口就有人送银子的老爷，二十好几万，还没开多少公里，就成破车了。我气不打一处来，说道："亏你还说'一点儿刹车也没'！'一点儿刹车也没'的电瓶车，你也敢骑啊?！这么大岁数了，还玩单手骑车，你自己命不要，别人可还想多活两年！你看看，我的新车被你撞成这个样子！"

他也不睬我，也不说话，俯身去拉他的电瓶车，貌似要走。

我气得脑袋嗡嗡响，撞了我的车，好像没他的事一般，难不成想拔腿跑啊！这是事故现场，怎么能把电瓶车拉起来，破坏现场呢！可等我去制止，已经迟了，他已经把电瓶车扶起来了，然后又俯身去捡摔在地上的那些外卖。

我拉住他，说："你可不能走！我得报警，叫警察来处理好了！"我想，要走也得赔我车再走啊，就这样放走了他，我岂不是亏大了！

"我不走，我不走，"他说，"你等我把这四盒外卖送到，我再来处理。"

我很无语，把我的车撞成这样，他还记着他的外卖。等他走了，我去哪找他?!

"你现在不能走！等警察处理完再走！"我坚决不让他走，围观的人也说他，撞坏他人车子，想走是不行的。

我赶紧拨打110，接着又拨保险公司的电话。趁我打电话，他几次想走，都被我拉了回来。我不想讹诈老头的钱，但我也不能平白地遭受损失。

二十分钟不到，交警同志来了。我觉得我的救星来了，至少我这样想的。主持公道，这可是警察的职责。

警车开到我面前，交警同志从车窗探出头来问："怎么回事？谁报的警?"

我赶紧上前，诚惶诚恐地说："是我报的警。我车子停在这里没动，他撞了上来，把我的车子撞成这样!"

我说这话的时候，虽然想保持心态平和，但话一出口，自我感觉气愤难平，语气也重了点，貌似小孩受了委屈，找个大人诉苦。

"人有没有受伤?"

"没有。"我答道。首先关心人有没有受伤，这同志的觉悟还比较高嘛，我想。

"过来过来，老LU(音)!"交警在车里喊老头。

妈呀，他叫那老头"老LU"，这警察认识那老头！晕哉，晕哉！

老头乖乖地走到交警同志面前。

"人有没有受伤?"交警再次问他，貌似很人性化。

"哦，没有，没有，人没事。"他说。

"真的没事?"

"真的没事!"

他有什么事？有事的是我！

交警走下车来，看了看我的车子，然后把我往警车后面带。

"怎么这事还要报警?"警察问我。

"啊?!"我吃了一惊，"出了事故不报警我报什么?"

"我说你是新手吧？就是你们这些人，交法不好好学，考试走后门，连基本常识都不知道!”

“什么? 什么考试走后门? 我从不走后门!”怎么还没处理,就胡乱批评我了?!

“那你怎么连常识都不知道?”

“什么常识?”

“机动车与非机动车发生事故,都是机动车负全责!”

“什么? 你的意思是,这事故我负全责?”我更吃惊了,“同志,我的车停这里没动,他单手骑车,跑得飞快,径直撞上我的车! 他自己还说他的车‘一点刹车也没的’,不信你看看有没有刹车印!”我指指老头的电瓶车。

“是的,他没有刹车,难道你就没有错? 主要责任就在于你违章停车!”警察根本不看我,一边飞快地在纸上写着什么。

“什么,谁说我违章停车? 这条马路有不能停车的标志吗? 你看看,这街道两边不是停了这么多车吗? 我怎么违章停车了? 何况,我车停路边,不仅没有影响他人正常通行,还打着双跳灯!”

没想到,交警看了一眼我的车屁股,继续说道:“即使是他有错,也是你全责,这你都不懂?”

我愕然,质问道:“有这样的规定吗?”

“我可以判他负全责,他大不了把这破电瓶车给你,你要不要? 拿不到钱,你到法院去告他? 你可想好了!”交警见我不听话,语气凶横地对我嚷道。

我吃了一惊,什么? 要他把这破电瓶车赔我? 去法院告? 这哪里是主持公道,分明是暗示对方要赖嘛!

一旁围观的人说道:“这就不对了,明显是老头骑电瓶车走眼,撞了人家的车,应负全责……”

“是你懂还是我懂!”交警瞪了那人一眼,又对我说,“你可想好了,你若想我判他全责,你一分钱拿不到可不要怪我!”

“什么? 我一分钱拿不到? 为什么?!”

“你负全责,保险公司会理赔。我判他全责,他若不肯拿钱,你可以去法院告他!”

“什么? 去法院告他? 为什么就不能叫他拿钱出来?”

“我叫他拿钱他就肯拿钱啊? 你若不听我好心相劝,你若不听……”交警明显不耐烦了。

而我开始忐忑起来，上法院打官司，我哪有这闲工夫，何况，打官司还得请律师，律师费也是不小的数目。

“你说该怎么处理？”我惴惴地问交警。

“你保的是哪家保险公司？”交警见我口气软了下来，脸色也开始和悦起来。

我说了我的投保公司。

“这家保险公司我熟悉，我判你全责，他们会赔你！”说完，把写好的事故责任单递过来让我签字。

这是我第一次出事故，我感觉不是我的车子被撞凹了，而是我的脑袋被撞蒙了，我觉得我的交通法规白学了，在道路交通方面简直就是一个白痴。潜意识里，觉得按照交警说的去做，一定不会错，执法公正。再说我也不能跟执法的交警过不去，要信任交警才对。

我看也没看那上面写的是啥字，也没心思看，我的车被人撞破了那么大的洞，我却要负全责，心里难过。这不等于是平白无故被人捅了一刀，法官非判我是想不开要自杀吗？

我签好了字，交警又把那撞我车的老头叫过来，再次问道：“人没事吧？放心，车主已经承担了全部责任，哪儿不舒服，就到医院去看！”

“没事没事，真的没事！”老头连连摆手。

“那电瓶车——撞破了，你看要不要赔辆新的？”交警继续对老头说。

天啊，还要我赔他车？我刚想争辩，那老头又摇手说：“不用，不用，这车本来有点破……”

“真的不用？”交警反复询问着。

这不是明摆着叫这老头向我提赔车的要求吗？他撞了我的车，还要我赔他车，这是什么道理？我正想说什么，那老头说：“算了，不要他赔，这车还好骑……”

“那就这样吧，你在这上面签字。”交警叫他签字，并说，“有什么异议，到交警队来处理吧。”然后，他又转过脸对我说：“你看，人家什么也不要你赔，你还不感谢他？”

“什么？我还要感谢他？是他撞了我的车！”我终于爆发了。正在这时，我投保的保险公司来人了。他询问情况，我只好硬生生把火气吞回了肚子里，我怕保险公司也不管我了。

保险公司的人拍了照，又和交警交流了几句，叫我回头把车开到4S店去修理。

我还在发愣,大伙一下子散开了。因为再不散开,道路非堵死不可。我只好乖乖地把车开走。

后记:

回单位,跟同事说了我的遭遇,我觉得警察处理不公。

没想到,同事笑哈哈地说:"你多想了,这事故是这样处理的。我上个月,也遇到这样的情况,不仅负全责,还赔人家一辆崭新的电瓶车呢!"

我还是不相信,又打电话给一个交警朋友,没想到,朋友反问我:"不这样处理,还怎么处理?定非机动车责任,他没钱赔你,你不是损失更大?他一没驾照,二没财产,我们怎么处罚他?非机动车是弱势,受法律保护,你懂不懂?"我说:"你们这样处理,不是纵容非机动车犯罪?怪不得满大街的电瓶车乱窜!至少批评教育也应该!"交警朋友说:"对了,你这建议提得很好,我们将采纳!"

打的去取车,路上跟的哥闲聊,说起这事,没想到的哥义愤填膺,说:"什么狗屁执法,这事情我遇到两次了,都是我负全责,自己生意做不成不说,还要赔电瓶车,另外还得交200元罚款!"

"什么?还要交200元罚款?"

"事故是你负全责,不罚你的款,罚谁的!"

我彻底晕了,也就是说,今后车停在那不动,非机动车撞了你的车,他不仅一分一厘钱不赔,反而你要感谢他,人撞坏了你得给他看病,车撞坏了你得赔他新车,最后还得接受200元处罚!

明天,我把我那旧电驴骑出来,到大街上去找凯迪拉克,或者兰基博尼、宝马760,狠狠撞一回——我买不起,我撞一下也过瘾,再说,我的旧驴子,能换辆新的,也很不错的嘛!(当然,此话纯属气话了)

2009年6月23日

复仇的八哥

这是我亲眼看到的动物界中最震撼人心的一幕。

那是 1999 年，我在一个山区小镇的中学里教书。那一年，我接手了两个初二的班。

五月的一个早上，我在早自修督班，发现班级里空了两个位置，就问：“这两个位置是谁的？”

“戴杭城兄弟俩的！”旁边的学生回答。

戴杭城和他弟弟戴杭宾是孪生兄弟，同在一个班级读书，家就在离学校不远的街上。

“他俩咋会没来？”我疑惑地问。

“来了，又回去了。”学生们异口同声地回答，而且还哄笑起来。

“怎么了？发生什么事情了？是不是有什么事情瞒着我？”

“老师，他们被鸟欺负了！”几个学生一起笑着回答。学生们都不读书了，都笑着看我。

“什么？被鸟欺负了？扯淡！”我以为孩子们在愚弄我，有点生气了。山里的孩子，淳朴，但是也不缺调皮。

“真的，他俩真被鸟欺负了！”好几个男生围了过来，兴奋地向我述说，“那鸟向他们头上拉屎，还向他俩头上扔石头！”

“鸟向他俩头上拉屎？还扔石头？哈哈，”我笑出声来，“你们真会编故事哄老师！”我是又生气又觉得好笑，“你们把老师当三岁的孩子啊？什么鸟能欺负两个初二的男生啊！啊？你说说！”我摸了一下站我身边那个男生的头，语气夸张地说，“你们不向鸟扔石头就已经是够有爱心了，鸟还会向你们扔石头欺负你们吗？”初二的学生正值青春发育期，个子也不矮了，不少学生的个头已经超过我了，常站在我身边和我比高，他们能被鸟欺负吗？

“老师，是真的，我们没骗你！是两只黑鸟，只向戴杭城、戴杭宾头上拉屎，拉他们一头鸟屎，他们回家换衣服去了，不信，一会儿他们来了，你问他们！”众多学生围过来，叽叽喳喳向我表示他们说的都是真话。

“多大的鸟啊？”我还是不信。

“这么大。”学生用手比画了一下，大概比鸡要小吧。

“是什么鸟？乌鸦？”我知道，乌鸦喜欢衔石头。

“不是乌鸦，是牛屎八哥！”一个男生很肯定地说。

“牛屎八哥？牛屎八哥是什么鸟？”我不懂了，我以前见过笼子里养着的八哥，黑黑的羽毛，个头也不大，但我还从没听说过有叫“牛屎八哥”的鸟。

“就是八哥的一种啊！”孩子们一起用手比画。

“八哥能欺负你们吗？”我还是不信。

“老师，不是欺负我们，就欺负戴杭城、戴杭宾！”孩子们急切地嚷道。

“就欺负他们俩？难道鸟还认识人？”我越发觉得学生在捉弄我了，就生气地喝了一声，“回到位置上读书去！”

学生们见我不信，嘟囔着，陆续回到座位上。他们的目光非常真挚，我觉得他们没糊弄我，就说：“好了好了，老师会弄明白的！我们一起朗读课文！”

快下课时，戴杭城和戴杭宾跑着回到学校。我把他哥俩请到办公室，一问，嘿，还真被鸟欺负了！说有两只黑鸟，一个星期来，经常飞到他哥俩头顶上空，往下拉屎，偶尔还衔石子往他俩身上扔。而且，学校里有一千多名学生，这鸟就单跟他兄弟俩过不去。

在我一再逼问下，这哥俩才吞吞吐吐地告诉我事情的真相：兄弟两个淘气，星期天上树掏了一个鸟窝，捉了两只小鸟，那两只大鸟就前后跟着他们了。后来，他俩玩死了小鸟，大鸟就开始天天寻仇了。

这真是奇闻！我觉得这简直是“天方夜谭”——世上哪有这怪事！向来只有人欺负鸟，猎杀鸟，哪有鸟向人寻仇的！人多大，鸟才多大啊！而且还能认准仇人，跟踪仇人，向仇人“开火”，这真是闻所未闻！

由于这两名学生一直是班里成绩佼佼者，我也没为难他们，只说些“以后不要淘气，有什么事情要诚实向老师说”之类的话，就让他们进教室学习了。学生的调皮，我根本没放在心上。

半个月后的一天，放学后，我不想在学校食堂吃饭，就到街上去转了转，想买点菜准备开小灶。要到菜市场去，必须经过戴杭城兄弟家门口。我远远地看见他家门口的街上站了十多个人，正围观着什么，还听见戴杭城妈妈大声嚷着什么。

我心里“咯噔”一下，心想，这两孩子可能真的惹什么事情了！我忐忑不安地走过去，正好被他妈妈看见了，她喊了我：“刘老师，你过来看一下，你来看这稀奇事！”

我挤进人群，站到前面，看见戴杭城妈妈手里拄着把扫帚，脸色通红，似乎很气愤。

“什么稀奇事？”我笑着问。

“你看那两只鸟！”它举起扫帚，指着横跨街道上空的电线。

我抬起头，两只黑鸟突然映入我的眼帘——漆黑的羽毛，比鸽子瘦小的身子，黑亮亮犹如火焰一样的眼睛。它们蹲在一根电线上，像被绳子固定住似的。它们头脸朝着戴杭城的家，转来转去，两双眼睛，像四道探照灯，四下里扫射，好像要把什么从地底下挖出来的样子。

我打了个激灵，早就听说的“黑鸟”“牛屎八哥”，莫非就是这两只？这不就是土八哥吗？这么多人在它们下面喧哗，还有人拿着扫帚朝它们挥舞，它们怎么不飞走？难道它们不惧怕人类？难道这鸟中邪了？奇怪了！

“你说这两只鸟是不是疯了？前前后后跟着我儿子，啄他们，向他们头上拉屎，个把月了，撵也撵不走，打也打不走，你说气人不气人！”戴杭城妈妈愤愤地说。

“不可能吧？这鸟打不走？”很明显，我问得很傻，这么多人在这儿嚷嚷，喧哗，挥舞棍子，这鸟都不走，必定是“打不走”了。事实面前，可我居然还不相信。我又想起半个月前发生在教室里的事，难道还真有鸟找人报仇的事？

“这鸟真的认识你儿子？”我还是有点不相信。

“你看这么多人，谁也不啄，我那两个儿子一出来，它们就拼命往他俩身上飞，啄头，还要啄眼睛！”

我笑着说：“不会吧，你叫戴杭城、戴杭宾出来看看。”

“不能出来，那鸟要啄我！”戴杭宾躲在门后面喊道。

“你就出来一下，让老师看看。”她妈妈说。

戴杭宾先把头从门后面伸出来望了一下，又缩了回去。大概是看见电线上的鸟没反应，就从门后面闪了出来。

就在我笑着看戴杭宾胆小样子的时候，忽然觉得眼前一道黑色的电光一闪而过，然后就听见戴杭宾“妈呀”惨叫了一声。仔细一看，一只黑鸟正在戴杭宾头上飞舞，啄戴杭宾的头。

戴杭宾妈妈舞着扫帚就冲了上去。一阵乱打之后，那只鸟又飞到电线上，戴杭宾窜进了屋子里。

我惊呆了！

两只鸟，加起来的分量可能还没半斤重，居然敢向人类挑战！居然敢向人类发起进攻！而且，当着这么多人的面——我环顾四周，足足有三十多人——向它的仇人开战！面对这样庞大的人群，以及坚硬的扫帚、木棍、竹棍之类的器具，竟然毫无惧意——这还是两只小鸟吗?！怕不是神灵精怪吧？它们居然有着人的智慧，能够认识害死它们孩子的“仇人”，它们居然有人的情感，知道“报仇雪恨”，甚至有着比人更大的勇气和耐心，敢于挑战比自己强大几百倍、上千倍的“敌人”！

可它们毕竟不是神，只是两只普通的小鸟。

我凝望着电线杆上的两只鸟，黑色，身体仅比人的拳头大一点，它们高高立于人的头顶之上，像两道黑色的闪电，或者两枚黑色炸弹。它们转动着脑袋，仇恨的眼睛骨碌碌地转着，寻找着它们的仇人，随时准备着开战。

更令人震惊的是，它们竟然不滥杀无辜。围观的人越来越多，有大声吆喝，向空中抛石子的；有挥舞竹棍、木棍，想吓唬鸟儿的；有跺脚挥手，想驱赶鸟儿的，可这两只鸟对人们的种种举动置若罔闻，对飞向它们的石子也视而不见。它们没被吓走，也不对其他人还手“开炮”。

忽然，两只鸟又像两支黑色的利箭，笔直地射了下来——我只听见一阵惊呼，看见人群一阵骚乱——原来，我的那两个学生，鸟儿的那两个仇人，禁受不住外面的诱惑，溜了出来，想钻进人群里去围观，却被鸟发现了，两只鸟同时像箭一样射了下来，目标只有两个：一个是戴杭城，一个是戴杭宾。我看见他们俩抱着头，猫着腰，又鼠窜般逃回了屋子，两只鸟在几十人的挥舞驱赶下，依然追啄到戴杭城家的大门边！

这两只鸟是抱着死的决心来寻仇的，它们大概早就打算拼了命也要报仇。我的心揪了起来，不知道为什么，我居然为这两只鸟揪心起来。万幸的事，它们没被众人的扫帚、棍子扫下，又回到电线上，抖了抖翅膀，转动着脑袋，在人群中搜寻着什么。

半个小时过去了，一个小时过去了，围着的人越来越多，大家忘记了吃饭，我也忘记了买菜，我真怕这两只鸟会遭不幸，我试图把它们赶走，可它们高居于电线之上，根本不理睬任何人。我劝大家不要打这鸟，可谁也不买我的账。谁也没见过如此悲壮的场面，谁也不肯错过这新奇的事情，看热闹的人越来越多，还有人嚷嚷着要去找镇里的电视转播员——他有台摄像机，想找他把这“精彩”的一幕摄下来。

戴杭城、戴杭宾再也不敢露面，两只鸟一直蹲在电线上，也再没俯冲下来，直到日头落山后，暮色降临。最后，那两只黑色的鸟在众人不断的吆喝声里，在越来越多的石子的扔掷下，凄鸣着飞走了。但这悲壮的一幕，深深刻在我的心里。

我写这篇文字的时候，事情已经过去七八年了。戴杭城兄弟俩也该大学毕业了吧？我也调离了那个山区小镇。可那悲壮的一幕一直萦绕在我心头。从那以后，我再也不敢欺负一只鸟，乃至一只蝴蝶。我觉得，它们也和人一样，是有灵性的生命。不仅如此，每当我看见有人欺负弱势的民众，我也会想到那两只“牛屎八哥”，让我对弱小者同情，不自觉地，就站到弱小的那一面，为弱小者呐喊；每当自己遇到困难、挫折，我也会想到那两只“牛屎八哥”，进而能振奋精神，鼓起勇气，奋起反抗，或拼死一搏，绝不向任何困难、打击妥协。

我想，经历过那次事件，戴杭城、戴杭宾两兄弟，也肯定有深刻的感受吧。

2007 年 4 月 16 日

跟三个美眉聊爱情

跟三个美眉坐聊,谈起爱情。

美眉甲问:“大侠,这世上还有爱情吗?”

据可靠情报,美眉甲征战爱情疆场多年,自己遍体鳞伤,却一个鬼子也没杀到。我笑着说:“这个问题很好回答,不过,你得先回答我几个非常简单的问题。”

“问吧。”美眉甲一脸虔诚。

“春天有花朵吗?”我问。

“有啊！这还要问吗?”

“夏天有绿叶吗?”我笑。

“有啊！这与爱情有啥关系?”

“秋天有果实吗?”

“有啊！我可以不回答这样弱智的问题吗?”

“再回答一个吧！冬天有阳光吗?”

“有!”

“那么好,既然春天有花朵,夏天有绿叶,秋天有果实,冬天有阳光,这世间怎么会没有爱情?”

“可是,大侠,我生活在赤道上,没有春夏秋冬！赤日炎炎如火烧,这样的阳光我受不了!”

“你生活在赤道上,一年四季鲜花盛开,绿树成荫,果实累累,你还埋怨那阳光?你真是人心不足蛇吞象啊!”

“大侠,你不知道,我生活在赤道的沙漠地区好不好！哪来的鲜花绿树,鲜有的几根草,都被野骆驼抢着吃了!”美眉甲一脸悲戚。

“草没有,沙漠里不是还有沙枣,还有枸杞、哈密瓜嘛,甘甜着呢!”我继续打趣。

“啊？草都没有，还有什么枣什么瓜！看来我生活在沙漠里的雪山上了！白雪皑皑，千年寒冰，寸草不生！”美眉甲悲愤万分。

“啊？雪山？雪山好哇，雪山上有雪莲啊。遇到雪莲那样的爱情，那比俗世里的桃花运不知道要好多少倍，那可是前世修来的福气呢！”我故作夸张地说。

“哪有什么雪莲，我看到的都是悬崖峭壁，万丈深渊！”美眉甲不服输，继续狡辩。

“你爬悬崖峭壁上去干什么？那里是人生活的地方么？你以为你是雄鹰啊，高高在上，俯视一切？我看你还是从悬崖上爬下来，找块平地生活比较妥帖，平地上有花草，有树木，自然也会有累累果实。”我没好气地说道。

一旁一直插不上话的美眉乙、美眉丙哈哈大笑。美眉乙对美眉甲说：“看来，你是爬得太高了，结果只看见天空，看见遥远的星星和月亮——那是可望而不可即，永远得不到滴。”

“就是就是，”我补充说，“赶快从悬崖上下来，还来得及，说不定，你才转身下山，就看见桃花朵朵开呢！”

“大侠，她生活在沙漠里，又爬在高高的悬崖上，看不到爱情的鲜花绿叶，而我生活在平原，雨水充足，土地肥沃，咋也不见爱情的鲜花绿叶呢？爱情的花香，为啥只在梦里飘荡呢？”美眉乙叹息一声，幽幽地说道。

“谁说平原上没鲜花绿叶？在我眼里，你所在的杭嘉湖平原，野花遍地开。菜花金黄，山花红艳，月季花更是一年四季开不败，难道你都视而不见？”

“大侠，那些小花小草，你以为就是爱情？我看你错把婚姻当爱情了吧？贫瘠的土地，只生长最原始的婚姻，怎么称得上芬芳甘甜的爱情硕果？！”美眉乙对我的答案很是不屑。

“最原始的婚姻怎么啦？最原始的婚姻就没有爱情？在我眼里，那些大地上朴实的小草所绽开的小花朵，却是最为美丽动人；所结出来的果实，最为甘甜爽口——那花比城市大棚里，用营养土培育出来的牡丹花、绣球花香多了；那些桑葚啊覆盆子啊，也比大棚里的草莓、菠萝甜多了！你以为在城市里住高楼、坐宝马、吃海鲜、喝养乐多，就是爱情啊？小花小草们那种同舟共济、相濡以沫、举案齐眉的生活，才是爱情的真谛。兰花藏山谷，不被人所知，但它的香气，却令千千万万的人陶醉和艳羡，正如真正的爱情，往往诞生于普通平淡的生活环境一样。”

“那我怎么闻不到兰花香？”美眉乙噘起嘴巴，很伤心的样子。

“你没有鼻窦炎吧?”我笑道。

“你才有鼻窦炎呢!”美眉乙站起来要打我。

“没鼻窦炎,你咋闻不到兰花香? 呵呵,那是你天天在城市的花园里转悠,不肯屈身到山林里去赏花的缘故吧? 你看我,难道不是山林里的兰花草吗?”我把头抬得老高,一本正经地注视着她。

“嘻,不要鼻子!”美眉丙一直没插话,此时见我自夸,笑骂道:“别听他胡扯,他哪里是什么兰花草,完完全全是一棵狗尾巴草——一棵没人要的狗尾巴草! ——当然,你们不要盯着看了,这狗尾巴草已经被踩死了!”

“放心,我们不会跟你抢滴,我们只不过看着有点脚痒,想踢一脚而已。”说着,美眉甲、乙站起身子,就要抡起她们的小蹄子。

唉,我只图嘴皮子快活,尽胡吹胡侃,没想到吹牛也要“交税”,吓得我赶紧夺门而出,抱头鼠窜焉。

2010 年 4 月 13 日

宅女找男人

有宅女问我:“大侠,看见男人没?”

我晕倒在地上好一会儿才爬起来,然后拍拍身上的泥土,很和蔼地对她说:“嗯嗯,侠女,问错问题了吧。你应该问我‘大侠,你看见女人没’才对吧?”

宅女继续问:“那么你知道可以到哪里去找男人吗?”

我找了根木头,使劲把自己支撑住,干咳两声,说:“知道。我从男人堆里来,咋会不知道呢?”

“啊? 男人堆? 在哪呀? 我咋没看见啊!”

“侠女,你一天到晚在家里闭关修炼,咋看见男人堆啊? 男人都是啥? 男人都是些麻雀、鸿鹄、野鸭类,都长着翅膀,在天上飞着呢! 你听啊,漫天都是翅膀扇动的声音呢!”

“啊? 男人都在天上飞啊? 我以为都在地上扒拉呢! 我以为都在水里畅快地游泳呢!”

“哦,上帝! 亲爱的侠女! 那地上扒拉的鸟儿,都是被别的女人饲养着的;那水里游得欢畅的,也都是被别的女人预订了的;如果你喜欢哪只麻雀,或者哪只鸿鹄、野鸭,你走到外面来,有枪,你就打一只下来养养吧! 没枪也不要紧,鲁迅爷爷不是教过我们捕鸟的方法了么? ……‘扫开一块雪,露出地面,用一支短棒支起一面大的竹筛来,下面撒些秕谷,棒上系一条长绳,人远远地牵着,看鸟雀下来啄食,走到竹筛底下的时候,将绳子一拉,便罩住了。’这方法简单,好使滴很呢!”

“大侠,现在气候变暖,天没下雪,鸟雀们有地方觅食,不来我家门口啊!”

“侠女,现在科技发达,可以人工造雪嘛。”

“我没那技术。”

“技术很简单滴啊,譬如经常参加同学聚会,请朋友帮个忙邀请某某人吃饭……”

“可是，尽管是酱紫，我还是没秕谷可撒啊。”

“嗯嗯，你左手捏着的‘温柔’，你右手攥着的‘关心’，不都是优良秕谷嘛，舍得撒出去，自有麻雀、鸿鹄来觅食滴。”

“……但是，我不喜欢麻雀，咋办啊？鲁迅爷爷说滴很清楚，这方法捕鸟，‘所得麻雀居多，白颊的张飞鸟，养不过夜’的呢，我可不捕一夜可养的张飞鸟！”

“那你喜欢啥嘛？”

“我喜欢金凤凰！”

“侠女啊，”我强忍住心头的悲痛，哽咽着说，“金凤凰在成为凤凰之前，都是麻雀类！好女人是魔术师，能把麻雀变成火鸡，再把火鸡变成金凤凰……你看，那么多女人，不都在培养地上扒拉着的火鸡吗？……再说，你不经过培养，空手得到金凤凰，那凤凰是养不久滴，要扑棱扑棱飞掉滴！”

“唉，还要自己去捕，那鸟不好自己飞过来啊？”宅女幽幽地说。

我终于忍不住号啕大哭：“侠女，你把头伸到窗外来看看吧！你看你的窗下，躺着一堆鸟的尸体！……你把窗门都关着，还装着防弹玻璃……可怜的鸟儿们啊，只看见你美丽的影子，而没注意那么厚的玻璃，一头撞上来，都一命呜呼了！”

2009年12月26日

爱情之买椟还珠

有剩女问我:“大侠,想找个人恋爱,咋那么难啊?”

我反问道:“你想找什么样子的嘛?”

“人要稍微帅一点的。”

“什么是稍微帅一点? 这一点到底是多少?”

“至少,要让我来电嘛!”

“那怎么才能让您老人家来电啊?”

“海拔至少一米七五,不能有啤酒肚!”

“对学历没要求?”

“学历? 本科以上就行了。”

“收入没要求?”

“年薪最好十万以上吧。”

“为什么要十万以上?”

“没十万以上,在城里怎么生活啊?”

“除此之外,再无其他?”

“对了,一定要有房子! 在城里没房子,也免谈!”

“够了吗? 我有这样的人选,要不要见见啊?”

“啊,有吗? 不过,人要善良,最好能干点,还要有发展前途,我可不买垃圾股哦!”

“哈哈,你这‘一点’,可真够少的啊!”我没好气地说。

“难道这点条件还多?”

“美女,你听说过‘买椟还珠’的故事不?”

“啥故事? 你说来听听。”

“Long long ago，有一个楚国人到郑国去卖珍珠。他为了卖掉珍珠，就用上等的木兰树木料做了一个匣子，又用名贵的香料把这匣子熏过，接着又在匣子上镶嵌许许多多的珠子和宝玉，结果，郑国人只买了他装珍珠的匣子，而把珍珠还给了他。”

“这故事你想说明什么呢？”

“美女，你就是那个楚国人啊！你要卖的是啥？是爱情这颗珍珠对不？你何必弄个匣子，又在匣子上镶嵌这啊那啊的累赘？爱情的本质是什么？爱情的本质是两情相悦！”

“是啊，爱情是两情相悦啊。没有房子，没有文化素质，没有相貌，我悦不了啊！”

“那你想想，毕业十年，就是不吃不喝不用，工资能在城里买多大的房子？你大学毕业到现在，攒了多少嫁妆钱？”

“我要什么嫁妆钱？嫁妆钱要男人拿出的好不！要女人拿嫁妆钱的男人，我严重鄙视！”

“你想想你没攒几个钱，男人又能攒多少？”

“他没钱，他老爹也没钱？”

“是啊，能一下子拿二三百万的老爹，在中国还是不多滴！”

“那他生儿子干吗？”

“那你说说，你妈妈生女儿干吗？”

“唉，杯具啊！真是杯具啊！”剩女一脸凄惨，说，“偶滴妈呀，你生我干吗捏？”

“你就不好先有爱情，再想办法共同创造物质啊？”我安慰着说。

“那还有什么幸福可言！等有了房子，我早就成老太太了！”

“那咋办啊？难道一直就剩下去？”

“我知道，有办法！”剩女抬起头来，抹去脸庞上的泪水，忽然表情坚定地说。

“什么法子？说来听听。”我也精神一振，心中窃喜，以为该女被我灌半斤醍醐，幡然醒悟了。

“我做海藻，找宋思明哥哥去！”

我刚想说一个字，不承想，一张嘴，血喷三丈三，晃悠两下，扑通倒地。

2010年1月13日

蠡贼有道

“哐当”。

正在床上睡不着觉胡思乱想，忽然听见室外什么东西倒地的声响。声音虽不大，但在这夜深人静的屋内还是足够吓人一跳。

是老鼠？我猜测。不过，这新建的小区，刚装修好的房子，我还没见过老鼠跑动。再说，能弄出这样大的声音的老鼠，得有多大啊！

这样一怀疑，我还真吓一跳——家里进贼了！刚才是小板凳倒地的声音。夜里十二点才从电脑上下来，不想洗澡，就从热水器里接了盆水洗脸洗脚。洗完脚的时候，偷了下懒，没有把咪咪凳(用装修房子剩下的边角料木板拼凑起来的留给小孩子坐的小板凳)放好，横在客厅中间。刚才倒地的，一定是小板凳的声音！

一紧张，瞌睡一下子全无。刚才，一直都在为生计发愁呢——我这个“月光族”，总是不到下个月发工资，就把身上的钱花得干干净净。距离发工资还有五天时间，而我早就知道，我的皮夹里只有一张钞票——绿色的五十块，这可是我们全家五天的伙食费呢！我自己饿一天没关系，总不能让老婆孩子也饿一天两天不吃饭吧。气人的是，从去年下半年开始，啥玩意儿的价格都翻着筋斗往上涨，只有工资一分不涨，往年一月工资还够一月花，今年可好，稍不注意，一个月的工资半个月就没了。老婆的那点工资，根本看不见一分钞票的影子，全部还购房贷款还不够。老婆总是说：“看看你自己的朋友，那几个当局长的，那几个当主任的，谁不是别墅换了一幢又一幢，轿车换了一辆又一辆！人家孩子花费几十万到上海去享受优质教育，几百万到英国去留学，你的孩子连家门口的学校都上不起，买个商品房还要欠一屁股债！”唉，我只有缩着头由老婆骂。

我正缺钱呢，家里居然来贼了。我竖着耳朵，万分紧张地聆听房间外面的动静。好一会儿，我听见了脚步声。真的有贼！

“喂,好像外面有人。”老婆轻声对我说,原来她也醒了。

“嗯,好像来了不速之客。”我从被窝里坐了起来,声音不大不小回答她的话,似乎有意也让外面的“君子”听见。“不过,也没什么好担心的,外面不就一台冰箱,一台旧电视机嘛,这东西又大又沉,小偷背不动!”

说这话我倒真的很坦然,我家确实没啥好偷的。

“你笔记本电脑在外面!”老婆掐了我一把,声音颤抖着说。

“哎哟,你掐我干吗!”我忍不住叫了一声,“不就一台破笔记本电脑嘛,2003 年发的,已经到了报废的年纪了,虽然还能用,但速度慢得像蜗牛,小偷拿去有什么用?”我愤恨地说。

“要死啊,这样大声!”老婆也火了起来,“你电脑被偷去,单位里要你赔好不?虽然淘汰了,但你还得用它工作不是?那是单位财产,没了你还得照原价赔不是?你身上恐怕连明天吃饭的钱都没了吧,你拿什么赔?”

这下可好,小偷在外面偷东西,我们夫妻俩在床上吵起架来,还分明告诉小偷,外面有笔记本电脑可偷。

“好好好,我出去看看!”说着,我还真的下了床。我倒不怕小偷偷东西,就是担心万一小偷闯进我房间,图谋不轨,那我岂不是很被动?与其坐以待毙,还不如主动出击——这是我的家,我是家里的男人,我有责任保护老婆孩子!再说,我是主人,小偷是贼,自古邪不压正,难道我还怕贼?

就在我下床穿鞋时,我听见外面有“咚咚咚”的跑动声。看来小偷想跑!我可不能真的让小偷把我的笔记本电脑拿走。赔这冤枉钱不说,没办法上网,没办法在电脑上码字写小说倒是十分难受的。

我对老婆说:“我出去,你把房门锁反锁上。”然后,我摁亮电灯,猛地拉开房门。客厅里没有人。米白的地砖上,两行清晰的泥巴鞋子印,都指向阳台。客厅与阳台之间的落地窗帘,还在晃动。看来贼在阳台上!我有些紧张,干咳了一下嗓子,说:“朋友,我家是五楼,你可想好了,跳下去是没命的。”

阳台上没有声音。可我知道,贼还在阳台上,因为,从阳台边的落水管爬上来容易,滑下去很难——我在落水管那个位置装了个钢管的花盆架子,准备有空的时候养养花草。贼上来的时候,手一搭钢管,一提劲,就上来了,可下去的话,手很难够到下水管了。再说,我没听见钢管的响声。

“钢管挡住了落水管,你要想从那里滑下去的话可要小心了,一慌张,一失手,那可要丢命的!”我站到书房门口,摁亮了书房的灯。一看,笔记本电脑还在。看来,小偷一进客厅,就碰倒了那只咪咪凳,还没来得及偷东西。

我放下心来。既然小偷没偷东西,我也不想为难他了,弄不好,狗急跳墙,给我或者老婆孩子造成伤害,那岂不是因小失大?他既然没逼我,我还是不逼他为好。本来,我还想进厨房拿把菜刀壮胆的。

小偷还是不说话。

“朋友,我知道你在。”我壮着胆子说,“我家也没什么东西可偷,我自己穷得叮当响,你看看我家电视机什么样,想想有钱人家的电视机什么样,就知道我家是穷还是富了。”我家客厅里摆的那破电视,还是别人淘汰了送我的17吋彩电呢!

“别看我住着商品房,我都是按揭贷款贷来的,欠了一屁股债,还不知道猴年马月能还得清呢!”我继续说道,“我想,你也是被生活所逼,才走这条道的。今天你也没偷我家什么东西,我也不为难你,你走好了。这样吧,如果你觉得不能空手走,我把口袋里唯一的五十元钱给你,你从大门走吧,从阳台上爬下去,很危险。”

说着,我走过去,把大门打开,并把口袋里那张绿色的五十元钱放在门口的鞋柜上,然后我退回到书房门口,摁灭了电灯。我说:“朋友,大门我打开了,五十元我放在门口的鞋柜上,说真的,那是我家唯一的五十元钱,下个月的工资还不知道什么时候能发,那五十元是我们一家三口的伙食费,骗你的话,天打雷劈!你急需用钱,就先拿去用着吧。我灭了电灯,不看你的模样,你从大门走吧。”

话音刚落,一个人影从阳台上窜出来,从客厅一闪而过,直奔大门而去。

黑暗中,我觉得那人在鞋柜面前犹豫了一下,手在上面摸索——我寻思,都说国有国法,帮有帮规,贼有贼道,不错的,不空手而归,是他们这行的规矩。我为自己的聪明举动而欣慰。

那人冲出大门,噔噔噔地下了楼。我松了口气,他再不走,我紧张得都要尿裤子了。我再次摁亮电灯,走过去把大门关上。一扭头,我惊呆了:鞋柜上,我的那张五十元旁边,还放着一沓钱!三张一百元的包在外面,里面还有两张破的二十元,三张十元,三张五元,还有两枚硬币。

天啊,这贼大概把身上的钱都留给了我!

再一检查,家里什么也没丢,除了那张横放在客厅中间的咪咪凳!

2008年12月5日

最浪漫的事

朋友老潘打电话来向我求助，说他儿子实在“不可救药”，声音颤抖，我几乎可以想象出他眼睛发红，眼珠子快要蹦出眼眶子的模样。而我却一直笑个不停，乃至现在写这篇文字的时候，嘴巴还合不拢。

老潘的儿子小潘我见过多次，除了下巴颏有点像老潘之外，没一处地方像老潘。老潘身材魁梧，小潘瘦小伶仃；老潘性格开朗、幽默风趣，小潘寡言少语、内向腼腆。有几回，老潘约我吃饭，小潘在座，知道我是老师，就一声不吭，离我远远的，而老潘则拉着我的手说：“哎呀，兄弟，我这孩子我真没办法教，下次全靠你了，干脆，你把他领回去算了！”这时候，小潘就用眼光瞟我，我看见他黑瞳仁里的狡黠和聪慧。我说：“老潘，我看他挺聪明的，没你们说的那样严重。”小潘低着头，听老潘数落他的不是，还是一声不吭。有一回，还没吃饭，小潘磨磨蹭蹭挨到我身边，低声对我说：“叔叔，你别听我爸的，他是大老粗，不懂事！”我吓一跳，随即哈哈大笑，他用怀疑的眼光看着我，我止住笑，问他：“怎么这么说你爸？”“嘿，你看不出来？”“你爸可是大学毕业！”“就是大老粗！”他不正面回答我，而是低声对我说，“你可别跟他说是我说的！”我拍了拍他的肩膀，简直不敢相信这是十一二岁孩子说的话，我说：“你呀，还小，许多事情还不明白，其实你爸很优秀的呢！”

他怎么会不优秀呢？四十岁不到，就是县局级领导了，领导着一个部门的工作，而且很有魄力。可是，不知道怎么回事，一个部门那么多号人，都被他管理运用得好好的，可就是管理不好他才十几岁的儿子。

小潘的反叛是从上初中开始的。“说管不了就管不了了！”老潘多次在我面前说。开始是为了上学迟到的事，班主任已经在电话里告了不知道几回状了，说：“潘局呀，您儿子又迟到了，您配合一下我们工作。您知道，一个学生迟到，我们班级的考评就会受到影响，现在我们教师也难当的，我们也不能跑您家里去把您儿子从床上拉起来，就麻烦您督促督促。再说，经常迟到对我们班的学习风气有影响，对他个人成长也不利，您说对吧……”老潘也是从读书过来的人，知道老师是为他儿子好，是啊，读书怎么能老迟到呢，自己属下上班也不能随便迟到啊，老潘决定管他儿子了，一管才知道儿子的脾气是多么倔强。

儿子小潘读小学的时候，每天都是早上七点半上学，现在读初中了，每天都得早上六点半到校，最迟必须是六点钟起床。大冬天的，早上多冷啊，家里又是那么的暖和。几次三番一管，小潘不乐意了，说：“爸，你们都在家享福，叫我去读书，太过分了吧！”

于是，老潘开始给小潘讲什么是苦。我知道，老潘小时候确实很苦，像他这个岁数，小时候农村里的孩子有几个不苦呢！很小就要干农活，上山砍柴，到野地去割猪草，放牛，挑猪肥到农田……什么活没干过！他说，他十岁的时候就帮他父母亲到水田里插秧，小手指头粗的蚂蟥吸到了腿上，吸了一肚子的血，拔也拔不下来……

可是，这些小潘都没有听进去，因为，现在小潘连秧苗都不认识，更不用说蚂蟥、柴火、猪草了。当老潘说到“吃野菜”时，小潘来劲了，说：“哇，你们那时候就吃野菜啊，真幸福！”原来，小潘吃厌了鸡鸭鱼肉，就喜欢吃野菜。这年头，日子不知道怎么过的，人们的嘴巴仿佛都刁钻了，大鱼大肉再也不是好日子的象征，相反，吃野菜野味倒成了一种时髦。自然，野菜的身价立马超过了鱼肉，成倍往上翻还买不到。连带“土”字的菜肴都跟着往上翻。小潘生活在老潘经营的安乐窝里，哪里明白此时野菜的香和彼时野菜的苦啊！老潘当时气得喘不过气来：小时候那么苦的生活，在儿子的眼睛里倒成了比现在还享福！一气之下，老潘就拧了小潘的耳朵。

这还不说，前年老潘带老婆儿子去了趟云南，观光游览之余，小潘妈妈对那种印染布料很感兴趣，买了不少回来。老潘对他老婆说：“我们小时候，就穿这种自己印染的老棉布，那时候日子穷，穿这个叫‘土’，有‘的确良’穿是十分时髦的打扮了！”老潘的老婆没听进耳朵里，小潘却记在心头。前阵子小潘迷上了电脑，无心向学，成绩下降，老师又把电话打到老潘这里，真情告之。老潘着急了，又向儿子“忆苦思甜”，刚说到自己小时候是如何如何刻苦读书，才有今天的好日子时，小潘就反驳说：“你小时候就知道穿时髦的衣服，穿纯棉，还说自己苦！没想想我们做孩子的，早上起得比鸡还早，睡得比狗还晚，做得比驴还多，吃得比猪还差，跑得比你的奔驰还快，你还一天天叫喊‘读书读书’‘分分分’，烦不烦啊？”“啊？天天给你吃好的，穿好的，你还说‘吃得比猪还差’，你真是书读狗肚子去了！”老潘发火了，又要动手拧小潘的嘴巴。小潘一边躲一边犟嘴：“今天我们家吃什么来着？”“地瓜苗，南瓜藤，肉骨头煲，哪样不是时鲜菜？”“那好，你以前常说你打猪草，你给你们家的猪吃什么的？”老潘这才想起来，以前是在儿子面前说过，地瓜苗、南瓜藤给猪吃猪都不要吃，现在却给人吃，饭店里还卖二三十元一盘子；小时候没肉吃，谁去买肉骨头吃啊，现在，吃肉骨头的人比吃肉的人多，肉骨头价钱比肉贵多了。可儿子怎么知道小时候没衣服穿才穿自家纺织的老棉布，没鱼肉吃才吃番薯蔓的，怎么越说儿子越不能理解了？老潘急火攻心，气急败坏地对儿子说：“你考试再考那么几分，就去放牛！”

“什么？放牛？”没想到小潘听到这里，不仅没感到害怕，反而两眼放光，兴奋地说，“好啊好啊，我要去放牛，放牛多浪漫啊！”说着，他还情不自禁地背诵起学到过的一篇课文来：“牛背上牧童的短笛，这时候也成天在嘹亮地响……”“像牛毛、像花针……没有作业，没有名次，没有压力……哎呀，太浪漫了，爸，我不要读书，我要去放牛！我还要去学吹笛子！”小潘幻想着他眼中美好的生活。

这下可差点把老潘气吐血了，他甩了小潘一个巴掌，自己却说不出话来。想想自己小时候穷，只好去放牛，拼命读书，才有了今天，而自己为儿子创造了一切学习条件，想要什么就有什么，儿子却不要读书，要去放牛，还把放牛看成是浪漫的事。怎么好说歹说，就无药可救了呢？

老潘对我说这些的时候，他一定很痛苦，而我却止不住笑声。他说：“你是老师，你看有什么良策，好好把孩子教育教育。”我说：“老潘，一是孩子还没真正懂事，尚处幼稚可笑的阶段；二是你们家生活太优越了，孩子长这么大，恐怕什么活也不会干，什么苦也没吃过，自然，他也不知道什么叫幸福。教育他唯一的办法，就是让他吃苦，让他体验一下放牛！”

“什么？让他去放牛？”老潘很吃惊。

“对，除此之外，别无妙法。你不要心疼他，不要怕失面子。你越心疼他，他越发不懂事，不懂生活，越发不给你争气；再说，你以前也放过牛，吃了苦，你才知道勤奋的，才奋发有为，那根本不是失面子的事，相反，那是人生的一笔宝贵财富！”

说完，我自己也怔住了，我忽然明白古人说的“吃得苦中苦，方为人上人”的含义了，原来，吃苦是人生的财富。

昨天，老潘又打电话来，说花钱找了一个艰苦的农村，送小潘去放牛了，反正是暑假，让他锻炼一个月，去体验他梦寐以求的“最浪漫的事”。一个月里，和农家一起吃住，完成农家的放牛任务，不同情，不迁就照顾，不提前回家，完不成任务，下个月继续。

小潘真高高兴兴去了，还带了一支横笛。

2005 年 7 月 5 日

风景

我震撼于一棵树可以如此度过冬天
当风雪不可避免地降临
它们都换上节日的盛装
穿上比烈焰还红的绸子缎子
佩戴比黄金还亮的簪子坠子
在风中翩跹起舞，随风轻吟低唱
然后，跟着风
飘然而去

在这庄严的时候
天空
蓝得不带一丝云彩

灵峰寺的旷味

报社的小黄来电话，叫我去灵峰寺走走，“听听梵音”，“听听达缘法师的佛法”，也许能有一种超脱。我知道，小黄想借此让我排遣排遣淤积在心中的郁闷和人生的失意，朋友的一番好意和关切，我能体味得到。

季节已经是秋末了，江南的秋天向来比春天要温暖，窗外的阳光很活泼地在地上徜徉，一股热力不知不觉从脚下升起——就出去走走吧，再说，灵峰寺那一大片苍茫古木一直是我的牵挂。春夏之日，多次去过那儿，清泉，古木，苍茫的绿色森林，清凉山风，确实能让人忘忧。

说去就去。出了门，叫了辆车，西行几分钟就远远望见灵峰山了。说是离县城七公里，现在城市的发展日新月异，东建西扩，南征北迁，县城早已不是当年的小县城了。以前觉得，灵峰山距离县城还有点路程，现在打车几分钟就到了景区的山门。

还在路上，心中就有了无限的惊喜：我早已从车窗向外看见，灵峰山上色彩斑斓。火红的树叶，金黄的树叶，一处处，一丛丛，如草原上的野火般，在寂静的山峦上燃烧。

于是，我买了门票，迫不及待地往里闯。

秋天的灵峰寺是属于枫树的，佛也不能打消她爱美的凡心。灵峰寺景区现有森林 2271 亩，其中毛竹 400 余亩，落叶、常绿阔叶林 1500 余亩，是县城城郊保存最完整的一片阔叶林。而这一片阔叶林里，枫树占了大多数。山边，路旁，溪头，竹林之中，到处都是她亮丽的身影，无论是擎天巨树还是才出地面的幼苗，都一个劲地往自己身上着红：浅红，深红，紫红，绯红，血红，洋红……你能说得出的红色，都着在她们身上，你说那是红盖头，那是红纱巾，那是红袄，那是胭脂……怎么比喻都不过分。也许山上的树们觉得这样还不够有气氛，那些朴树、冷杉、野柿子树也来凑热闹，夹在里面画上了大红脸。

秋天也是属于栎树的。他们高唱的是另一出戏：黄。金黄，赭黄，大黄，浅黄，绿黄……他们或单唱，或群唱，或与枫树演双簧，或围成一圈你歌我舞，谁都不肯示弱。

灵峰寺景区的特别之处，就是通往寺院，必须经过一片原始林。林子在山门和寺院之间，有三四亩地大小。林子基本上由三种树木组成：枫树、栎树、朴树。偶尔也能见一两株枫杨树和槠树。这些可都是老树了，棵棵枝干粗大，高耸入云。粗的，两人合抱不能围拢；细小的，也超过大海碗口。有的盘若虬龙偃卧在小溪边，有的挺如壮士伫立于路头，一棵紧挨一棵，遮天蔽日。

眼望着这千姿百态的树，心早已旷远。人类最初的智慧，也许就是从树身上获得的。最初，人类在树上栖息、攀缘、采摘，以它的果实果腹，以它的枝杈防身护体，以它的叶和皮御寒遮羞。后来我们用它们造房子、做家具以生活，谁不曾在树荫下躲避过日晒雨淋，或歇息过疲乏的双脚呢？我们年老了，回归故园叫"叶落归根"，"百年"以后，人们又用几块薄薄的木板装载灵魂。你看它们，历尽风雨依然昂然挺立，虽临霜雪却越发透出生命的火与热。我的心头也豁然坦荡起来。于是，在树下找一处座椅，小憩一会儿。

坐下来，才知道树林的奇妙。树下无风，而树上的风却如海浪滔滔。我去过普陀，也去过海南，多次在海滩上看浪听浪，这树梢之风亦如浪涌沙滩一般。更奇妙的是，一阵风过，那些金黄的、火红的树叶纷纷扬扬散落一地，让人不由得想起"无边落木萧萧下"的诗句来。杜老生不逢时，不能悟落叶之壮美，诗不免有些悲怆。面对树大彻大悟的，便是大慈大悲的佛祖释迦牟尼了。传说中，佛祖是在菩提树下结跏趺坐时，才参透、顿悟了人生的。我不知道，建这灵峰寺的僧人，是否因这些美丽的树而建寺于此，是否也因这些树参透了禅机。但我知道，灵峰寺从建至今，香火是极其旺盛的。

灵峰寺始建于五代后梁开平元年(907 年)，号"灵峰院"，距今已有一千多年的历史。时吴越王钱镠游灵峰，流连此处山水之美，回杭州后，便赐下"灵峰长兴"匾额，以光山门，并施舍修寺，梵宇一新。宋治平二年(1065 年)更名为"百福讲寺"，英宗皇帝赐玉玺一方，以镇山门。清乾隆十二年(1747 年)，更名为"灵峰寺"。

灵峰寺是江南著名寺院之一。与一般寺院不同的是，它属于讲经寺院，着重于研究佛法、佛理的学术活动，等于是古代的佛学研究院，当时的南方各大寺院住持都要在灵峰寺学习，达到一定佛学深度后才算胜任。也许真的是此山此水能让人悟透人生，千载以来，灵峰寺高僧辈出。梁有义遴禅师业启始，宋有仲贤，元有如月，明有蕅益。

蕅益大师(1599—1655 年)系中国佛教史上的著名人物，俗姓钟，名智旭，又名际明，别号“八不道人”，苏州吴县(今属江苏)人。少读儒书，誓灭释老，著《辟佛论》。后读莲池《自知录序》及《竹窗随笔》，始信佛。二十四岁从憨山弟子雪岭剃度为僧。此后学法相、天台、贤首、禅、净、律诸宗教义，以弘天台为主。曾住安徽九华山，晚年移居浙江孝丰(今浙江安吉)灵峰寺。与憨山、紫柏、莲池并称为明代“四大高僧”。发扬延寿、袾宏的思想，主张禅、教、律三学统一，佛、道、儒三教一致。著作有《楞严文句》《法华会义》《大乘止观释要》《弥陀要解》《阅藏知津》等四十余部。弟子成实编辑其遗文为《灵峰蕅益大师宗论》。①

沿着丛林中一条幽静的小道往寺里走，边走边回想着有关寺的史料，与大师交谈时不至于什么都不知道。此情此景，脑中又跳出常建的诗来：“清晨入古寺，初日照高林。曲径通幽处，禅房花木深。”此时虽不是清晨，但午后的秋阳倒是从高大的树冠之间的缝隙漏下来，从下往上看，阳光把红的黄的树叶照得透亮，仿佛叶片都是一张张玉的薄片。幽深的曲径那头，就是灵峰寺的禅院了。门口一棵高大的银杏树，树叶绿的碧绿，黄的金黄，用“玉树临风”形容真一点也不过分。我对着树上的牌子一看，呵，树龄 1000 年，高 32 米，胸围 4.5 米，不觉肃然起敬。

进了寺院，拜过佛祖，就四处参观了一下。

因为灵峰寺突出了佛教学术活动，所以在历史上多次法难中均得到了一定的保护，但是终究没能躲过“文化大革命”的劫难。灵峰寺的许多建筑、佛像、佛经都是在“文化大革命”时期被毁灭的。1992 年，为落实宗教政策，发展旅游事业，安吉县政府做出了修复、开放灵峰寺的决定，1993 年正式开工修复。现在，已经修复的有大雄宝殿、三圣殿、天王殿、观音殿、念佛堂、千佛塔等建筑。我在寻访达缘法师时，遇到了寺院管理办公室的鲍主任，他介绍说，新中国成立前灵峰寺的香火是极其旺盛的，常住的僧人就有三百多人，那时候，除了现在已有的寺院外，灵峰山上，五峰之下还分别有庵堂，独立峰下还有闭关的“关户”，山门外还有马厩客房，那时

① 蕅益大师的简介文字为书稿修订出版过程中增补，引自张岱年：《中国哲学大辞典》，上海辞书出版社 2010 年版，第 601 页。

山就是寺,寺就是一座山。清末太平天国运动时期遭受太平军的破坏,抗日战争时期又被日本人焚烧,到了“文化大革命”时期就几乎被夷为平地了。现在,灵峰寺经过修缮,每年接待香客十余万人次。特别是逢观音的生日、成道日,来烧香的香客每次都有两三万人,可谓“人山人海”。

是的,只要心中信仰不灭,哪怕经历再大的磨难,依然还有再生,还有辉煌。佛尚且如斯,莫说人焉!我也顿悟到了什么,心头再次有亮光闪过,淤积于此的块块垒垒,瞬间融化。

于是,我觉得没有必要再去访达缘法师了。从寺院中出来,仰望灵峰山,见山上翠竹葱茏,夹杂其间的红红黄黄,似乎就是四溢的灵气——于是就有了登山探幽的渴望。

沿着寺左的一条幽径登山,在山路上,我看见了盛开的野油茶花,经过一片栎树林时,还享受了栎树的一阵“弹雨”——一阵风来,鸽子蛋大的成熟的橡子哗啦啦下了我一身,我吃了一惊,继而哈哈大笑,觉得这黄绿相间的玉石一般的橡子,不啻是上天赐予我的礼品,于是,装了一口袋带回家,给小女儿长见识。

下山时分,平生第一次听见寺钟。当——当——当——,悠远而绵长,撞在钟上,撞在山崖上,更撞在我的心上。也许这就是梵音吧,这就是我要找的旷味吧。

2005 年 11 月 7 日

美丽船村

船村没有船。

如果一定要说有，那船一定是诺亚方舟。

因为，村子里，没有人知道自己的祖辈是哪一朝哪一年迁入这个大山的腹地，劈山造屋，垦地造田。村子里的百岁老人不知道，散落在村子里几百岁的枫，几百岁的榧、朴，千年的银杏，也都不知道——那千年的银杏，不过是枯萎了的老树根部滋生的新芽，谁也说不清，那枯了还有桌面大的老银杏树蔃头，究竟活了多少年，见证了村子多少人烟。

也许，只有高高矗立在村子四周的大山知道。山顶之上，泛着赭红的兀兀岩石知道。千百年来，岩石一定望见了村子的繁衍、变化、发展、壮大。它坚守着本分的原则，不对飘忽不定的白云说，也不跟虎视眈眈的鹰说。

这高耸入云的大山啊，团团将村子护在膝下，用满山苍翠的竹子荫蔽着村子，用清冽的甘泉滋润着村子，用一抔沃土养育着村子——它怎么能不知道它养育的孩子呢？这里的孩子诞生在它的怀里，最后大多回归到它的怀里，母亲的胸怀永远细腻、博大！

我不知道该怎么形容船村，反正，在天目山的腹地，被几座高高的大山呵护着的，一个百多户人家的小村子，美丽得让人着迷。

从一个叫港口的地方开始，沿着一条宽不足两百米的山谷，顺着山脚下一条蜿蜒的乡间公路，往南，再往南；到了山川，往上，再往上，不知要历经多少回“山重水复疑无路，柳暗花明又一村”的疑虑和惊喜，不知要翻越多少道山梁，穿越多少次竹林，飞越多少长的悬崖峭壁，当眼前呈现古树高耸村头、村居疏密有致、流水潺潺、小巷幽幽的村落时，那一定是到了船村了。

这个由东、南、西三面大山圈成的山谷盆地，呈南北走向，东西宽不足三百米。

东面地势高，村民因地制宜造起了屋子，形成一个村落；西面地势低，便于蓄水和灌溉，被垦成良田。一条小溪从南面狭窄的山谷里冲出，在村子最东头转了个九十度的大弯，绕着西面的山脚，顺着良田周边，涓涓而流。小溪里，铺满了大大小小的被时光和流水打磨得光光滑滑的岩石。几米一小潭，几米又一急流。无论深浅，溪水都是碧绿，和山上的竹叶一个颜色，且都能见底。能见卵石，能见细沙，能见带着红彩的拃把长的野生石斑鱼，在滑溜溜的卵石上蹭痒痒。偶有三五只鸭子在溪水里嬉戏，但也搅不浑这一潭碧水。倘若是夏天，翻开大大小小的卵石，还能看见螃蟹居士。它们似乎见惯了人的脸，不慌的——除了小孩子，没有人去捉它们。

这么好的水，怎么舍得让它白流呢。于是，就在村东溪水的大转弯处，人们建成一道坝，拦起一汪水，修出一条渠，把碧绿的清水引向村子。弯弯的小渠在村子里绕几绕，于是，村子里有了哗哗的水声；屋前屋后，有了"迷你"的"埠头"。于是，捶件衣，搓块布，洗根葱，小小的清渠边上，便成了妇女们的舞台，"说""笑""逗""唱"，城里山外，邻里短长，小小的渠是一出戏的主线。无人的时候，渠水自个儿唱一出山村的宁静。

唱出的戏，居然也分"现代"和"古装"。瞧，村东的山脚，溪水带动两台发电机组引吭高歌，歌唱光明；再往东头山谷里瞅，居然有一座座古代的水磨，在溪水的冲刷下，"轰咚轰咚"，举着石锤，敲打木屑——这就是山村古老的"香粉埭"，山外的人肯定没见过，很稀罕。

有了电，山村的世界与山外的世界就没什么区别。楼房，三层两层，高高低低，一幢挨着一幢。不同的是，这"别墅"的外面围墙，居然还留着几十年前的土围子，或者百多年前的石头墙！碗大的卵石，滑滑溜溜，一看就知道是小溪里的物产。石头墙缝里，还长有金钩子树、山核桃树，还有狗尾巴草。看上去不起眼，却让村子显得古朴而壮观。村子中间那条巷——也许是最初形成的那条巷吧——巷道居然也是卵石铺成的，横横竖竖地排列，偶尔还形成一个圈，或者一个花纹。这一定有些岁月了，村子里的人造了新房，还特意将这些土围子、石围子和石子路留着，让它们和那些古老的树们呼应着。不为别的，古的，朴实的，也是美的。村子里的人喜欢，肯定有他们喜欢的理由。不然，试想想，还有多少江南的村子，能保留这样多的古树呢？

房子紧挨着房子，一瓶老酒，就能飘香几多人家。在小巷里走动，忽然打开一扇木门，露出一张笑脸。认识的不认识的，他们都笑着招呼"来啦，进来坐坐，喝口茶”。一家亲戚,仿佛是整个村子的亲戚。我是这个村子的女婿,十年来,我认识的人没几个,但我每次去,一路都遇到真诚的微笑和热情的招呼。

村子夏天凉爽。山外再热,到了村子,不用空调,半夜还得盖薄被,是避暑的好地方。

秋天去,村里的山核桃、榧子熟了。搬个木梯,提根竹竿,爬到高大的树上,轻轻往枝丫上敲打,山核桃、榧子、银杏等果实,哗啦啦如雨点下一地,然后,慢慢捡进箩里,挑回家加工成美味山珍,很有情趣。秋天,稻子黄熟,整个山谷流淌着金黄,与绿色相映,灿烂无比。还有火红的枫叶,金黄的银杏叶,在村子里迎风招展,与黑瓦蓝天,构成空灵的神仙境界。看了可以忘俗、忘尘。秋天的船村适合休闲度假。

而冬天,当外面的世界有了霜,这大山的怀里,也许早成了雪的世界。下点雪也美得很啊,江南的雪仿佛也是绿色的。山顶上白,山下绿,于是,北国的壮,南国的秀,处在同一时刻的同一张照片里。冷是冷点,可山里只有冽冽寒气,没有凛凛寒风。况且,村子里,家家都有火炕,坐在火炕上,捂着一条被子,吃着山核桃、榧子、卤毛笋干,看着电视,或者闲聊,别有情趣。

值得一提的是,这个小小的村子,有专门的环卫工人,负责处理生活垃圾,整个村子非常整洁、干净。

不信的话,你可以去看一看。也许,诺亚方舟真的就泊在那里。

美丽的船村,在安吉、余杭、临安三地的交界处,在天目山的怀抱里。

2006年10月18日

探美景溪村

景溪，黄浦江源头上，又一支流的名字。

去黄浦江源的路上，安吉县报福镇的路边，立着一块路牌，标示着从左手边伸展出来的一条岔路所通往的地方：景溪，石岭。

景溪，还是一个自然村的名字。村因溪而得名。村在两排东西向的绵长的高山之间，一条南北宽度不足三百米的山谷两边的山麓下。

谷中，景溪蜿蜒而过。沿溪两岸，平坦之处，是因势造型的稻田，曲线的田埂，顺着山麓铺向谷底，紧靠小溪，田因溪水而丰润。

山麓下的人家，或百十家相聚，高低错落，左右紧挨。没有整齐的布局，但和谐自然。或三五为邻，守居一方，独享一挂叮咚山泉。这边与那边，几座小桥，连接往来脚步，一溪碧水，系紧全村炊烟。

山高，但碧绿，漫山遍野全是毛竹，浓密的竹叶似草如茵，绵软如水，起伏如涛。山梁瀑布飞泻，泉水淙淙；林中百鸟飞翔，鸣声幽幽。山麓树木葱茏，红瓦黑瓦的别墅式民居，就点缀在竹木中间，或显或隐，或开或合。

我没有神笔，我无法详尽描述这个村的神韵。我只能说说我驱车进入景溪村所领略到的第一印象：青山碧水，和谐人家。

说实在的，作为安吉人，黄浦江源我不止一次去旅游过，石岭所在地的"大汉七十二峰"风景旅游区，几年前我也曾去游览过，但景溪在哪，景溪村在哪，我还真的不知。受安吉县作协邀请，我去感受了一番"中国美丽乡村"景溪村。虽然内心惴惴，怕没有慧眼，不能发现景溪的美的所在，好在我一向喜欢天南地北跑跑，喜欢大自然，于是欣然接受这个使命。在秋天的一个下午，我谁也不告诉，谁也不招呼，悄然驱车，前来探访景溪的美丽。

到了报福镇，一打听，路人告诉我，从去大汉七十二峰风景区的那条路进去，就是景溪村，晕倒。

几年前来游览大汉七十二峰，记忆中这是一条很深的山谷地带，从镇上那条左边伸出来的岔路进去，一直到大汉七十二峰景区，可能有十多公里的路程，路靠溪，溪傍山，中途还有一个很大的水库，风景极佳，这就是景溪村？

路人说："就是就是，那水库叫罗家费水库，水库的上游末端，就是景溪村的村尾，石岭村的村头。"

我大喜。因为去年我还到过这个村的一处农家乐吃过饭，我对这村算是"熟悉而陌生"！熟悉，是因为曾经经过，有过观察和感受；陌生，是因为当时要到别地去旅游，到饭店吃饭，不曾细细了解和观赏，并不知道它就是我要探访的景溪村！

既然曾经走过，就没啥好担心的，我一个人开车进入村子，没按要求到村中找村干部接待，慢慢开车，慢慢观察，凭心感受，用视觉和嗅觉，来给"中国美丽乡村"打分。

经人指点，我来到村中央地带，据说村委办公地就在此。我把车停在路边，我发现这里的景色真不错！这里有不少高大古朴的水杨树，枝叶茂密，有的笔直冲天，形成一柄遮天巨伞；有的偃卧溪边，如同在溪水上搭成一顶宽大的帐篷，在溪中造就一方宽大的浓荫。

我是极其喜欢古树的人。我始终认为，有古树存在的地方，不仅自然环境好，而且人文环境也好，不然，这些古树，这些古老的生命，很难得以存在。村中的古树，是一个村子底蕴的象征，是村落精气的化身。

我注意到，古树下的溪岸，经过了人工整治，整齐而美观；树下一座窄窄的水泥桥，路面干净，很诗意地连接着溪两岸的民房民居。而桥下两端，各有台阶，通到溪水里，形成埠头——这是为方便村民平时洗洗东西而设置的，我是农村长大的人，我熟悉这样的埠头。可惜我来的不是早晨，不是午后，否则，这里一定很热闹。洗衣洗被的大嫂姑娘，一定在这里说笑。现在，只有清澈的溪水在巨大而干净的溪石间飞花滚玉，欢快地唱歌。溪流很干净，没有我想象中的生活垃圾、塑料袋、杂草，我心里说，这地方不错。

我决定进村里走走。我是农民出身，对农村的各种鄙俗一清二楚，呵呵，是不是美丽乡村，岂能逃过我的眼睛？

不错的！水泥浇制的村路，通往家家门口，也都整洁干净，没有生活垃圾，没有家禽家畜的粪便。

村道上还放有垃圾箱！垃圾集中处理，原先是城市文明的象征，这个小山村也如此，不错的。

四下张望，家家户户房前屋后都种有树木，有许多景观树，还有许多土制的盆景，花花草草，葱葱蒜蒜，很是可爱，很有生活情趣。丝瓜吊在架下，辣椒红在地里，散发出浓郁的乡村气息，而没有我想象中的猪牛羊的骚臭，没有露天厕所难闻的气息。许多人家的屋顶上，太阳能热水器在阳光下熠熠生辉。真不错，我的心里，已经给这个村子打了个优良。

我见一村民站在院子里，就上前搭讪说："你们家环境搞得不错啊！"

他上下打量了我，笑着说："呵呵，一般般。"

"我想问一下，你知道你们村在争创建设美丽乡村吗？"我问他，也是考考他。

"哦，知道知道，我们村里人人参与建设美丽乡村，这是给我们带来好处的事情，我们都很支持——你是来采访的记者啊？"他笑着问我。

"我是随便来看看的。"我不想说破我此行的目的。说实在，我确实把自己当成是来旅行的游人。

"进来坐坐好了。"他笑着说。

他倒很客气，我心里想，到底是农村人淳朴，要是在城市，看见陌生人，想必会十分警惕。"不要和陌生人说话"，是很多城市人明哲保身的信条，看来，在这个村子，还没有这样的世故与冷漠，不错的！

"能说说你们怎么参与创建美丽乡村的吗？"我继续和他攀谈。

"每家每户把自己的门前屋后环境搞好，卫生设施搞好，家禽家畜圈养——具体我也说不好，你还是找我们村长了解比较好，他们确实做了不少实事。"他笑着说。

我还是第一次听村民表扬他们的村长——在我的经验中，干群关系这几年一直紧张，我去过不少村子，村干部和群众几乎到了剑拔弩张的地步。

"你们村长是谁？我去哪找他？"我笑着说。

"黄大伟呀！就是野趣农家乐的老板黄大伟，他今天在的。"

"野趣农家乐的老板是你们的村长？"我有些吃惊，因为，这家农家乐在安吉挺有名气，我去年还专门到这家农家乐吃过饭，印象非常深刻。这家农家乐很特别，把溪水引进自家院子，造起"湖泊""池沼"，放以竹排，以供游人游玩戏耍；又因势起屋，在“湖泊”四周，造起雅致的小屋，作为餐厅。院内树木荫翳，花草众多，大自然的氛围浓厚。加上农家菜做得好，所以，游人如织，食客蜂拥。我听说过老板的名字，但没见过他。

“去年当选的，比较能干事——我带你去找他好了。”说着，他主动带路，引我进了野趣农家乐，见到了黄村长。一个三十多岁的年轻人。

我把安吉作协的介绍信给他看，他很热情地介绍起村子的情况来。

“我们村创建美丽乡村，有得天独厚的环境优势，有山有水，山林绿色植被覆盖率达到百分之百；村中有溪，有水就显生机活力。我们依托美丽的自然环境，稍加建设，整个村子就显得整洁漂亮了；村里经济条件也比较好，十多年前就家家安装了闭路电视、电话，现在百分之二十的家庭有了电脑，上了宽带；我们目前的建设重点放在建设人文环境上，为村民建设排舞场地，搭建村戏剧舞台，建设生活污水处理池，整治房屋外观，集中村市场，以及建设便民放心超市等。其中村中道路建设、河岸美化建设、垃圾集中处理设施建设、道路绿化建设等项目，已经全部完成……”黄村长说得很自信，也很自豪。

“你们村有排舞？”我好奇地问。

“是啊，城里流行排舞，我们这里也流行，我们还有和尚戏呢。”

“和尚戏？”我还是第一次听说这个戏名。

“村民自排自演的，比较有趣。”

“什么时候能见到？”我兴致来了，很想知道什么是和尚戏。

“不是每晚都有，你想看，我的电脑里倒有录像。”黄村长笑着说。

我说我想看，于是，他领我到村办公室，打开电脑，让我看“和尚戏”。原来，所谓“和尚”，就是村民戴着大头娃娃面具，演生活故事，搞笑而又有些教育意义。

看完了和尚戏，黄村长又带我参观了村戏台和排舞场，参观了正在建设中的污水处理池和村市场。我相信，不久以后，这个村子将更加美观了。

然后，他又带我到村中转转。确实，整个村子民居漂亮，道路干净整洁，绿化自然和谐。

“这两座老房子有点年头了吧？”我忽然看见两处老宅，夹在村中很显眼。一处大的徽派建筑房子，墙面石灰剥落，很是沧桑。但我看到，门上的石刻，还有绘画，都极具风格。

“这老房子，可能有一百多年历史了，传说还是国民党某将军的宅第呢！我们一直想修整，但苦于找不到会做的木匠，这里面的木工活，现在的木匠都吃不消做，没那个能力做。不过，我们正想办法维修，这可是我们村最具有文化积淀的文物呢！别看它破，它可值钱呢！还有那一处——”他指着村路面下一座方形古堡建筑说，“那是我们村旧时的粮仓，是二十世纪五六十年代的建筑吧，反正比我年岁大，这个样子的建筑，在我们安吉是独一无二的，在其他地方我也没见过，说不定也是文物呢！至少，这年头，人民公社时代的东西不多了，我们把它保留着，也许，该派上用场的时候，会有它的价值。”

黄村长不知道，其实我也是很喜欢历史文物的人。一个村子是不是真的美丽，绝不是全部集中在现代派的建筑上，更不是表现在现代化的生活条件上，它应该是自然环境、历史文化、民风民俗等各种因素的集合体。如果一个村子，都是现代派建筑，都是豪华别墅，哪怕别墅里面停满宝马轿车，而无优美的山水环境，那这村子只能称富裕村，而算不得美丽乡村；一个村子人工环境再好，若没有历史的积淀，也算不得完美的美丽乡村。兰溪的诸葛村，黄山的西递与宏村，江西的婺源，它们都因为同时具有优美的环境和悠久的历史文物建筑而闻名海内外。这个景溪村，正因为有了不少的古树，还有这两座保存完好的古建筑，我要给它的美丽，打上优秀！

我说：“你说得对，这两座古建筑，确实是你们村子的宝，想办法保护下来，就是大功一件。”

“黄村长，我看你们村老百姓生活条件都还不错，你们村企业不少吧？”我笑着提出我最后想提的问题。经济是否发展，老百姓生活条件的好坏，也是衡量一个村子是否具有活力和魅力的重要条件。

“我们村总共才三百九十户人家，一千二百五十三人，现有企业五家，基本解决了村剩余劳动力问题。还有旅游休闲度假农家乐四家，凭借山水优势，依托大汉七十二峰旅游区，农家乐效益也不错。其余在外地经商、在县乡镇企业上班的人也不少，加上山上毛竹资源收入，村民家庭收入还是相当可观的。当然，我们这届村委，坚持在不破坏环境、不污染环境的前提下，正积极想办法招商引资，来提高村民收入。”黄村长侃侃而谈。我觉得，从农家乐老板，到村的村长，黄大伟确实在这方面有他的自信和魄力，叫人欣赏。我特别欣赏那些具有一定的经济实力和创业能力之后再从政的人，具备这样条件的人，能够脱离“升官发财”的窠臼，能够真正为百姓干事。尽管黄大伟不过是个村长，但他从老板到村长，我相信，老百姓选举他的目的，一定也是发展经济，提高生活水平。他能够把环境放在第一位来考虑，实在让我钦佩。

“我还想走遍你的村子，彻底欣赏你们景溪的风景呢！”我笑着对黄村长说。

于是，我们又开车，沿着景溪往上游走。

两排绵长的群山一直像伸长的手臂，呵护着村子，呵护着溪水，呵护着溪边的人家。坐在车里，驾驶着车子，这样的感觉特强烈。山峰回转，道路也跟着转弯，而一直不变的，是碧绿的竹林，漫山遍野，清新舒畅。

“这确实是个‘景’溪，风景优美的景溪，住你们这里，人一定长寿！”我很是羡慕道。

“要论居住条件，我想没有哪个城市能和我们乡村比。”黄村长笑着说。

汽车转了几个弯，爬了个坡，一面宽大的湖泊忽然就呈现在眼前，我想，这就是罗家费水库了。但见群山环绕，湖水碧绿，真有“人在山水一色中，目极湖山千里外”的美感。水库边，两三家农家乐宾馆饭店，屋檐高提着几排大红灯笼，分外惹眼。分明是一幅美丽的山水画，却触手可及。

“这也是你们村范围内的吧？”我问。

“一直到水库尾部，都属于我们村范围。”

站在大坝上，回望刚才走过的村落，全都掩隐在绿树丛中，隐约在云蒸霞蔚里。

“真是美丽乡村啊！”我由衷赞叹。

2008 年 9 月 22 日

去余村走走

大自然的造物能力是神秘而稀奇的，一山一水都书写着灵气。自然界中的山、水、阳光、空气、动植物等，它们组合成千变万化的景色和环境，供人们游览观光，产生美感，使游人获得精神和物质的享受，那些遍布在世界各地的名川名景，给人带来的震撼往往是令人目瞪口呆。我不想去提那些世界级的风景，如斯堪的纳维亚半岛峡湾风光、南美火地岛自然风光及澳大利亚的神奇大堡礁，也不想去说国内知名的风景，如甘肃的月牙泉、西藏的雪山草甸和处女般纯洁的高原湖泊，其实我们身边，就有着大自然的神秘景致。

我说的是天荒坪镇余村的太极图和莲花山。

杜甫有诗云“造化钟神秀”，不错的，大自然往往也是个有偏见的情种，把好的东西都集中到一块土地上摆放。从天荒坪镇政府驱车向南，就到了天荒坪蓄能水电站、藏龙百瀑、九龙峡白茶谷风景区，往西约两公里，就到余村休闲风景区了。

余村的地理位置，特别值得一说。整个村子，其实是一个自西向东呈喇叭口状的山谷，东面是出口，其南、西、北三面环山。一条小溪，也自西向东缓缓流过村庄。而奇就奇在这条不起眼的小溪上，它流过村子的时候，没有山势的阻挡，也没有人工的疏导，居然流出了一个“S”形，把整个山谷平原分成南北两部分，这两个部分土地，居然和太极图里的阴阳鱼十分相像。更巧的是，两部分土地，一块住人，是村庄，没有田地；一块是耕地，种的是庄稼，没有人家。而且，在太极图中，北为阴，南为阳，村子的安排也正巧合了太极图的规律：因为，在山区，阴和阳与平原地区是不一样的，山南为阳，山北为阴。易学几乎是贯穿整个中华民族文化的一种学说，许多学者研究认为，太极图是宇宙万物运化的全息稳态模式，也是中国的哲学精华，生动地表示了宇宙万物的结构及其运动规律。有与无，动与静，天与地，昼与夜，夏与冬，南与北，左与右，正与负，合与分，进与退，盛与衰，生与死等，都可以从中找到解释。也许有人说,这都是现代的余村人为赚旅游的外快故意这样人工建造的。可从余村的发展历史来看,这样的布局绝不是一年两年三年能够完成的人造之能事。余村的发展得从唐朝末年说起。据传说,唐末,天下大乱,浙江百姓钱镠梦中得观音指点,在余村起兵,东征西战,征得了江南半壁河山,建起吴越王国。公元912年,吴越王为感谢观音菩萨,在余村莲花山下,建起观音庵(即隆庆庵),自那以后,村人建住宅,都建在山南阳面之上。据现代科学考证,观音庵所建位置,正处于太极图之阳鱼的鱼眼位置,而观音庵是现在华东地区为数不多的尼姑庵之一,正暗合了太极图中阴阳鱼的黑白两点中黑点的位置和作用。

这里,我要补充一下太极图中黑白两点的作用。从太极图中看:阴盛于北而阳气生起,阴避阳,故回入中宫。但是,阳气为什么会生起呢?这是因为黑中仍然有一点之白作为阳精,当晦朔阴盛之时,这一点阳精与日中之阳相感应,使对方之阳生出,从而成为生阳之本。同理,阳盛于南而阴气生起,阳避阴而回入中宫。当望夕之时,白中一点之黑作为阴精与月中之阴相感应,使对方之阴生出,从而成为生阴之本。所以,阴阳鱼太极图中的黑白两点,在运转太极图中发挥着重要作用。余村村民住宅都住在山南阳坡,用一尼姑庵点缀作为阳鱼的"阴精"部分,十分合乎易理。如果你仔细考证,余村许多建设譬如水库、水塔等,都暗合了太极图的原理。一千多年来,余村人都这样建设自己的家园,不能不说是冥冥之中上天在那儿巧妙安排,或者说是聪慧的余村人读懂了大自然的神秘语言。

余村的另一个自然奇观,则是村北面的莲花山。一山拥九峰,本身就很奇特,而九座山峰有规律地呈圆形排列,北高南低,山体椭圆似花瓣,状似一朵向着村子盛开的莲花,则是奇上加奇。我所知道的莲花山,都和佛教有关。例如山东泰山周围的莲花山、安徽九华山的莲花峰、湖北鄂州洋澜湖畔的莲花山、广东海丰的莲花山等,均有香火旺盛的寺院。因为莲花在佛教中被尊为"圣物"。佛教的莲花象征完全是一派东方文化的风尚,宁静、愉悦、超脱和微笑。无量佛如莲,无边佛如莲,人生亦应如莲,安详则步步生莲。因此,莲花所蕴含的清净的功德与清凉的智慧,永远为佛门弟子所崇仰,为世间善众所喜爱。余村的莲花山,山上竹海茫茫,绿色滔滔;山中泉水淙淙,碧涧盈盈;林中小路曲回盘绕,鸟鸣幽幽,正是修身养性的好地方。清末诗人王墨樵曾有《初夏登莲花山》诗作为证:"岧嶤隐隐水漫漫,俯仰凭临眼界宽。山市烟岚晴入画,梵天花雨复生寒。人情直到贫方觉,世事偏宜静处看。犹爱老僧忘俗味,酩酊醉卧旧蒲团。"

后梁时代的吴越王钱镠也许正是看中了这块灵山秀水之地，亲手操办建成古刹隆庆庵。庵择灵地，有求必应，自建庵来，香火极盛，后经宋元明清几朝修葺扩建，规模恢宏，有殿堂楼房60余间。

太极图是道教的标志，莲花是佛教的象征，二者居然在一个小山村得以完美统一，不能不说是一大奇观。

村子是有灵气的，举两个例子为证。其一是百岁娃娃鱼。1998年6月，当地村民在小溪中捕鱼时，意外捕获了三条大娃娃鱼，其中最大的竟然有六斤多重。小的也有三四斤，经过研究证实，大的娃娃鱼有一百多岁的年纪了，国内罕见，堪称娃娃鱼王。大家知道，娃娃鱼又名大鲵，是我国特有的珍稀野生保护动物，生长缓慢，寿命却长，被誉为活化石。在工业发展极快的江南大地，在经受农药和现代文明破坏的江南生态世界里，娃娃鱼能活上一百岁，不能不说是一个奇迹。从它的侧面，足见余村的环境状态之良好。另一个例子，则是村中的千年古树——江南古树之王——银杏王。银杏是比恐龙还要古老的生物物种，远在二亿七千万年前，银杏的祖先就开始出现了，到了一亿七千万年前，它和恐龙一样遍布世界各地，后来，绝大部分地区的银杏也和恐龙一样灭绝了，只在我国少数地区部分存在，流传下来，几成稀世珍宝，而能有千年寿命的，恐怕世界上也为数不多。

这棵老银杏，长在余村的村西头，树干粗大，得有六七个大人方能合围，高十余丈，树冠团团，足有三四分地大小。可贵的是，此树虽逾千年，却依旧枝叶茂盛，生机勃勃，树干粗大而不空腐，枝干老态而不折断，树根以下，幼苗勃发，小的有胳膊粗，大的已如海碗矣！每个见过它的人，在感叹它历经千年风雨沧桑的同时，无一不被它旺盛的生命力所震撼，于是，纷纷走近与它拥抱，合影，从它的身上，汲取了生命的钙质和盐。

在余村，几百年的古树有不少，在翠竹掩映中，在红瓦白墙的点缀中，整个村子吐露出一种灵气和旺盛的生命力，去余村走走看看，你会被大自然的奇妙安排所折服，也会因余村的清幽山水而忘情，而不能忘怀的，是那百年千年的生命力。

近几年来，去余村休闲观光的人越来越多。当然，除了神秘的大自然、千年的古生物，余村淳朴的民风、古老的习俗、好客热情的村民，也会让人流连忘返。

2005年9月11日

月光下的筏湖

筏湖是万顷松涛中一颗晶莹的明珠。

筏湖是属于蝈蝈的。七月流火，八月的夜晚天气有了薄薄的一层凉意，人从浮躁中安静下来，蝈蝈拿出它们玉质的云板，祖母绿的莲花落，在我看不见的江南深绿中，轻快地敲打，摇动，摇出一阵又一阵的泉水的吟唱，或飞珠滚玉，或水花四溅，在城南郊外的山边，一条幽幽山径，就是一条曲曲的泉水淙淙。它们一路清唱，带着我山回路转，让我遇见这藏于松涛中的月光湖。

筏湖是属于月光的。在城市的高楼之外，在四围轻描淡写着山影的谷中，月光尽情倾泻，厚重堆积，恣意徜徉。蝈蝈的云板不停，莲花落摇出绝响，我的脚步，就停于筏湖的坝顶。十里月光，碎在山谷，如钻石熠熠，如水晶莹莹，如亿万只萤火虫，作超低空飞翔。高楼的城市是没有月光的，只有路灯霓虹的幻影；高楼的城市也没有蝈蝈的泉水，只有汽车的洪流咆哮。这月光汪洋的山谷，是被城市抛弃的一个甜蜜的梦！十里月光荡荡，那是怎样的静谧与神奇，我无法用文字形容。此时此刻，唯有溶化，成为其中一点碎片，才能说出心底的宁馨。

月夜的筏湖是属于沉思者的。沉思最好的方式，一是垂钓，二是静坐。筏湖的湖心有一小岛，岛上建有三五间矮房，那是筏湖守护者的家。湖边有竹亭和竹廊，亭廊之中，皆悬挂皎洁的灯盏，如一轮轮小小的月亮，为深夜的造访者指明道路和方向。一条狭长的木板浮桥，铺在洒满月光的湖面上，直通湖心岛屿，仿佛通往天堂的道路。下到水面，登上浮桥，光滑的镜面顷刻被打碎，千万个月亮在水里微笑。

听见人声，岛上涌出十来只品种各异的狗狗，奔向浮桥，汪汪叫着，迎接筏湖的客人。夜深山幽，湖面苍茫，几声狗吠，宛如一条结实的缆绳，把孤独者的手牵住，又似一道安全的院墙，为走进黑暗世界的人筑起安详。也许，这众多狗狗早已见惯了深夜来访的孤独者，早已嗅出孤独者心灵上的疼痛，它们热情地摇着尾巴迎接，口中呜呜地招呼，引领客人走向岛的中心。

屋是草屋，亭是草亭，屋外亭内，有木质椅凳，供孤独者面对湖光山色出神。也可以选择钓竿，与湖底的思想者对话。筏湖的看护者说，水底有十几二十年的大家，只有大思想者，才能把它约出水面。不过，请保持湖底的月光安静，水底的思想者也不喜欢喧哗。

静坐湖面，这面苍茫的湖就是属于我的。鱼在水底自由来往，我不去打扰它，我可以听它们的欢跳。来自高高山巅上冷傲的松风，穿过山谷，掠过湖面，飘入竹亭，和我拥抱，给我最惬意的安抚。她的手指微凉，她的发肤弥漫着松脂的清香，她依偎我怀里，亲我的脸颊，吻我的胸膛，划过山脊的流星就是我陶醉的梦呓。天上白云悠悠，明月款款；湖岸影影绰绰，萤火闪闪烁烁；夜莺偶尔在蝈蝈的乐章之上，奏响两声高亢的音符，又把宁静交给湖底皎洁的月亮，交给我宁静的心底。

什么都不想，就是一种幸福。城市的浮躁，人心的叵测，到了这里，就是空灵。这里只有湖水，只有月光，只有蝈蝈的清泉流淌。松风拂过，胸膛中破碎的青花瓷，一片片弥合，人又回到完整的人。

人生如梦，月光下的筏湖是人生的梦，静谧的梦，澄澈的梦，空灵的梦。

是思想者和孤独者的天堂。

筏湖在哪？在浙江安吉县城南郊外，芝里社区往南几公里的山中，一条窄窄的水泥小路，道路转几个弯，穿过两个松林，就到了。

2009 年 8 月 5 日

游龙王山

江南的山都太秀气。山体都不高,而且线条柔和,浑圆;山上竹木葱茏,翡翠如烟;加上四季花朵绽开,粉嗅脂香,很适合看惯城市高楼冷峻面孔的人洗心革面。四月的江南一直细雨霏霏。到了五月,暮春刚过几日,天气晴好,友人约我去登安吉县境内的龙王山。我们从县城出发,一路树木苍翠,近山粉黛,远山含烟,倒也觉得清丽无比。

来到龙王山,才知道先前对江南的山大有偏见:还在山脚,就望见龙王山山势威武,层峦叠嶂,高耸入云,根本看不见山峰!山脚溪水潺潺,山上树木森森,山顶云雾缭绕,谷中不时有云雾蒸腾。刚到山门,就见溪边峭壁兀立,怪石耸峙。溪中巨石黝黑,形状千奇百怪,或如水牛嬉水,或如一大群巨象在溪中散步,最大则如小山,砸在溪中,把溪水一分为二,令人肃然敬畏。溪水穿石绕梁,一段一小瀑,一段一深潭。潭水清澈绝伦,或浅绿,或深蓝,直把众人尘封的心,洗得光光滑滑,圆圆润润,一尘不染。

沿着溪涧往上,人行谷底,又似在山腹之中。溪涧两侧,长满灌木乔木,树木高大荫翳,遮天蔽日;四周清凉幽静,香气袭人却不见花影,仿佛满山谷都是盛开的野花。伸手攀缘一树,不经意一瞥,竟然是棵海碗粗细的杜鹃花树!老干横秋,枝头却葱葱郁郁,落花后花蒂依然缀满枝头,让人遐想不已。要知道,海碗粗细的杜鹃树得长多少年啊!细看身边,竟有许多老树,树干上爬满绿茸茸的青苔,以及叫不上名字的藤蔓,树身高挑,竞争着向天空发展,争取更多的阳光和雨露,枝头嫩叶青翠,宛如溪涧里的泉水。更令人动容的是,溪中卧石之上,竟然也生长树木!人说“梦笔生花”,却不见“老石生树”的,而这山溪中不见一些土壤的老石上,竟然真的长树!而且也是老干虬枝,生意葱茏,独自伫立溪流之中的老石上,老根裸露,交叉盘错,紧紧抱住黑石。有的如龙汲水,偃卧溪中;有的如龙升天,青云直上;还有的犹如一仙翁，脚踏神舟破浪而来，无不摄人心魄，震撼人心。这些石头在溪水中冲刷，树的种子能有多少机会在上面生根萌芽！又有多少机会茁壮成长！要有多少年的造化，才能有这样的神来之笔呀！在惊叹之余，我们不能不在心底滋生对生命的感动：就可能是那么一点土壤，那么一次机会，种子在石上发芽，生根，然后顽强地把根伸进石下沙砾中，攫取生命的盐。我们这些被自然界宠惯的人，站在它的面前，只会觉得脆弱和渺小。

边走边看，溪尽水源，一道高崖挡住去路，便有一挂飞瀑呈现眼前。这里就是当地有名的"黄浦江源头"了。瀑高二十余米，瀑流不大，二尺来宽。瀑下有两个水潭，呈梯田分布，各有半分水田大小，水面碧绿，倒映一方蓝天白云，以及山崖树影。两潭之间一块巨石，上书"黄浦江源"四个红色大字，很是抢眼。去潭边掬起一捧泉水，饮到嘴里，冰冷甘甜，爽口润心，登山疲惫顿消。于是顺着山涧边一条小路，折向山脊，继续向山顶进发。

深入山的胸怀，就越发感到龙王山的古老，纯净，以及它喷薄的生命力。一路上山，但见原始的森林莽莽苍苍，暗影浮动；苍老的大树，鸟鸣悠悠，暗香缕缕；野生的古银杏林，千年的黄山松林，大片的野杜鹃林，给人种种惊喜。这些，在江南大地，都难得一见了，而它们，无不青葱苍翠，古老而又年轻。特别是那一大片黄山松林，枝干粗大，老态龙钟，却枝繁叶茂，造型奇特，与黄山上那尊贵的迎客松相差无几，还有送客松的造型，以及说不上名字的造型，都十分奇特别致。又有许多陡崖飞瀑，罅隙流泉，让人似乎觉得遁入了佛门仙境，一切的功名利禄劳碌奔波荡然无存。

我也曾登过泰山、黄山，它们虽古老，但人工雕琢太多，王侯将相的足迹，文人骚客的墨迹，只能使心向往"会当凌绝顶，一览众山小"的红尘繁华；峨眉太禅，华山太险。倒是这名不见经传的龙王山，虽处江南，佳木秀而繁荫，野芳发而幽香，却不媚，不失魁伟，从平原大地拔地而起，直向云霄一千五六百米，山崖冷峻，峰峦耸峙；它古老，原汁原味地保留着原始的状态，除了上山的一条曲径之外，再无亭台轩榭，馆舍楼阁等人为矫饰，让人真正觉得回归自然，回归梦里桃源。在山路上回首，就只有满目的绿色，汪汪洋洋，纯净空灵，只要看一眼，心扉就会被打开，灵魂飘荡在一树一树无名的野花香中，飘荡在山岚缥缈中，什么东西使你想呼喊，想抓住，近在咫尺，伸手可及，待你想抓住时，又随着飞鸟扇动的羽翼，消失在远处山头，峭壁回响你的名字。而山顶似乎站着超度你灵魂的神仙，摇着拂尘，在山顶等你千年万年,要为你拂去身上的尘埃,让你忍不住地往上再往上,大半天时间,就到了山顶。

等到了山顶,眼前豁然开朗,心胸通畅。极目四望,眼底冈峦起伏,云烟缥缈,近处远处,翠绿,黄绿,墨绿,蓝——自己只是这绿色海洋中的一颗晶莹的露珠了!同来的朋友放开喉咙,大声叫喊,旁若无人,放浪忘形,全没有了城里的那种高雅风度。山顶有一块三亩土地大小的神奇的沼泽地,上面长满青草,脚踩在上面软软绵绵,却不陷落,很舒坦。带路的朋友说,往下钻探八百米,也不曾见到石头!我们一行人乐得像一群八九岁的孩子,在上面跳啊,闹啊,叫啊,忘记了我们是从海拔 30 余米爬到了海拔 1587 米,两腿酸软。我们全都返璞归真成龙王山顶的一块软泥了!

2004 年 5 月 3 日

山中赏秋

“人间四月芳菲尽，山寺桃花始盛开。”说的是山中的春天来得晚，到四月以后才姗姗而来。在江南，特别是在浙北山区，秋天也比山外要晚来一段时间，要等下了霜，山外平原上的落叶树快落完了叶子，山中的秋天才开始奏响它辉煌华丽的乐章。

十一月上旬，正是去山里赏秋的好时候。

在北方，像哈尔滨，这时候已经是大雪纷飞的季节了。而江南的十一月，依旧是阳光温和，早上八点钟左右，只需要穿一件线衣外套、一件夹克衫就足够暖和了。进山的时候，最好是推辆自行车步行，遇到好风景可以随时停下来欣赏，一处看够又可以快速前行——我是指有可行自行车的山路。

山中秋天的美，美在花。此时，山外除了菊花，户外很少有自然生长的鲜花了，而山中的野花依旧闹猛。开得最多的自然是野菊花。这种金黄色花瓣的小花朵，似乎越冷她开得越精神，山路两边，田垅地头，到处是她靓丽的身影，她可不管你欣赏不欣赏，从杂草间，从灌木丛中，探出大半个身子，露出那样酽酽的笑意，仿佛是一个清新可人的梦。有调皮的竟然从路边山坡上悬下身子，在你触手可及的上方向你笑，由不得你不喜爱而摘下一枝两枝，并渐渐在手中有了一大捧。有一种白中带点雪青的小花，我叫不出她的名字，但是清雅素丽，和野菊花一样有着淡淡的草药香——十分好闻。还有一种山里人称之为“黄蒿”的，也在深秋开花，穗状的花序，大黄的颜色，往往吸引第一次看见她的人“披荆斩棘”去瞧个明白。

山中秋天的美，美在雾。秋天的雾和春雾夏雾是不同的。春雾像帐幔，多水分，雾起时会遮住整座山，让你什么也看不见，绿叶红花躲在雾里滋滋生长；夏雾蒸腾，浓则雨，雨化雾，雾化云，不断变化，不可捉摸；而秋天的雾则像轻云，像飘带，一块，一缕，轻轻盈盈。太阳初出时，它似一层薄纱，轻笼着山的肌肤；日出以后，就收缩为带，缠绕山腰，缓缓飘荡，把整座山装点成仙境——一点山尖显在雾端，六成山体露在云下，不正是小说电影中描绘的仙境么！在这样的仙境中，暖暖的阳光，淡淡的白雾，绿的竹，红的树，黄的树，红瓦白墙的山里民居，放眼四望，处处是诗情，处处是画意。我至今还记得1979年的《浙江美术》杂志的封面，有一期就是用浙北山区一个叫“报福深溪”的地方的秋日风景照片，那时我岁数很小，二十多年过去，我还依稀记得那画面里的白雾绿竹，也就是从那时起，我知道山区的景色很美，美得让那些绘画摄影的大师为之垂青。

山中秋日的美，美在树。这是山的最美啊。请尽量把目光投向那树吧，红的叶，黄的叶，绿的叶，青的叶，灰的叶……那是只有大自然这样的无与伦比的美术大师才能调配出来的色彩啊，或一大片的红，或一大片的黄。深红，浅红，洋红，紫红，嫣红，血红……你说不出来的红！鲜黄，暗黄，灰黄，赭黄……你说不出来的黄！全在那山上，在绿的点缀中，在那树上亮着，闪着，眨着眼睛，吁着雾气。有诗为证：“独立寒秋，湘江北去，橘子洲头。看万山红遍，层林尽染。”毛泽东看的是湘江两岸风景，我们江南的山又何尝不是“万山红遍，层林尽染”啊！最壮观的要看毛竹林。大片的竹林在淡淡晨雾下，越发苍翠欲滴。请您设想：假如在这样平整的绿竹如茵的上空，出现一株两株火红的枫树你会怎么想？假如出现一树两树的金色银杏你会怎么想？事实就是，在这成百成千公顷的竹林之上，真的会出现一株两株火红的枫树，金黄的银杏！我不知道该用怎样的语言描绘看见的如此壮丽的景观：绿色的竹林，突然高举着一株两株的枫树，它的叶子片片是血一样的嫣红，却又在阳光下，挂满露珠，迎着阳光，片片叶子的脉络都似有血液在流动。“火焰”是绝对不能真实写出这样震撼人心的景观的，那红色，比火焰更鲜亮，比血液更鲜红。“霜叶红于二月花”，不错的，没有哪样的花有这枫树叶子红艳奔放。如果可以用“血”用“火”来形容红色，那么，又用何种语言来比喻那银杏树叶鲜黄的色彩呢？我记得，朱自清在描绘春天时，用“红的像火，粉的像霞，白的像雪”来形容春花的烂漫，可他用不出什么美妙的语言来形容花黄。阳光？太浅薄了，银杏的秋叶比阳光更灿烂。金色？可银杏的叶子，在晨雾中，在阳光的映射下，在露珠的辉映下，在微风的拂动下，比金子更辉煌，比珍珠更灿烂。也许这枫这银杏被大片竹林掩埋太久了，到了秋天，终于可以扬眉吐气一回，憋足了劲把藏在心头的火爆发出来，攒在枝头，高举出绿色之上给你看。远远望去，似乎就是大海之落日，草原之野火。高昂，悲壮，雄浑，惊艳，你怎么形容都不过分，因为，那是用生命谱写的挽歌。从心头流过的，不是惊叹，而是震撼！原来生命，即使鲜有人注目，也可以悄悄地演绎得如此豪放！蓝天，白雾，广袤的绿色竹林，晶莹的露珠，一两株热烈豪放的红枫银杏——没有比这更美的图画了吧！不是山水画，而是绝版的油画！山随路转，一转就会有一幅这样旷世绝伦的画面，让你不想前行，可前面又会有更美的声音呼唤你前行。

其实，山中的红色，不仅有过了霜的树叶，还有那果实！江南山中多野生柿子，特别是这样的秋天，树叶落尽，仅留一树鸡蛋大小的野生柿子挂在树上，不仔细看，以为是树叶，定了神，方才觉得那“树叶”有一种透明的水质感，晶晶莹莹，玲珑剔透，仿佛是放着光的红宝石。这样的意韵，除了诗歌，无法用更精妙的语言来表达心头的喜爱。

山中的秋，美在收获。我曾在山区的小镇工作十余年，这里几千户人家，我几乎是家家走遍。如今再去，他们看见我，如同看见自己的亲戚般，拿出山珍热情招呼。小小的山核桃，如今在山外已是四十多元一斤了，还有那风干了的栗子，用菜油爆炒一下，非常的香甜。倘若运气好的话，还可以吃到九月寒和八月楂。九月寒是一种野生的栗子，阴历九月才成熟，籽粒虽小，味道却比板栗好得多；八月楂是一种绝对美味的野果，藤生，一般阴历八月底成熟，模样像芒果，可比芒果要爽口得多；还有野生的猕猴桃，山涧路边，都有它的踪影。只要你不怕刺，总可以采摘到可口的野味。当然，倘若碰到满树野生的柿子，不要过于激动，虽然它已经红透，但吃起来还有点甜中带涩。如果带回家，用塑料袋装好，在袋中放进一两个苹果，过两天保证柿子香甜酥软，且不带一点酸涩味。一般来说，一棵野生的柿子树，你可以采摘一二十斤鲜红的柿子，不能不说是极大的收获。而随便进哪个农家，都可以品尝到鲜美的冬笋，或与咸菜、猪肉炖煲，或与野兔红烧，无不让人垂涎，绝非酒店的哪样品牌肴馔可以比拟。如今山中的居民远比城市的百姓富裕，每到十一月份，家家酿制糯米酒。三元四元一斤，尽可以让你在欣赏绝美的秋色之后，彻底陶醉。

“空山新雨后，天气晚来秋。明月松间照，清泉石上流。”历朝历代，文人都爱秋日山林。蓝天，绿竹，红树，黄叶，野花，还有香香甜甜的山果野蔌。智者乐水，仁者乐山。如果你也爱，就到江南来吧，就到江南的山里走一走吧，赶在白雪之前，去山中领略树叶们生命的绝唱！

2004 年 10 月 18 日

解读西塘

又去了一趟古镇西塘，连我自己都吃惊。

这个小镇，我居然来旅游三回，真是奇怪！

平生喜欢旅游，但对于一个外县市收费的景点，自掏腰包，进去逛三次，这在我的旅游史上，是前所未有的。

江南四大水乡古镇中，苏州的周庄、湖州的南浔、桐乡的乌镇，我都去过。它们都有各自的特点。譬如周庄，虽古朴，但苏南民居的清朗、飘逸，让人一览无遗，它非常适合进入中国的水墨画，适合进入拍摄者们的长焦短距。而湖州的南浔，虽与苏南搭界，也是临水而建，小桥流水人家，但是，南浔古镇的建筑以豪宅大院为主，各据一隅，古朴而大气。桐乡的乌镇与嘉善的西塘，都是临河而建，以河为街，豪宅与民居为伍，大家与小户为邻，墙搭墙、房连房、窗对窗，都属于内部结构"曲径通幽处"的浙江民居，都是雕栏朱漆的明清窗扉，都是泛着油光的典雅的青石小巷，我分不清它们的特色分别在哪。

可是，乌镇与西塘这两个江南古镇，绝对有它们各自的特色。尽管它们都有小桥百座，但每座桥的风姿韵味各不相近；尽管它们都是乌篷船吱吱呀呀，一把老橹摇进摇出，但穿越古镇的两条河流，一条百转千回，一条直率爽朗，它们哺育出的两个小镇肯定有着不同的个性特色。

乌镇的老建筑，比西塘的要小；但是，那条石板的古街，却比西塘的要宽，要长。

乌镇的小巷，比西塘的小巷宽敞，明亮；但是，西塘的廊棚，却比乌镇、比任何古镇的廊棚都要绵长，意蕴深远，像一个宽广的胸怀……

乌镇文人荟萃，人才辈出，自宋至清出过 64 名进士，161 名举人，古有文昌阁，近有茅盾故居，古床馆、木雕馆、钱币馆、民俗风情馆等人文的东西密布其中，用"古朴厚重"四个字定义它的特征，恐怕不为过分。那么，西塘这一大片古建筑群，属于它的个性又该是哪两个字呢?

十年来,我已有两次徜徉其中的经历,一直试图说出它的特点,可惜,前两次,我都太在意它的面貌,在意它的风情,反而错失了与它相识的机缘。

因而,两次去西塘,我都未能为它作记,尽管我有写游记的爱好,尽管也有朋友催促。

而这一次,我和某人一起,又一次闲逛西塘,在千米廊棚中徜徉,在不足一米宽的深巷流连,手抚朱漆雕栏,脚踏油光泛亮的青石板,我居然一下子就感受到了西塘古镇的情怀——古朴和谐!

是的,这是一座具有博大的和谐精神的古镇,不深入体会,你根本觉察不出来。

它的和谐,表现在千米廊棚上。

和谐的含义之一,就是团结,就是凝聚。几百户人家,毗邻而居,却用一道廊棚,将家家户户紧紧连接在一起,这是怎样的境界!且不说这长长的廊棚,平日为几百户人家遮风挡雨,抵挡炎炎夏日的暴晒;且不说往来商船,过往贾人,无论何时,都可以在此小憩歇脚;且不说廊棚内,千门万户的居民,无论春夏秋冬,阴晴雨雪,白昼黑夜,都可以通过这条长廊,串门访户,或闲坐廊内,天南海北闲聊;单单是防火防灾一项,就足以把这几百户人家紧密联系在一起——要知道,这些古朴的建筑,可都是砖木结构啊!万一一家着火,那等于就是全镇遭殃……当然,我说的全是废话,这古镇千百年来保持完好,正说明整个镇子的人,万人一心,他们心怀大度,心中不仅装着自己,更装着全镇人,只有一个“和”字,才能诠释这千米长廊的内涵。

它的和谐,表现在西街上。

说是街,其实是一条两米多宽的狭长青石板小巷,但它却是西塘古镇的“大街”,最繁华的大街!街两边民居相连,店铺林立。现在是这样,我想,在古代,古镇建立之初,也应该是这样。古代的城镇,都是依水而建,生活离不开水,古代的交通也离不开水,水陆交通,是中国古代几千年历史最为便捷和发达的交通方式。小小的西塘河,却联系着长江、大海,西塘人就是通过这条河,走向了外面的世界,然后,又把外面世界各式各样的物品带回西塘。大街上,自然少不了琳琅满目的商品。

可是,要在这狭窄的小巷中居住、经商,没有一颗和乐之心,恐怕也是行不通的。三步之遥,大门相对,居家生活,免不了鸡毛蒜皮的冲突;商人往来,车马相继,轿夫重叠,在此狭窄的街道上相遇,免不了磕碰。我想,这是谁都能明白的道理。

但是，西塘人恰恰以这三米之巷为街，门对门而居，那不正表明，这街巷之中的民众，都有一颗宽容之心，都有一颗礼让之心，都能和乐相处吗？从东往西，退隐官员的豪宅，乡绅富贾的大宅，都隐匿其中。但是，仅从街面上看，还真看不出哪家门第是“王宅”，哪家门第是“贫民”——在这狭窄的街面上，各家的门脸儿几乎一致。“大隐隐于市”说的就是古代那些大富大贵、大家泰斗，甘于放下面子，甘于降低身子，跟平民们平起平坐，从窄巷进，从窄巷出，把自己看作平民的一份子；而平民们，又真正从心中接纳了他们，包容了他们，和乐相处，才使得大隐们能身居闹市而不显山露水……

和乐，和美，在这狭窄而繁华的西街之上，富人出行，大家闺秀出门，谁都不惊动谁，谁也不排挤谁，否则，这里狭长的小巷，还不是鸿沟深深，壁垒层层？

它的和谐，还表现在一尺宽的弄堂上。宅弄是西塘古镇的又一特色。小镇之中，古老的房子成片相连，不走到近旁，几乎看不出宅与宅之间还隔着尺把宽的小弄。这些古宅，走进去才知道有多少进深。有的三进，有的五进，大户人家，更有七进。宅与宅之间，为了方便进出，便留下一条窄窄的小弄。

小弄有多窄？据介绍，西街上的石皮弄，长 68 米，宽仅 1 米，有西塘“一线天”的美誉；还有李宅中的小弄，宽度只限一个人侧身而过；而位于环秀桥西的野猫弄，最多 30 厘米。这样细细长长的幽深弄巷，便深藏在幽暗的墙壁间。走在里面，胆小之人，恐怕会吓出冷汗——因为，走着走着，会“吱呀”一声，打开一扇门，走出一个人。

据说，大户人家的仆人，都是从侧门进出。而侧门，就在这窄窄的里弄之内，在高高的墙壁之中，站在向外，根本窥探不到。

我们走在这不知深几许的窄弄里，偶尔也会遇到行人，甚至遇着踏着小三轮的人。两个人擦肩而过，一方必须停下脚步，让另一方先过去，否则，两个人只好挤在两方墙壁之间，谁也不能动弹。而遇着踏小三轮的人，或是挎着篮子拎着箱箧之人，则不得不退回到墙壁中的侧门门框内，收腹提臀，把身子紧紧嵌进门框内，让对方先通过……就在这一避一让之间，让我忽然明白了西塘小镇的个性之美，这就是包容，和睦、和乐、和美，统一在两个字里，就是“和谐”。

是啊，住在西塘古镇的人，咫尺为邻，连房成片，必定是不讲究谁破坏了谁的风水，必定是不讲究谁挡了谁的采光，谁的嘈杂扰了谁的睡眠。里弄狭窄，街面只有三米宽，一出门，冤家与对头就能相逢，就能擦肩，躲也躲不过。所以，只能和睦相处，没有冤家，只有相亲近邻。人与人之间互相包容，互相谦让，才能诞生这样逼仄的街面、这样逼仄的里弄！

踏在泛着油光的青石板上，抚摸着古宅第斑驳的老墙，我忽然被西塘古镇蕴含的精神所感动。长长的廊棚，窄窄的街面，狭深的巷弄，反衬的却是人心的宽广、宽大、宽容、谦让和仁爱！

小小的古镇，蕴含着几千年来我们民族的博大的人文精神、人性的光辉！

怪不得，一个小小的古镇，诱惑着我去了三回！

2010 年 7 月 17 日

撞见城市的灵魂

真的，我一点准备也没有，一头撞见一个城市的灵魂！

惊异？震撼？激动？狂喜？

这样的感觉，对于我这样一个习惯于走南闯北的、习惯于接受和欣赏风景的人来说，不啻被人从背后猛击了一棍子——毫无防备，被震呆了！

刚刚还在高楼大厦里进出，刚刚还在车来车往的大街上穿梭，刚刚还在现代文明的人民公园里徜徉——就那么多走了几步路，一不留神，我们一行人就这样一头撞进了宽窄巷子，一条闪耀着古老深沉的光辉、凝聚着厚重朴实的文明、散发着开放与休闲活力的古巷子！

真的，我惊诧于这样繁华的都市里，还保存着这样古老的建筑！

老砖。看多了仿古建筑，我一眼就认出，这巷子里的房墙院墙上，泥灰剥落，袒露青灰面容、滋生碧绿青苔的砖，都是货真价实的老字号。换一句话表达，我眼前的这巷子，是真真切切的古物！这些古砖啊，使得每一幢房子，都显现出历史的仙风道骨！

门楼。我没见过这样有特色的古色古香的门楼。杭州清河坊没有，丽江古城没有，甚至老北京也没见着！看那额上用大篆嵌刻着“恺庐”两字的门楼，既有中国式的防火墙的风味，又有西洋建筑线条风格，典雅，气派；看那“思贤庐”木牌楼，古朴，厚重，大气；看那写着“吉祥”二字的门楼，浮雕精美，线条柔和，色彩绚丽，有着欧洲建筑的优雅明快风格，真的给人一种“祥和”之感。还有许多门楼、门厅，也都各具特色，古老而亲切。

木门。这些淡去了桐油、剥落了朱红、被风雨侵蚀了的木质大门啊，一定见证了历史的兴衰和人事的沧桑，因为，每一扇木门的脸上都清清楚楚地写着这老巷子的荣华富贵，贫贱落魄。不同的大门装饰，喻示着门第区别。那豹眼圆睁、龇牙咧嘴、口衔粗大的“吉祥如意”门环的，是达官贵族的府邸吧？那紫铜皮吊挂着环钮的，大概是城市的小贵。几百年来，不知有多少双手摇过，扣过，但斯人已去，唯有这绽放着民族特色的门环，还在摇动着清脆的叮当。映上那淡化了怒气的门神，整个木门显得那么淡定、从容和儒雅。

和我撞见的，还有门前的兽。那状似狮子的狻猊，有的蹲在门侧憨态可掬，有的立于门侧高大威武，有的驮着人塑，低眉顺眼，温文柔顺，有的匍匐向前，似乎告诫生人豪宅不可侵犯。

和我撞见的，还有拴马柱、下马石，还有雕刻精美的石灰铸的花瓶，还有传说中的龙的第九子——螭吻，这一对铜铸的张着大嘴的神兽，居然有着蛤蟆的模样。

和我撞见的，还有古树古藤。古老的院落，青葱的古木，相得益彰，益发显示这个巷子的灵气。我始终认为，有古树的地方，必是有灵气的地方。

就这样缓缓漫步进去，一块砖、一扇门、一座门楼，一面雕刻，无不传递着某个时代的世事风情，这里的一砖一瓦、一楼一院，无不体现着川蜀风格音韵，它能一把抓住造访者的心灵，牵动造访者的心跟着它转，跟着它思。

说实在，造访宽窄巷子，我是没一点思想准备的，我所知道的成都著名的人文风景，有杜甫草堂，有武侯祠，有青羊宫、文殊院，但宽窄巷子，我一直没在意。当导游说“宽窄巷子最成都”时，我内心还冒出过“忽悠”这个词。看多了仿造的古建筑，我也对这一类风景丧失了信心。我真的没想到，这个大都市的小巷，居然保存着这样的精华——这也是不久前才修葺完善的古巷子，但是，我注意到，所有的整修，不是拆了重造，而是尽最大可能地突出了它原汁原味的真，突出了它沧桑的古。我想，这里可能就是成都这座城的根，就是这座城的灵魂！从繁华的大街踏进这个小巷，仿佛是一失足掉进时光的隧道，一下子回归到这个城市的历史——你不必翻教科书，你能直接和这个城市的历史面对面，和我们的历史文化面对面！

这是怎样令人震颤的面对面！这古朴的建筑，这斑驳的墙面，这厚重的古物，能让一颗红尘浮躁的心立刻平静下来，并瞬间和历史贯通而拥有巨大的喜悦。

更令人惊奇的是，这厚重的历史，并没有因时光的流走而老去，而是散发出了巨大的魅力。我惊诧于宽窄巷子的巨大活力。宽巷子，窄巷子，无不具有巨大的商机。

老墙下面，古宅门前，都非常随意地摆着几张桌，或是几，每张桌几都围着几把椅子——古树的阴影下也是，凡是适合游人小坐的地方，都是如此。也许被这古朴的氛围所吸引，游人们久久留恋而不愿离去，要一杯茶水，或一扎啤酒，随意地坐着，就着古色，蘸着古香，慢慢品尝；也有弹着吉他唱着歌的，也有高谈阔论的，氛围非常休闲轻松。真的，能挪张桌子，搬把椅子，在街巷里坐着，慢慢喝茶，天南海北聊天，甚至可以划拳、唱歌，这在现代文明的都市，就是一个奇迹！还有哪些城市，能宽容地允许游人坐在街巷上，你说？这也许就是宽巷子的“宽”，在人心灵上生长出接纳与包容、闲适与放松。

也许是被这氤氲的古气所浸染，我们也都想坐下来，品味这休闲的时光。可是，那厚重木门里掩映的东西，更吸引我们去观赏。

走进一座座门楼，才知道，这里既有民俗文化文物的展览，又有时尚的名店、酒肆，各种成都风味的小吃、工艺更是琳琅满目，令人应接不暇。但无论是茶馆、酒店、高档会所，还是卖小工艺品的店铺，无不显露古色古香，与整个巷子、整个院落和谐一体，无不体现出成都文化的内涵——连那门脸上的字，也都古色古香，含义丰富。比如“子非”“宽座”，比如“天趣满汉楼”，你不打听，不推门进去瞅瞅，你还真不知道这里蕴藏着什么。导游介绍说，宽巷子是老成都生活的再现，在这条巷子中游览，能走进老成都生活，感受成都的风土人情，体验几乎要失传了的一些老成都的民俗生活场景，还可以到四合院中品上好的盖碗茶，吃正宗的川菜；与之一条甬道连通的窄巷子，以西餐、咖啡、会所、主题文化商业等为主；紧邻窄巷子南的井巷子，是成都的新生活区域酒吧区。宽巷子和窄巷子是最能体现成都文化生活的地方，这里是成都最热闹的地方，每天都游客如云。可惜，由于我们只是经过成都，在这里住宿一个晚上，明朝还得继续赶路，不能一一去探访和欣赏。一路行走，不免一路遗憾。

匆匆和宽窄巷子撞个满怀，我的心中不仅深深烙下了成都的文化烙印，也引发我深深的思考。我们今天的城市建设，建新和留旧，仿佛一直是对矛盾，不能很好地解决。而宽窄巷子，使我的思路豁然开朗：一个城市，不能没有根，不能没有灵魂。

想到我们的城市建设，许多城市都曾有过一条条见证历史的老街。但在城市的改造中，大多被当破烂一拆了之，从这个城市永久抹去；有的则一直破落着，一直荒废着，迫于压力，想拆而不敢拆，怕惹众怒和民愤。我们能不能像打造宽窄巷子一样，对剩余不多的老城，着力经营，留住它原汁原味的老，凸显它原汁原味的老，最后利用它原汁原味的老？这样既能留住一个城市的根，为后人留住一段历史，让后人知道这座城，是从这里逐渐发展壮大起来的，又能像宽窄巷子一样，迸发出迷人的魅力和巨大的商业价值呢！

就我生活和工作的地方——安吉县县城来说，近几年一直在大拆大建，一座座现代商厦拔地而起，一个个现代生活小区不断涌现。虽说递铺建镇年代不久，才五六十年的时间，但是，建镇之初那条老街依然还在，黑瓦青砖，木板小楼，极具民国风情，有没有文物价值另当别论，但它是这个镇的根无疑。虽然破旧了点，但至少在大拆大建中它还存在着，欣赏完成都的宽窄巷子，我对我们县城这条老街能在大拆大建中幸存下来感到万幸。我想，在今后县城的发展中，能不能将旧建旧，把这个城市的根继续留住。既为后人留住一段发展史，也为后人念旧怀旧留下一笔精神财富。

还有我们的省会杭州，即将开放的南宋御街，能否真正地把根留住，我拭目以待！

2009 年 9 月 5 日

沙家浜游记

因去常熟公干，顺便游览了沙家浜。

跟诸多地区一样，常熟的沙家浜风景旅游区，也属于那种“没有古迹造古迹，没有名胜造名胜”的“风景名胜”。据沙家浜景区的老人介绍，早年的“沙家浜”，无非是常熟县乡下的一块湿地。那时，湿地水网纵横交错，水中芦苇遍布，当地农民渔民的小小木板船，便在芦苇秆上划过，或挤过芦苇丛的缝隙，与外界交通；现在用作划船观光的水道，都是“创建”风景旅游区以后人工挖掘的。

沙家浜景区的最大亮点，也就是坐上小小的木壳船，由船娘或艄公摇着橹，轻轻晃荡，穿梭于被芦苇丛遮掩的迷宫一样的水道中。智者乐水，仁者乐山，游山玩水，是每个人都喜欢的。

可惜的是，沙家浜这一片芦苇荡，跟全国许多旅游区一样，“开发一处，就是破坏一处”，沙家浜湿地再也没有《芦荡火种》(《沙家浜》样板戏的前身)描述的“这里有一片望不到边的青青芦苇，成了我们的天然屏障”的壮阔气势，我见到的芦苇，无非是水道边上薄薄的一层，或是不成片的一丛或几丛，众多芦苇地被开辟成道路，建设成亭台轩榭，要不就是植上观赏性的树木——我想，这点芦苇，不说新四军战士根本无法藏身其中，就是有一只鹭鸟，我站在岸上不动，举枪也能把它毙了。

我不是说我要打鸟，而是说现在的沙家浜芦苇荡，不过是人工造的赚钱的工具而已。当然，不必说芦苇是人工之景，就是“沙家浜”这三字，也是后来才有的“人工产物”，它不过是“文化大革命”时期一部样板戏的名字。

可是，现在，常熟却把它打造成了“风景旅游区”了。这个风景区里，还有一个“博大”的历史博物馆，里面陈列的内容，完全就是根据《沙家浜》这部样板戏量身定做的“革命历史”——它交代了《沙家浜》这部样板戏的来龙去脉，譬如主人公郭建光的前身是谁，阿庆嫂的前身是谁，等等，看得我都不知道什么叫历史、什么叫文学了——难不成,一切文学都是历史的真实记载?!

目前,这个历史博物馆还被定为"红色教育基地"——我非常赞成对青少年进行历史教育,但我想不通的是,总不能把文学当历史吧?若干年后,我们的后代,说不定就把这些后来造的东西当历史文物呢!

难道不是吗?在这芦苇荡中,还造了一条仿古街,刁德一的"豪宅",铁匠铺子,"古城墙"一应俱全,置身其中,还真有点"煞有介事"的感觉。

这也难怪,现在不少少年把杭州的宋城当成真的"南宋都城",把无锡的"三国城"当成真的三国历史遗迹——联想最近某两个省争着建造"夜郎国",我真担忧我们的后人怎么看待民族的历史。谁能说百年之后,后人不会误把这些假货当真?国内所谓的"古城、古镇、古街、古庙、古塔"众多历史古迹,还有多少是真的?

一些地方政府,只要能为地方带来"经济效益",便不择手段。没有古迹造古迹,没有名人造名人。一切文学作品中虚构的人物,譬如孙悟空、猪八戒,譬如梁山伯、祝英台,现在仿佛都成了"真人真事",都有了"故里"和"祖宗八代",连世人所不齿的潘金莲,现在也都"衣锦还乡",能够在地方上"光宗耀祖"了。

沙家浜本是一块沼泽地,围墙一围,房子一造,便能堂而皇之收取六十八元门票了,坐船游芦苇荡另加每船一百元,游人"络绎不绝"。

这让我想到了杭州西湖景区——可以说,偌大的中国,没有几个景点能与西湖媲美,若是沿西湖搭一道围墙,每年收取的门票钱也是一笔不菲的收入。可是,杭州西湖是全开放的,还湖于民,让利于民,这在整个中国都是罕见的,以至于外地游客来西湖旅游,总找不到"西湖的大门",当得知西湖并没有"大门"时,无不表现出惊叹与艳羡的神情,无不赞叹说:"做一个杭州市民,真是幸福!"其实,杭州的房价、物价也是高的,杭州市民跟其他地方的百姓一样,也要靠自己辛勤劳动谋生,但因为大家共有一座湖,于是,内心便觉得"幸福"了。

对比西湖,常熟唯一的那一抹虞山,还要围墙高筑,准备收取高额门票,让我更加觉得做杭州市民是真的幸福。

最后,我总结一下,无论是虞山公园,还是沙家浜风景区,环境自然一点,定位低调一点,让百姓更好地享受风景,倒也不失为人民大众休闲散步的好场所。

2010 年 10 月 23 日

风情

风往暗处吹
把竹径的暗，吹得更暗些
把黑夜的黑，吹得更黑些
把故事里的黑眼睛
吹得更亮些
一直黑到，你小兔子般
依偎到我的陷阱里

苕溪鱼

西苕溪里多鱼。

这可不是我随口说说的。早在唐朝，就有诗人和我一样，高声赞美西苕溪，赞美西苕溪里的鱼。

“西塞山前白鹭飞，桃花流水鳜鱼肥。青箬笠，绿蓑衣，斜风细雨不须归。”公元756年，曾任左金吾卫录事参军的大诗人张志和因事被贬官，隐居江湖，于颜真卿处求得一舴艋小舟，在苕溪之上打鱼垂钓，斜风细雨也不舍得回家——足见苕溪鱼多而肥美！

我家祖辈居于西苕溪畔，过的都是半耕半渔的生活。我能记起的童年，似乎也都和鱼联系在一起。

一闭上眼睛，大大小小的鱼，就跳出心的水面。

我出生的那个村子，是一个U形的山村，三面环山，西苕溪封住“U”的开口处。“U”的中央是水田，一条水渠沿着山，通往苕溪。我的家就在渠与溪的汇合处。

小时候，我就在那水渠里抓苕溪里的鱼。

每年三月以后，一直到十月，只要下雨，水渠涨水，苕溪里的鱼就不断逆游进入水渠，到水田里觅食或产卵。鲫鱼、鲤鱼、草鱼、鳊鱼、鲢鱼、白鱼、红尾、黄尾、黄翅钉、骆驼鱼……一条条，一群群，溯着急流，窜进水田里，溜进池塘中。

涨水是我们这些孩子抓鱼的最好时机。

那时，苕溪岸边尽是竹林，靠近溪边的人家几乎家家户户有“稀篓”(一种竹片和竹篾编制的捕鱼器具，口大，体长，倒口，鱼从篓口钻进，休想逃出来，篓尾部也留口子，是为倒鱼用的，捕鱼时用麻绳捆扎紧)，涨水的时，就把“稀篓”头下游尾上游倒按进水渠里，捕逆水而上的鱼；退水时，头上游尾下游，顺放按进水里，抓顺水而下的鱼。有时直接嵌进田沟里，用木桩竹桩固定，半天时间，就可以抓几斤甚至十几斤鱼。

我除了有“稀篓”，还有渔网，退水时，把网下在水渠里，得鱼更多。

那些不舍得逃走的鱼，则留在水渠里，待水渠的水消退下去以后，便成了所有孩子的开心果了。

拿把铁锹，带个脸盆，背个笆篓(装鱼的小竹篓)，邀上一帮小伙伴，选一段鱼比较多的渠，上下两头筑坝，用脸盆把这段渠的水舀干，来个“涸泽而渔”。水还未干，鱼就尽在渠里蹦跶，性急的孩子早已忍不住，跳进水里撵着鱼抓。像我这样的老手知道，倘若水未舀到一定程度就下水抓鱼，那些狡猾的黑鱼、鲢鱼就会钻进人踩过后的泥坑里躲起来，“战果”就会蒙受损失。而水基本上干之后，从水渠两头往中间抓，则效果好得多。但是，只要稍微有点水，鱼就不会老老实实就擒，东奔西窜自然免不了，而我们这些孩子，也往往大声尖叫着在浑水烂泥里追，往往是泥水糊得满头满脸，像泥猴子一样回到家里。父母们早已习惯了我们这群泥巴孩，啰唆几声，赶到池塘里清洗一番，也就不追究。

水渠里的鱼都比较小，大不过一两斤，大人们是不屑去抓的。他们都去苕溪里抓鱼。

我很小时就陪父亲到苕溪里下网捕鱼。

我们家那时有五张长长的袋网，还有扳网和撒网，都是父亲和叔叔自己用麻绳结的。结袋网如同织毛衣，用一根竹制的针(针的大小决定网眼大小)，先织网袋，再织网襟，最后把网袋一个一个织到两片网襟上，串上纲绳，就是渔网了。新织的渔网还得用猪血染成酱色——白晃晃的渔网是不进鱼的。父亲和叔叔都是结网的好手，我也跟着学了不少。

三月以后，西苕溪里的鱼就多了起来。那是从太湖、长江甚至大海里来的鱼，纷纷溯游而上，在河水清清、水草丰茂的苕溪上游谈情说爱、繁殖后代。那场面是多么壮观啊！小时候，我经常跟随大人，站在涨水的苕溪岸边，看溯游的鱼群。有经验的渔夫眼睛仿佛能洞穿水底——尽管溪水暴涨时有些浑浊，但他们还是能通过浪头、水波或者水纹，知道水里有没有鱼，是多大的鱼，甚至是什么鱼。白鱼喜欢成群结队，一来一大片，大的十多斤，小的一两斤，混杂一起，几乎暴露于水面嬉戏；大鲤鱼往往一对一对，喜欢在水草处恋爱；而一百多斤重的螺蛳青，三五头一群，搅起很大的浪花……岸边的人，有的手持鱼叉，飞叉叉鱼；有的架起扳网，一网能拉起多条；有的用撒网，奋力朝鱼群撒去……父亲是撒网抓鱼的好手，常立于潮头，一手抓网纲，一手抓网，一甩手，网撒到很远的河水里。撒网能抓起二三十斤重的大鲤鱼哩！而我和我的兄弟只会架扳网，扳上来的尽是小的鲤鱼、草鱼、黄尾和白鱼，偶尔也能扳到一两斤重的鳜鱼。而那些大的螺蛳青，则必须用袋网下。

下袋网是在五月以后，苕溪的水退下去了才行；时间则必是夜晚。先找个水不深（最深不超过大人腋窝）、水流略急的浅滩，傍晚时分，带上袋网、铺盖、柴刀、手电筒，先去浅滩打上竹桩，套好袋网。然后搭窝棚，人坐或睡在窝棚里，只等鱼儿进网。一般情况下，我们会下上下两重袋网。一是鱼遇到障碍，会往下游跳，不等它第二次起跳，第二重网已经把它网住；二是大鱼有时会使尽全力，撞破网袋逃走，逃出第一重，却无力冲破第二重，成为“落网之鱼”。

最好玩的是下跳网——就是摆龙门阵。先把一个大的兜网高高架设于急水水面之上，在它四周，围一圈竹栅栏。然后再在竹栅栏四周围设一圈袋网。这是专门用来对付那些调皮的大鲤鱼或者鳊鱼的，它们遇到障碍，不是回避，而是朝空中跳——“鲤鱼跳龙门”这一俗语就来于此。有上游往下游跳的，也有下游往上游跳的。结果不是被空中的兜网兜住，就是落下来，钻进袋网里。

夜幕降临，河边青蛙与溪水的合唱开始了，萤火虫在草与竹林之间飞舞，偶尔有夜鹰的叫声飞越我们头顶。我一点也不觉得害怕。我们坐在张起蚊帐的窝棚里，静听水的异响——一斤以上的鱼钻进网袋，都会发出哗啦哗啦的响声，响声越大，网住的鱼越大。一般的小鱼是不可能挣破渔网的，我们就让它在网袋里扑腾；大鱼则必须把它抓上岸来。我十岁那年夏天，父亲一个晚上就抓到五条八十斤重以上的大鱼，条条都与大人一样长。我最乐意做的事情，就是把父亲从网里抓上来的鱼送回家里。那时候，鱼多，很不值钱，也就一两毛钱一斤吧。一般情况，抓来的鱼自己吃，或做成鱼干，慢慢享用。实在多了，就由母亲挑到城里去卖。那时候，家门口的竹匾上，河滩的砾石上，尽晒着鱼干。青椒蒸鱼干，是我至今都喜欢吃的佳肴。

最快乐的事情，莫过于抓毛蟹了。

苕溪多鱼，也多毛蟹（现在所谓的野生清水大闸蟹）。抓毛蟹的季节是在白露前后。过了白露，溪水清浅了，毛蟹也长肥大了，晚间都从洞里爬到河滩玩耍。抓毛蟹是最简单的事情，只要在河的浅滩里拦上竹栅栏，上下游的毛蟹都会集中在栅栏上下的河滩上，慢慢爬行。用手电筒一照，毛蟹受不了强光，八脚摊开趴在水底，像丢在水里的黄黄的草鞋，人走近了它也不跑。准备一个平口的撩兜，往毛蟹旁边一插,然后用脚一拊,毛蟹就进撩兜里了。抓来的毛蟹必须用稻草把它毛茸茸的大螯及其他脚捆绑住,不然,等它落了地,就很难再抓住它,特别是在夜晚的河滩上,抓到手的毛蟹逃了实在可惜。所以,一家几个人,轮班上阵抓、捆。半斤左右的毛蟹,机遇好,一个晚上能抓几大箩筐——我们最多一次抓了两百多斤!那年头野生毛蟹不像现在这样六七十元一斤都买不到,而是四五毛钱一斤都没人要。

我读初中时,苕溪里还是有许多鱼的。到了二十世纪八十年代中期,人们不喜欢再用撒网打鱼,而是用药来药鱼。经常有人在夜里偷偷地把鱼灵精之类鱼吃了就死的毒药撒进河里,把河里的大鱼小鱼虾米全部拿翻。一逢药河,苕溪两岸都是人,手拿撩兜的,鱼叉的,拎着筐背着篓,在河里尽情捕捉那些喝了药水的鱼,鱼喝了有毒药的河水,大都半死不活地浮在水面上,任人叉网。一次药河,半年内河里不会有鱼,除非第二次涨水。到九十年代初,我们家基本上不抓鱼了,因为,苕溪里的鱼已经非常少了,毛蟹已经绝迹——不知道是药鱼的人多了,上游纸厂的污水直接排放到苕溪里,把清澈的河水染成酱油汤,最终把鱼虾蟹绝杀殆尽了,还是下游河道尽是运输船,各处尽是闸门,阻碍了鱼们的溯游之路。总之,近二十年,西苕溪两岸的经济飞速发展,而苕溪里的鱼急剧灭绝,也许再也没有鱼了。

我现在很少吃鱼。现在的鱼,不是有很重的泥腥味,就是有很重的柴油味,仿佛鱼都活在柴油里一般。我不知道,发展经济是不是一定要以破坏环境作为代价!

苕溪里的鱼,只在我的梦里,哗啦啦蹦出水面。

2006 年 7 月 28 日

母亲的礼物

我们要结婚了。当我们把打算简约办婚事的消息告诉老爸老妈时,他们高兴的脸上,写满了喜悦。说实在,我很了解老爸老妈,他们身边没几个钱。前些年刚给大哥造了房子娶了亲,又要准备给弟弟建房娶媳妇,加上兄弟三个这么多年读书,没能为家庭创造多少钱财,我能深深体会到父母肩膀上沉重的担子。

对于自家的家底,我是非常清楚的。倘若老爸再“支援”我一点,弟弟造房子娶媳妇就非常困难了。老爸老妈能让孩子都尽力读书,把我培养到大学毕业,再帮助两个孩子成家立业,已经非常不简单了。哪还有什么能力支援我一点呢!除非把那把老骨头拆卖了——可谁要那把老骨头呢!

可老爸老妈心里却有点过意不去。毕竟,我也是他们心爱的孩子。

也许是担心我或我的妻子将来有想法,母亲执意要送我们一件礼物,还说“想要什么只管开口”。理由是,大哥和小弟的房子、媳妇都由他们一手操办,而我和妻自由恋爱,这过程中,没有让他们操一点心,农村里那套“看人家”“定亲”“送彩礼”等风俗,都被我们摒弃了。这样“白捡”一个媳妇,会被人说闲话“一碗水没端平”。

说实在的,谁不想把婚礼办得体面风光点呢?谁不想自己的小家庭里面现代家具样样齐全呢?又有哪个女孩结婚不想要珠玉宝石等首饰呢?那时候,我还在山区一个小镇的中学当老师,工资很低,又才工作五六年,哪能有多少积蓄!可想到老爸老妈已年过花甲,还要向他们伸手,我的心就痛。

我把情况一一向妻说明,得到她的谅解和支持。我们利用各自积攒下的那点钱,“完成”了能保障婚后生活的家具和家电。至于房子,则是单位腾出教室“改造”出来的“公房”,还算“两室一厅”呢。另外妻的父母又“倒贴”了一些,基本上可以摆几桌酒席,让同学朋友来“热闹”一下。我们提前两个月告诉双方父母,是想邀请他们参加我们的婚礼,高兴高兴而已。

这以后，老爸老妈还是多次问到“还缺点什么”，但都被我们婉言拒绝了。我们不想因为我们的奢侈而造成家人的困苦。

可结婚的时候，母亲还是提前送来了她的礼物！

十年后的今天，想到母亲的礼物，还有点热泪盈眶的感觉，那可是我至今为止收到的最珍贵的礼物啊！

那是一床丝绵被！

大红绸子的被面，被面上有龙凤呈祥的图案；被里子是棉布，粉红中略带条纹，非常柔软；里面的絮，是八斤丝绵。

你也许会说，这床被子，不值几个钱，千把块钱到底儿了，珍贵什么？

那你就错了！它的珍贵，不在于物质价值的贵贱，在于母亲对我们的那份心！

这还是后来弟弟跟我说的。弟弟说：“哥，老妈为你缝那床被子，忙乎了一个多月。选被面买丝绵就不去说，你知道那被子是什么人缝的吗？”

什么人？我不解，难道不是老妈缝的吗？

“缝你那被子的人，可是老妈花一个多月，跑了好几个乡镇才找到的！”

缝个被子还要到几个乡镇去找？老妈不会缝？

“老妈缝的就不稀罕了。缝你那被子的人，老妈要求有这几个条件：一是她必须是‘四代同堂’；二是子孙中都必须有男有女；三是四代人都必须健康，没有出过任何灾祸。你想想，现在社会，家中有四代人的老太太，哪个不是八九十岁了？还能缝被子的有几人？现在实行计划生育，老太太的子孙重孙辈中都得有男女，到哪找去？找到了还得考察人家是否都平安健在，是否有过什么灾祸，有一点毛病的都不要！”

我沉默不语了。

弟弟接着说：“还真被她访到了一位！专门叫辆车把老太太接到家里来，好菜好茶伺候着，要老太太用手慢慢替你纺丝绵被絮，其他人摸都不许摸。然后，又由老太太一针一针将被子缝好，最后还由老太太亲手装进包袱里，打好结才罢。忙了两天，再叫车把老太太送回家，临走还包个大红包给老太太。”

这样麻烦干什么？我还是不解。

“老妈说，那老太太的福分大，结婚的被子要她缝，就把福分传给你！”

我猛地就怔住了，半晌说不出话来。

那哪是一床被子啊，那是母亲的一颗心啊！老妈虽然贫穷，不能给孩子以物质上的资助,那是生活的无奈,可她能给予孩子的,只要孩子要,把心掏出来她也是毫不犹豫的。她期望我们平安健康,一切顺利,子孙满堂,可她又不会使用这些华丽的辞藻,她能做的,唯有把这些心愿密密地缝进被子里,盖在我们身上,温暖我们,祝福我们。还有什么比母亲的心更珍贵的礼物呢!

我又把弟弟的叙说说给妻子听,我看见她眼睛里也闪着泪花。我们俩就在那床被子里度过了新婚之夜,接受亲人真挚的祝福。

一转眼十年过去了。我感谢上苍赐予我的福分:老爸老妈都七十多岁了,他们身体健康,还能劳动,还没有过一点点麻烦我们这些小辈们的事,让我们能够安心工作、快乐生活。

我感谢母亲和那位老太太,感谢她们赐予我的福分。这十多年来,我们小家平安、互敬互爱,女儿活泼聪明,小日子滋润,工作顺心。

真的,那床被子,是迄今为止我们收到的最珍贵的礼物。后来我们使用那床被子的时候,妻又特意在上面加了床被套,以免常拆洗,十年了那床被子还似崭新一般。它让我们明白父母对孩子永远的关爱,也让我们懂得了怎样为人父为人母。有了孩子之后,我们夫妻俩不舍得自己盖那床被子,总把它盖在女儿身上。

2005 年 11 月 11 日

聆听唠叨

自小就怕唠叨。真的,对于一个喜欢文学的人,读的是语言文学,工作也是和语言文学打交道,业余爱好也是码砌一些语气语调,自以为在一般场合听人说话,听半句就够了。后面半句的意思,前半句的语气语调已经告诉我了,倘若能看到说话人的面部表情和动作体态,那后半句真的可以不必说了。如果非要说不可,第一遍我是耐心听的,说第二遍的时候,不耐烦是可能的,而要再而三,三而四,厌恶不可避免。

当然,小时候我也不能避免被一个人唠叨——那就是我的母亲。读书她要唠叨,某某人读书用功考上大学啦,某某人的孩子有出息啦,等等,从小学到中学到大学,没有停止过。我是一个喜欢看书的人,特别是文学作品,捧在手上就忘记一切,这时她又唠叨:你看某某,读书回来就帮父母干活,就你懒得抽筋;你看你吃饭不像个吃饭的样,吃饭还捧了本书;你看你这么晚了也不睡觉,看看看,眼睛不看瞎才怪……我真不知道,她怎么会有那么多理由可以说,也不觉得累。

后来工作了,只要回家,她依旧唠叨,不过换了个话题,那就是我的“终身大事”。每每一回家,必说“某某某和你同龄,某某某比你小,都结婚了,养孩子了,孩子多大了”等等。后来处了“朋友”,话题就变成“都三十的人了,怎么还不结婚? 还要等什么时候?”等等。

终于成家了,以为从此可以少听唠叨,嘿嘿,没想到,结婚两三年之后,妻和母亲是一个样——十足的唠叨虫。她的唠叨,比母亲的还要细微、全面、长时间(每天)且无处可逃。凡事没有不可说的:鞋子脱得乱七八糟啦,衣服收了乱扔啦,洗碗之后厨房地面没拖过啦,孩子读书成绩怎么样你都不去过问一下啦……一边唠叨,一边在那收拾“残局”。哎哟,有时候实在忍无可忍,争吵就难免了。我想,你既然在做,何必啰啰唆唆没完没了! 吵完之后,她还是依旧。我就心里想,女人怎么就是这样,怎么总是不满,总是责备,一次说过就好了嘛,何必天天如此。

有一次,我正坐在电脑前写点东西,她又唠叨,说什么孩子读书从不管账,谁谁怎么教孩子怎么陪孩子读书的,怎么带孩子出去游戏,你就顾自己玩电脑,从不为孩子想想……听多了,我终于忍不住,大吼一声:“烦什么啊烦!要做自己做,不要在我面前啰哩八唆!!”一气之下,似乎觉得对她还不够横,就把捏在手里的玻璃茶杯摔破在她面前,“不要在我面前烦好不好!”

她一下子就怔在那里,眼泪水直往下淌,好半天,她才哭着说:“我不跟你说,那我跟谁去说!”说完门一关,躺到床上痛哭去了。因为,结婚这么多年,我还从没有发过这样大的脾气。

我也怔住了,一是从恋爱到现在,我也没见她哭得这样伤心,二是那句“我不跟你说,那我跟谁去说”的话,确实值得思考。是啊,她是我的老婆,小家庭就三个人,孩子还小,她不跟我唠叨,跟谁去唠叨?难道要她跟外面的人去说?在外面,哪个女人喜欢对人说家里的鸡毛蒜皮?作为结婚了的女性,在同性面前要自尊,不会说家里的隐私,而在异性面前,更不会说家庭短长——否则肯定有问题了。这样一想,内心十分愧疚。

而我的发怒,使得妻子大半个月没有在我面前说一句话,回家就吃饭,做事,一声都不响,原本她唠叨的时候,家里还总充满着热气(至少我这样认为),而她不说话,女儿也一声不敢吭,三个人,除了走动,除了器物发出的空寂声响,大家都不说一句话,那情景,一句话形容:冷得可怕!

这时候我才明白,妻子的唠叨,其实是她和丈夫交流的一种方式,她的唠叨蕴含着很深的感情因素,那是她对丈夫的关注和情感交流的形式,是对家庭的希冀和责任。回想一下,有哪次唠叨,不都是希望家里整洁一点,老公身体好一点,孩子学习成绩理想一点;唠叨千百次,又有哪一次是为自己呢!絮絮地唠叨,全是对丈夫孩子的爱意啊!

回过头去,想想母亲的唠叨,亦和妻一样,只不过对象是她的孩子,有哪一次的唠叨,不是对孩子的关爱呢!作为母亲,她期待孩子聪明、能干、会劳动、会生活,她期待子女早点成家立业,过上幸福的日子,这有什么不对呢?

作为孩子也好,作为丈夫也罢,如果我们能够勤快一点,或者勤奋一点,比如说进门的时候把鞋子放好,洗碗的时候顺便把厨房的地拖干净了,比如说母亲在劳动的时候,作为子女你主动去帮助她了,在别人的孩子都在学习的时候,你少贪玩一会，我相信，无论是母亲还是妻子，她们不会有唠叨，更多的是满足。

我尝试着改变自己，尽量去多做点事，妻子的唠叨果然减了不少——当然，生活每天都是新的，会有新的情况发生，是你没有意识到的，依然会引起她们的唠叨。只要想想，她们是善意的，是为你好，为这个家庭好，是为了和你交流情感，你何不聆听一下？“有则改之，无则加勉”，她达到了交流情感的目的，也就罢了——你看吧，她总是一边唠叨，一边自己在做事情呢！

聆听唠叨。是的，这样真好！每次回母亲那儿，她依旧会向我唠叨许多事：张家长李家短啊，谁家的谁谁怎么样啊。我都认真地听着，我知道，这是母亲向她最信任的孩子，叙说她生活中的所见所闻。她想把她看见的东西，包括喜悦和忧伤，与她的孩子一起分享，因为，这些东西，她不可能跟外人说。每每吃饭的时候，走的时候，她还会重复那些说过 N 次的话：要带好孩子，过马路一定要注意安全；不要和炜（我妻子）吵架，她很辛苦的；工作上不要得罪人……我总是在点头，因为，在她眼里，我永远是长不大的孩子。现在，我每次回家，母亲都很高兴，她有许多话要跟我说，她还跟我们村里的人说，我是她最孝顺的孩子。假如我长时间不回家，她会到我的小家里来，和我絮絮叨叨地叙说半天，然后心满意足地回家。

对于妻，我也是这样。每天听她唠叨一会，即使埋怨和责备，我想也不是她的本意，能做的尽力去做，或者两人一起干，她唠叨完了，活也干完了，还交流了思想，增进了情感。她信任我，没有什么不说的。这两年，我们再也没有吵过架。

一位长者曾对我说：把一个家庭比作一只水桶，那女人就是这水桶上的箍。没有女人，桶板散了，家不成为家。而女人的唠叨，则是紧箍的小锤，箍紧了，桶才不漏水，家才是一个完美的家。

他说的真的很有哲理！

最后，我想说：爱她，就聆听她唠叨吧，无论是母亲还是妻子。

2005 年 8 月 23 日

守年夜

我们村里,有守年夜的风俗,也就是守岁。

我们家的除夕夜,可算是村里最热闹的地方之一了。

吃过年夜饭,父亲早早地在厢房的火凼里烧起了火堆——除夕夜的火堆是很有讲究的。一是火要旺,二是火要香,三是火一夜不熄。火越旺,预示着来年的日子越旺;香火旺盛,人丁平安;火不熄灭,寓意"连年红红火火"。

火怎么会香?这与烧火的材料有关。除夕夜里烧火用的,都是柏树菩头。柏树菩头燃烧散发的气味很好闻,我们村里老少都知道。平时大人们上山砍柴,就会注意哪里有柏树菩头,去挖回来,放在屋檐下慢慢晒干,备着过年用。柏树生长缓慢,形成树菩头需要很多年,很结实,很耐烧。

旺旺的红火,喷香的火苗,一家人静坐唠嗑?错!

几乎是半个村子里的人都聚在一起,围着火堆,坐了里三层外三层。一间厢房坐不下,没有凳子,就站在厢房门口。干什么?

听打鼓说书!

从我记事起,年年过年,家里都请人说书。

请的谁?

三潭子。

三潭子姓姚,具体名字我却不知道,是邻村的一位六七十岁的老人。年轻时候,常与我爷爷一起捕鱼,他水性非常好,一个猛子扎下水,能穿过河中的三个水潭,得绰号名"三潭子"。我爷爷去世后,他又与我父亲非常要好,常与我父亲合作下网捕鱼。他膝下无子女,晚年又与老伴合不拢,因此,每年父亲都请他到我家过年。

在我印象里,三潭子是很有本事的人。很大年纪了,还能飞叉叉鱼。门前的西苕溪里，什么水库水闸都没有修建起来以前，有许多鱼。我小时经常看到父亲抓到一百五六十斤重一条的大鱼。我想，那是来自长江、大海或者太湖里的鱼儿，溯水而上，到上游产卵吧。三潭子能人站在岸上，凭水纹知道水底有鱼，而且还能知道大小。他手里总有一大一小两把鱼叉，鱼只要游进他的能力范围之内，总不会逃脱的。我也弄不清他怎么会有那么好的准头，那么快的速度，鱼叉一出手，准能叉到鱼。大鱼一时死不了，他就下水与鱼搏斗，鱼背着鱼叉，再大的鱼都活不了了。

三潭子对草药也很精通，特别是对付毒疮，他很有一手。我们那一块，生了疔疮，医院治不好的，去找他，三天包好，七天包痊愈。我叔叔一次在田里，被锈铁钉贯穿脚心脚背，肿得不能走路，他用一帖草药，不出一个礼拜，就什么事都没了。我小时候多次被狗咬得皮开肉绽，全是他用草药治愈的。我一直求他把草药秘方传给我，可惜他到死都没肯说。

三潭子还读过很多年的书，也很会说书。什么孔子孟子老子的，他都能说出一二。但最熟悉的，还是《七侠五义》《三国演义》《包公案》《杨家将》《燕子李三》《封神榜》等“歪书”。每次在我家吃了年饭，他就给大家说书。

他说起书来，比他抓鱼还精彩。

他说书，有一面小鼓，架在倒放了的骨牌凳的四条腿上，左手持根筷子，右手捏一长一短两片竹板，随着说书的内容，一会敲，一会击，一会一起发作。

于是，有了马蹄声，有了水声，有了电闪雷鸣，有了兵器叮当交击。口中说，手上动，万物声响，被他演绎得惟妙惟肖。

他讲包公断案、狸猫换太子，也讲草船借箭、诸葛亮气死周瑜；他讲地主小姐丫鬟如何与农民小伙子私奔，也讲日本人如何横行霸道、杀人不眨眼。

于是，有了忠，有了奸，有了侠肝义胆，有了善恶分明。随着他语调的抑扬顿挫，火囱里有了悲，有了喜，有了拍手称快，有了义愤填膺。

时而鸦雀无声，只有火堆里的火星噼啪作响；时而掌声雷动，叫好声穿透夜空。

我们一帮小孩子，常常蜷在他身边，听他如行云流水般的鼓点、云板，似乎看到了故事里的人物刀光剑影、行善除恶，非常痴迷。到我读了高中，看了许多书，再听说书，依旧很入迷。他常常摸着小孩子的头，说：“好好读书，读书才有出息。”我至今也想不通，他懂得那么多，为什么还是普通的老百姓。

火囱边，母亲准备了许多瓜子、番薯干、南瓜干及糖果。可在他说书的时候，却没有人去吃，也没有人插话打岔，有的仅是偶尔喝一下茶水，似乎是为了滋润被他说的书所炙烤的心田。

我多次注意到，他说书的时候，几十张古铜色的沧桑的脸、幼稚的脸都朝着他，几十双浑浊的或者黑亮亮的眸子，都望着他。喜悦，迷茫，激愤，欣慰，都在他的鼓点和云板的起落中变化，在红通通的火苗的辉映中闪烁。

不知不觉中，新年的钟声敲响。

于是大家歇息一会，跑到屋外去，鸣放爆竹"抢财神"——整个村庄鞭炮齐鸣，整个世界都是庆祝新年的爆竹声。然后，互相祝福。

母亲则早早烧好水饺，每人一碗，在座的大人小孩都有份。

吃好了水饺，大伙分散回家睡觉。三潭子老人也由父亲送回，明天再来接着说。

母亲一边收拾餐具、地面，一边张罗我们贴对联。一会父亲回来，一家人再烤火，安排拜年事宜，并发压岁钱。

过年，是这样的激动人心！

在没有电视之前的所有除夕夜，我们几乎都是这样过的！

2005 年 1 月 24 日

母亲的菜地

我没有去询问过母亲，她是什么时候学会种菜的。反正，我开始记事，就记得母亲在菜园子里摘瓜摘豆，我跟在她后面提着竹篮子的情景。春天的菜薹、荠菜、韭菜，夏天的茄子、辣椒、豇豆、黄瓜、黄豆，秋天的萝卜、白菜、冬瓜，冬天的香菜、菠菜、矮冬青、高脚白……我不知道，那些脆嫩的蔬菜是装进了竹篮里，还是装进了我的脑子里，只要念叨它们的名字，它们就在我的眼前眨着水灵灵的眼睛。

如果再进一步回想，那就是菜地里，母亲挥锄锄地，黑色的、黄色的土壤，在她的锄头下破碎成块，成粉，然后规规矩矩站成一垅或一厢，或几垅几厢，然后在上面点凼布籽，或者插苗移秧。而我则跟在她后面，用一只葫芦瓢自木桶里舀水，洒在刚点籽的凼里，或浇在刚插的苗上。不久以后，那一垅这一厢，就会长出嫩生生的菜苗，或绿油油的菜蔬。再不久，爬藤的搭架，开花的结果。长的，扁的，圆的，红的，黄的，紫的，绿的，满地的热闹，满菜碗的清香。

别人种菜，都是有讲究的。比如讲究有个园子，园子周围得有好看的篱笆，鸡鸭猪狗不能进去撒野；比如讲究离房子近，掐根葱或拔棵蒜，自如方便……

而母亲什么都不讲求，只求有块地。有块地，她就能种出菜来。母亲的手，仿佛天生就是菜的神似的，种什么长什么，种什么肥什么。

因为如此，母亲有许多菜地，我掰着手指头，不能数出母亲有多少块菜地。

我出生的地方，就是老房子那里，有块半亩大的菜地，那时奶奶健在，叔叔也没和我们分家，人多力量大，菜地自然长势旺盛，我就不去说它。我八岁那年，我们搬家了，到离老房子一两里的地方择地造了新居。从此，母亲开始了她“征地”种菜的历程。

新居依山而建。山是那种缓缓的黄土丘。砍去杂柴，母亲在屋后开辟了两亩大小的土地。土是黄土，不适合种菜，紧靠屋后的地段，母亲种上了竹，后来成了我家的竹园。三年以后，每年的春天，早笋红笋“层出不穷”；屋左的那块平整些的，头年母亲种了番薯，番薯垄里间种了黄豆。当然，到了秋天，那两样都有了意想不到的丰收：番薯藤不起眼，可垄里的番薯数量却惊人；黄豆虽不多，可棵棵硕果累累。我不是研究土壤的，不知道江南的黄土是那么喜欢番薯和黄豆，可母亲知道。第二年母亲继续在那块地上进行她的惊喜。屋右的一小块地，母亲种上了桃树，说是为我们解馋的——十几年后，那几棵老桃树还能结出一些酸甜的桃子——这与菜无关，我也不去提它。

仅有黄豆不叫菜，母亲在没有忘记老屋菜地的同时，又充分利用了自家门前的优势。

门口有一方水塘，水塘上下都是田块。可母亲却把水塘当作她的第三块菜地。靠近家门的水塘边，是行人步行的路，路边还余一尺宽的长茅草的地。母亲锄去了茅草，每隔半米种上了一棵冬瓜秧。当时我们都在笑，走人的地方，怎么能种出冬瓜来！可不久之后，我们就发现可笑的是我们。母亲不时地将做饭后的草灰、路边的垃圾培在冬瓜秧的根部，不久，那冬瓜秧迅速蔓延开来。母亲急着命令我们这些“男人头”，立刻为冬瓜蔓搭架，架子伸入水塘里！到了夏天，整个水塘上方都是冬瓜蔓，再后来，整个水塘上方都垂着冬瓜。而那些冬瓜好像见了水都不要命了，拼命从架子上往水里挤，害得我们“男人头”一次又一次下水为它们打撑，为把冬瓜撑住，破竹篮、破竹筛、破脸盆、破桶都派上了用场，过路的人无不惊叹那冬瓜的多和大。水塘的那头，是一条无人行走的宽埂，母亲也充分利用起来，刨去上面的杂草，堆了几捆杂柴，烧了几次灰堆。几个月以后，那里长出了一大垅碧绿的空心菜。当然，母亲依旧没放弃水塘，空心菜地边的水里，被种上了茭白。

可这并没有满足母亲种菜的欲望。

出门的路旁，依着山，她种上了南瓜，砍倒一片柴草，就算是南瓜架；小屋的后面，早先有个猪圈，猪圈的四周，丝瓜和葫芦有了地盘，偶尔一年也被扁豆占领；堆过两年稻草的地方，会被她整出来种上辣椒；晒谷场的边缘，破脸盆破缸，大蒜香葱摇曳她们清秀的身姿……

可不到四五年，母亲先后失去了几块菜地。老屋的那块全给了叔叔；屋后的则被竹子完全占领。那些竹子实在发展太快，是母亲始料未及的。竹子能挡台风，还能卖钱，竹笋可以吃，可以制笋干。母亲不懂诗歌，什么宁可食无肉不可居无竹，对她可一点没有产生影响，母亲的观念就是实惠、可吃、可使，倘若可以再换点小钱，那再好不过。所以她又去寻找她的菜地。

不久以后,她果真发现了一块“宝地”。

老屋对面是水田,水田边上是竹林。水田边的竹林,因为经常影响田里的水稻采光,被砍伐去长长的一片。那一片,每年砍每年长杂竹,或者滋生藤蔓、荆棘。那年母亲经过那片地以后,就叫我们去把那些荆棘砍了,然后,她就带着锄头去刨那些竹根。一锄下去,母亲就兴奋不已,连说“好地好地”。这竹林,是几千年演化过来的自然林,林子里的土,经过几千年竹叶的腐蚀积淀,都肥成了黑色,当然绝好。头一年秋天,母亲在那块地上,辟出三垄地。一垅萝卜,一垅迟豇豆,一垅莴苣。没想到,那地肥得根本不需要人照应、施肥,萝卜、豇豆、莴苣一个劲地长,不出两月,萝卜长成了白菜模样,迟豇豆都有了指头粗,两尺长,莴苣则成了桌子腿。我们一家人都欣喜万分,一边继续开垦,一边拔去长成的莴苣、萝卜,再种一轮菜。第二年,香菜、菠菜、萝卜实在吃不完,到了春末,那块地的菜开出一片又一片的黄花、白花、紫花。

后来,那片地成了我们家永久的菜园。当然,我们一家是种不了那么多地的,母亲又邀请了叔叔婶婶在我们那片菜地边开垦出了他们家的菜园。

说了这么多菜,也许你会问:你母亲种菜卖吧?呵呵,我告诉你,我们家可从没卖过一棵菜。母亲种的菜,首先是我们自己享用,其次是,同一个村子里,不是叔叔伯伯,就是兄弟姐妹,菜种得多了,谁都可以去摘一碗辣椒,砍几棵白菜,挖一些芋艿,或者捧回一个冬瓜、南瓜,母亲的菜地绝对没有篱笆。即使在家门口的菜地,也只用尺把高的竹围栏,挡一挡淘气的鸡仔。也不是不喜欢鸡,而是不喜欢它们去破坏。

母亲会种菜,幸福了她的几个孩子。我毕业后被分配到离家一百多里地的山区小镇工作,父亲经常被母亲逼着,换乘三趟车,赶一百多里地,送上一篮子芋艿、豇豆,或背着一只大冬瓜,到小镇来“看望”我。说实在,来去路费可以买三倍多的蔬菜,可我还是常常热泪盈眶,接受母亲的馈赠——那绝不是可以用金钱买到的佳肴!现在我换到城里,父亲照样时常送菜。

这些年,母亲渐渐老了,都快七十岁的人了,就老两口在家,还是那么喜欢种菜,还是见地就种。这不,多年不养猪,那猪圈倒了,她把土坯理了理,就养猪的地方,她种上菜了。前些日子我回家,看见那块“地”,被一圈绿色的网线围着,里面的菠菜、香菜长得肥肥嫩嫩,大蒜、香葱水水灵灵。而母亲却说:“随便种的,没想到会长这样好。”

种菜，在母亲的眼里，不过是随手、随心、随时的事，就那么“随便”一下，就飘香了一家人的日子。我不知道，该用怎样的文字，来表示感恩。我也不知道，我是感恩土地，还是感恩母亲。

2005 年 12 月 20 日

老婆三定理

论文凭，老婆和我不在一个层次上，但待人处世，却比我这个一条路走到头的人能干得多。牛顿这样伟大的科学家，对于科学的贡献是提出了几个定律，而我老婆处世，也有三个定理，抖胆把它晾出来，以博大家哈哈一笑。

老婆第一定理：你妈是我妈，我妈是你妈。

这是老婆在还没有成为我老婆的时候发明的定理，我私下里称之为"第一定理"，读起来很拗口，可内涵绝对丰富。待我先阐释一下。意思是，她管我母亲叫"妈"，我管她母亲叫"妈"，不仅停留在口头，还得落实到行动上，但凡我母亲来我们"小家"，她负责招待，包管一切买菜做饭洗碗拖地，我只要在旁边陪老妈说说话唠唠家常；但凡给我母亲的一切礼品什么的都由她负责。同样，我得如此这般招待她母亲。理由很简单，得让家长看看我们"彼此相爱"。我妈常说："看她把你惯的，你什么事情都不干，像个老爷似的，也不帮帮她！"我丈母娘也常在我背后骂她："让男人干家务，男人没有出息的，你以后多做点！"而她则指着我说："是他不要我做，你不相信就问他。"我只有笑而不答。她是她们家的小女，从小大手大脚花钱惯了的人，从没有让我妈吃亏，一年四季的衣服裤子，鞋子袜子帽子，都没有让我费一点心，而且"爱妈及爸"，我妈有的，我老爸也必然享受一份。发展到后来，波及老爸老妈的被子枕头，锅碗瓢盆她都插一手。而我就没有她那样大方了，只是偶尔心血来潮为泰山大人买一件衣服，最多是过节买一些酒——好在她爸和我爸都戒了烟，加上我自己也不抽烟，我无非把酒的档次略微提高一点就罢了——至于丈母娘的衣服，我是万万没有能力买的。唯一令我没有想到的是，上回不知道什么原因与她争吵两句，她也不和我理论，一个电话打到我老爸那儿，说我"欺负"她了，害得我老爸把我骂得狗血淋头，什么书读到狗肚子里了，什么身在福中不知福，在电话里骂了半晌，我只有举手投降的份。嘿，我才明白，老婆的第一定理好厉害。

老婆第二定理:再苦也不能苦自己。

不知道她从哪儿听来“再苦也不能苦……”的句式,发明了再苦也不能苦自己的理论,并且发扬光大。这可不是说着玩的,我和她的年薪相加,装进口袋里绝对不少于10万,可到今天,银行里除了一张缴纳水电费的存折外,再无其他什么折了。我发现古话说得真有哲理:“不是一家人,不进一家门。”她怎么就和我一样爱好旅游呢?从没有结婚时的“江南附近游”到婚后的东南西北到处想去“看看”,我们已经北上北京、青岛、大连,西行武汉、重庆,南下丽江、西双版纳,这中间的苏州、无锡、上海、南京,以及浙江的许多小小游就不在话下,明年的计划已经出台了:港澳或者新马泰。她总是说,我们工作很辛苦,我们还年轻,能跑的时候多跑跑,开开眼界,到老的时候,我们想跑也跑不动了。不要在乎钱,反正工资年年高,着什么急呀!好好,反正我也想玩,想出门看看,一丘之貉,谁怕谁,没有钱的日子我才不着急呢!不过,看到别人渐渐都买了车,我说:“省点吧省点吧,我们可以买辆车的。”谁知道她竟然说:“买啥车呀,你没有看见十个开车的十一个花吗!你想花呀?”我说:“怎么十个开车的十一个花,太夸张了吧?”“第十一个,是被开车的人带坏的!”看看,还没有车,新的理论已经产生了,万一通过实践检验是真理,那中国的汽车行业不是要受到严重打击了嘛。因此,只好不提这“理想”了。只是我每回出差,她总要我多带点钱。“万一不够,一个大男人的,在外缩手缩脚,丢人。”这倒让我很感动,总开玩笑说:“男人有钱就变坏的。”她就要过来做拧我耳朵状:“用不完不好带回来呀?也不照照镜子,谁要你啊,臭美!”还有,因为两个人工作都很累,都不愿意烧饭做菜,于是,附近的几家餐馆似乎就成了我们家的食堂。这倒使她有点心疼钱了,总想自己动手,可是,吃过几餐后,为了决出谁来洗锅碗瓢盆,我们俩抓阄、猜拳、石头剪刀布统统都玩厌了,所以一个月我不提烧饭,她恐怕不会主动去买菜,还每每理由十足:再苦也不能苦自己呀!

老婆第三定理:对别的女人只许看不许想。

这可是纪律呀兄弟们!我知道,天底下所有老婆在这方面对男人都有一条铁的纪律,有的是“不许看”,有的是“不许看也不许想”,还有的可能是“只许看不许摸”了。我对老婆的第三定理仔细研究过了,“不许看”和“不许看也不许想”太专制了,那不是我老婆的风格;“只许看不许摸”有点低级和放任,那也不是老婆的意愿;她知道我是学文的,骨子里天生有点浪漫,如果看也不让看,那绝对“抹杀”了我的“文学天性”——爱美之心,人皆有之嘛,何况我还喜欢文学,喜欢舞文弄墨的,看看美女，也是和看看花朵一样的爱美之心而已。而想就不同了，想意味着行动的开始，有了“思想”，那是防也防不住的。哪怕当面不背叛，背后的背叛谁还管得住，所以不能“想”。可是，我要想的话，老婆你也看不见啊！她总是严肃地说：“我怎么看不见！我看一眼你的眼睛，就知道你有没有想！”嘿，厉害吧，眼睛是心灵的窗户，倘若你背叛了她，是不敢正视她的目光！她知道，我这个人什么都可以不要，但脸皮不会不要，一个连脸皮都不要的人，什么事情都做得出来了，所以，她大胆而又有创造性地提出了“只许看不许想”的理论。这使我不仅拥有一批哥们，还让我和以前的红颜知己保持正常往来，偶尔翻见旧照片，看见我以前追求过的女孩，她还问我“她现在过得怎么样”，大有“明知山有虎，偏往虎山行”的味道。可是，她越是这样“开放”，我反而越是把自己捆得紧紧的，生怕哪儿真的有什么闪失对不起她，怪哉！

写完这三个定理，觉得老婆还有一些可以成为“定理”的东西，例如“赌博可以，但不准拿别人的钱”“把孩子培养好，就是最大的财富”等等，多不亚于牛顿的那几个定律。就那“赌博可以，但不准拿别人的钱”一条，害得我不敢去和别人赌——即使赢了，也不能拿人家的钱，那十赌十输的活谁愿意去干！有一次几个同事到我家打包红五，我好不容易赢了30元人民币，正洋洋得意，沾沾自喜，被老婆知道了，嘲笑我什么“伪君子”，什么“君子爱财”之类的，尴尬之余，硬要我还给输钱的同事。后来就再也没有人找我赌钱了，娱乐娱乐却没有人愿意找我——他们都说不来点刺激没劲。哈，我老婆就是这样天真可爱的小女人，会发明一套一套理论的小女人。

2004年5月7日

梦中竹漾

一

我的老家在西苕溪上游某个村庄，那里不富裕，但以前景致很好。

村子依山傍水，在村子和水之间，还有一大片竹林，沿着苕溪两岸生长，绵延十多公里，纵深也有好几里，最宽阔的地方，东西之间的距离恐怕也有十多里地。

西苕溪就是穿过这片茫茫苍苍的竹林，蜿蜿蜒蜒自西向东流过我们的村子。

小时候，登上我家后面的那道小山坡，这一大片竹海就会完全展现在眼底，看不见河流，只有无穷的绿色，平整得像修剪过的草坪，宽广则像大海。有南朝文学家吴均的诗歌为证："平原不可望，波澜千里直。夕鱼汀下戏，暮羽檐中息。"吴均是我的家乡人，在故乡，也只有西苕溪两岸的平原上，才能有"平原不可望，千里波澜直"的竹林。我想，一千五六百年前，大文学家也一定和我一样，站在山坡上，眺望过这一片无穷绿色，写下这不朽诗篇吧。

村子里没有人能说出这片竹林原来有多大。小时候，经常听上了年纪的人说，河两岸本来全部是竹林，没有田地，不知道从哪个朝代起，陆续伐竹垦地，把竹林改造成良田，从小溪口到现在的塘浦，沿河四五十公里两岸的大片田地，都是开垦竹林而来的。

这种说法我相信。因为，我小时候看见的田地，还有许多是水田和竹林交织共存，我们村里就是这样。隔着百亩水田，山的边上，也长着和竹林里生长着的一样的竹种。

这大片的竹林，也不知道是几千几万年前大地的造化，也许是有了河流之后不久，就在这冲积平原之上，上天赐予了这生生不息的精灵物种。几千几万年来，河流带来了肥沃的泥土，又加上竹子本身年年落叶的滋润，竹林里自然生成近一米厚的黑土，这土地自然成了人们种植粮食的最佳选择。

我也深深知道，我们的祖先对这片广袤的竹林是感恩的，在他们开垦了足够养活自己的土地之后，并没有把竹林赶尽杀绝，而是沿着河流留下一大片一大片林地，让它保护着村子，保护着子孙后代。

我们都亲切地叫它竹漾。漾，大湖也。比喻我们的竹林像海一样大。

二

竹漾是美丽的，从小，它就是我的骄傲。

你见过几万只白鹭栖息的壮观景象吗？竹漾就是白鹭的家。春天来了，苕溪的水涨了，鲜美的鳜鱼肥了，大批的白鹭不知道从哪里飞来，到竹漾里安家。于是，我们就吟哦起张志和的诗句："西塞山前白鹭飞，桃花流水鳜鱼肥。青箬笠，绿蓑衣，斜风细雨不须归。"其实，张志和所写的，正是我们湖州地区的景色共性。白天，鹭鸟们成群在田间山边翩翩起舞，四下觅食，晚上，齐集于竹漾之中，少则几十只，多则成千上万，它们张开白色的翅膀，盘旋在翠绿的竹林之上，一如洁白的祥云缓缓从天空降落——该用怎样的语言来形容这壮观美丽的景象啊，少年们只会站在山头观望，指指点点，评头论足，但我们都喜欢这些诗歌画卷里出来的精灵。

竹林里其实还有许许多多的鸟。长着长尾的漂亮的野鸡，呆头呆脑的竹鸡，画眉，八哥，夜鹰，斑鸠，子规，布谷……还有头顶戴着彩缨，拖着彩色长尾的不知名字的美丽的鸟，叫着"亮快了"的打更鸟，喊着"吃漾泡喽"的漾泡鸟，偌大一片竹漾，其实就是百鸟的乐园。每天从早到晚，鸟儿们欢乐的歌声从不会停止。以前读书的时候，我经常邀请同学到我家里去听鸟语，这大自然的天籁，令每个来我家的同学都羡慕不已。自今，我还能用嘴模拟出不少鸟的声音。听得多了，耳熟能详，自然也就会了。

除了野鸡和竹鸡，其他鸟我们是不抓的。

野鸡和竹鸡是非常鲜美的野味，比家鸡的味道要好得多，加上它们的个头大，一只能烧一两大碗，所以备受我们青睐。它们的个头大，一般不轻易飞起来，喜欢在地上走动觅食，因此给捕猎者提供了大量的机会。只要在竹林里用竹梢或青草围成一道"矮墙"，在"矮墙"底部开几个小"门"，然后在"门"口设一只吊弓（把小竹子弯下来，砍去竹梢，系上一根棉线，棉线的另一头是个活扣，铺在搭好的机关扣上的一种弶)，野鸡和竹鸡笨得很，也懒得很，它们绝对不会飞过“矮墙”，而是必定从那专门为它们开的小“门”里穿过，踏上那铺好的机关。那机关只用一个小篾棒别着，轻轻一碰就会松开，弯腰的竹子就会弹起来，那活扣就会把野鸡、竹鸡的腿吊住，它们只有大声哀叫的份。好笑的是，它们的哀叫恰恰又是给下弶的人报了信。那时竹漾大，野鸡和竹鸡也很多，一道“矮墙”设三把弶，一天捉一两只竹鸡没问题。我们村子里的男孩子都会设这种弶，不过由于野鸡、竹鸡的哀鸣太响，往往被路人听见，猎物被他们取了去，也就不愿意经常去为他人做“好事”了。

小孩子一般不轻易钻竹漾，一是它太大，钻进去容易钻出来难，大人都在里面转晕过。母亲在里面打猪草就有好几回半天找不到出来的路，只好认准河流的方向，一个劲往河边钻，才得以脱身。二是里面还有其他动物，乌龟、野兔自不会有危险的，但各种蛇，却是相当厉害。例如竹叶青，就是大名鼎鼎的厉害角色，它一般生活在竹子上面，你轻易发现不了它。不侵犯它便罢了，突然闯进它的领地，它也不会太客气；还有蝮蛇，俗称“狗污泊”的东西，非常阴险毒辣，它喜欢在草丛边卷成狗屎堆的形状晒太阳，若不仔细看，真以为是一堆狗屎，从它旁边走过，可就惨了——就会被它攻击。被蝮蛇咬了之后，要处理得快，否则还有生命危险呢。村里不少人吃过它老人家的苦头，没啥事情也不会去钻竹漾的。另外，还有小孩子胳膊粗细的乌梢蛇、菜花蛇，碗口粗大的蟒蛇，运气差的话，还能看见像筷子一样的两头蛇。两头蛇真的有两个脑袋的，两头都能爬行，这是我亲眼看见的东西，以前别人传说我一直都不相信，看到这样的怪物，你知道我是多么吃惊，真正领会到“世界之大，无奇不有”的含义。传说看到两头蛇会倒霉，那年我在池塘里洗澡，还差一口气就被淹死，不知道是否与看见两头蛇有关。

可人毕竟比这些动物强大得多，我们男孩子可天不怕地不怕，照样喜欢往竹漾里钻。

三

因为，竹漾里有太多神奇美妙的好东西。春天雨后的春笋自不必说，四月份，漾泡鸟成天用它那嘹亮的嗓门呼喊“吃漾泡喽——吃漾泡喽——”，你就会情不自禁地往竹漾里跑。生活在竹漾边的人都知道，竹漾里有一种带刺的爬藤植物，三月里开花结果，四月里果实就成熟。果实的颜色接近草莓，但比草莓还鲜亮，味道甘甜，也比草莓好吃得多，这就是我们当地人呼之为“漾泡”的东西了——其实它是覆盆子的一个种类。“漾泡”的果实一般只有一毛硬币大小，大的有一元硬币大，成熟的时候，你能看见鲜绿的竹叶上面，布满了繁星似的红艳艳的“漾泡”，闪烁着，招摇着，吸引每一个看见它的人流口水，让你身不由己地大把摘来往嘴里塞，忘记蛇，忘记它藤上的刺，甚至忘记露水沾湿衣裤。我们生活在竹漾边的人，男女老少，都喜欢吃“漾泡”，乃至现在，每每看见市场上草莓上市，都会想起我们竹漾里的“漾泡”。前些年的每年四月里，都要抽出一个星期天，带女儿回老家，带她去摘去吃“漾泡”。看见那样挑食的女儿欢呼雀跃，喜不自禁，我都会为竹漾自豪，尽管此时竹漾已经不属于我这个“城里人”。

四月底开始，竹漾里的竹荪成熟了。竹荪是很神奇的一种蘑菇，它在形成蘑菇之前，一直是一个灰色的长着雀斑的“软蛋”，黏附在黑黑的腐殖土上面，一直以来我们都把它当成蛇蛋，经常用镰刀剁开看里面有没有小蛇。可是，里面除了软乎乎的“果冻”之外，没有其他东西。神奇的是，这“软蛋”还会生长，变大，最后“破壳而出”，冒出一个撑着丝状“雨伞”的纯白的仙女蘑菇。它开出来的时候，能闻到一种很能刺激食欲的香味，让人怦然心动。在二十世纪八十年代末期以前，没有人能认识它的价值，它开出来的时候，除了我们这些顽皮的孩子去踢它，就只有蚂蚁和无名的小虫疯狂地撕咬吞食它了。因为，我们都以为它是毒蘑菇，没有人敢去采摘，没有人敢食用，我们到竹漾里去吃“漾泡”、打猪草的时候，看见它都把它踢得老远。后来还是一个广州的客人，到我们这里来做客，看见竹漾里生长着大批的野生竹荪，都惊呆了，这可是食用和药用价值都很高的蘑菇啊，还说它可以治病抗癌！最为奇特的是，它可以使食物回鲜。例如鱼、肉走味了，烧的时候，放入几许竹荪丝，就吃不出异味，鱼、肉的味道反倒是更加鲜香了。据说，八十年代，干的野生竹荪价值贵过黄金。事实也正如此，此后就不断有人用高价收购野生竹荪了。我们生活在竹漾边上的人，因此还增加了不少收入。采的人多了，等不及菌蛋绽开，就把菌蛋捡回来，把适合竹荪生长的泥土及腐烂的竹叶弄一些回来，在自家的早竹园里铺上，集中让它们生长。只要勤快一点，每天到竹漾里去，都能采到新鲜竹荪，每天都会有菌蛋开出一片雪白的菌伞来，从四月一直开到十月。勤快的人，每天都有几百元的收入呢。

十月以后，到竹漾里去挖山药或葛根是我们男孩子最喜欢做的事情。挖葛根不要什么技巧,找到葛藤很容易,它的根离地面近,容易挖。竹漾是一个冲积平原,一米以下,就是沙土了。沙土里生长的葛根外形粗大,内含淀粉多,口味非常好。我曾挖到过一个葛根王,居然有三十多斤重。葛根其实是一种草药,葛根素则是降血压血脂的最佳良药。喜欢吃葛根的人很多,现在我所在的县城里,还有专卖葛根的摊贩。野生葛根的价钱也不低,差不多要四元一斤呢。而挖山药则要费事得多了。山药是垂直往下生长的,它的根就是我们要吃的部分,营养价值极高。但它非常脆弱,稍微碰到它就破了,难挖;而且,秋天以后,它的藤不像葛藤那样还连着根,而是自动藤根分离,它的藤还没有筷子粗,不易发现不说,和根分离以后,找它的根就更困难了。当然,对我这样有经验的人来说,就要容易得多:藤分离以后,根肯定在附近不远,肯定有一段和鞭炮的捻子一样,有一寸左右的"捻子"戳在地表上,细心观察,就能发现它。倘若不小心踩没有了,也不要着急,先扒开竹叶,用小刀剔泥土,找山药"颈部"的"钨丝",就能把它牵出来。根藤相接的部分就是山药的"颈部",头发丝一样的根须呈辐射状四面八方散开,抓住一根往粗的那端牵,就可以找到山药了。这是我叔叔教我的绝招,我叔叔可是挖山药的好手,一天挖二三十斤山药轻而易举。挖山药不是易事,不能对着山药挖,而是顺着山药,靠着它挖一个圆洞,犹如数学上的圆和圆边上的点的关系。边挖边用小刀或蔑棒检查挖的洞是否正确。一般来说,山药在土下四十厘米才开始长粗,一米左右最粗,而要整体取出来,得挖一个一米四五深的圆洞。新手要挖这样的圆洞很吃力的,经验不足挖的洞就大,费时费力,加上心急,老要去看山药,或者挖洞的时候直锹拿不住准头,一锹下去,山药就会稀烂,前功尽弃;有的新手挖不到一米四五的洞就放弃了,最好的部分取不到。放假的时候,我常会背上直锹,叫上小弟三子,到竹漾里挖上三五斤山药或葛根。让母亲买点肉红烧,无论是猪肉还是鸡鸭,和山药一起烧,味道绝对好得不得了。那时候,我们读书都是自己带菜到学校吃的,山药烧肉,自然让同学兴奋不已,一餐就把一大搪瓷罐菜抢吃个精光,然后我就吃同学的"百家菜"了。而葛根更是课余打牙祭的好东西,引得几个死党每天下课围着我问"还有没有"。唉,谁叫我是他们班长呢,理所当然要和他们"同甘共苦"了。至今遇见初中同学,还常常谈起这些趣事,内心充满美好的回忆。在那个少吃的年代,有这样的好东西丰富我们的餐桌,丰富我们的生活,我们怎么能不怀念呢!

竹林里面,还有许许多多的植物,能吃的野菜就有几十个种类,像现在酒店里售价昂贵的"鸭脚蹼""野水芹""马齿苋",做青团子用的"青蒿",等等,大片大片生长，我就不一一细说了。值得一提的是，竹漾里珍贵的草药也多。我们那儿的老百姓，一般生个疔疮什么的，基本不进医院，到竹漾里去采几样草药，捣烂了敷在疮上，两三天就见好，消肿止痛，直到痊愈。记忆最为深刻的是，叔叔在田里插秧的时候，一根锈迹斑斑的铁钉硬生生戳进了脚底板，差点从脚背穿透，他被人从田里背回来，叫来最会采草药的“三潭子”爷爷，拔出铁钉后，到竹漾里采来草药敷。叔叔瘸了三四天后，就伤口愈合，下田劳动了。要是今天有人这样受伤，进医院后，不住个十多天，不打破伤风针、吊盐水，不折腾你几千块钱，是绝不会让你回家的！

四

竹漾里生长的竹子种类繁多，主要有猴竹、水竹、旦竹、牙竹、沙竹、金竹等，身长一般两丈余，笔直，上下几乎一般粗细。用处却很大。

我们生活中用的菜篮子、畚箕、凉席，以前都是用竹漾里的竹子制作的。

挑谷子用的箩筐，筛谷子用的竹筛，囤谷子用的廪席，也都是竹漾里的竹子做的。

还有养蚕用的竹匾，养珍珠用的竹棒，围地篱笆，无不用得上我们竹漾里的竹子。

还有人用它夹墙做屋，编草搭篷。

因此，村子里有了专门靠竹子谋生活的篾匠。

当然，这几千亩的竹子我们不会全部自己用，也卖出去换钱。

每到冬季，农闲过后，男人们都要进竹漾砍竹子——不是全砍完的那种，而是砍去老竹，留下当年生的新竹。

一班人马砍竹，一班人马背竹，还有一班人马在河边集竹镶排。

冬季的竹林响彻着咔嚓咔嚓的砍竹声，竹梢背在肩膀上扇动起来哗啦哗啦的撞击声，哗——竹捆子摔到河滩上的脆响声，把所有的留鸟都吓到我们家屋后的山上做窝去了。

大人们砍竹镶排，我们放学放假就到竹林里去挖山药葛根，或到镶好的竹排上戏水。

那长长的竹排啊，一节连着一节，顺着河岸排列着，排得老长老长，宛若一条游龙。我们这些孩子兴奋地从这一头跑到那一头，溅起的水花湿了鞋子裤子，大人也不责怪。这长长的竹排,是我们全村人年底的“红利”呢。那时,竹材是我们村唯一能为集体创利的资源,即使在“文化大革命”时期,每年砍出来的竹材,运到外面卖的钱,也够我们村子每户人家分到几百元的“红利”,让没有竹子卖的外村人眼红不已呢。那时候,毛竹可是不值钱的东西,我们村的小竹卖到十多元一担,毛竹只有两三元一担。到八十年代末期,小竹卖到二十五六元一担了,毛竹也只有七八元一担。每年,我们村的竹排越长,每个人头上分到的钱也就越多,大人小孩,当然脸上都是喜悦。

1983 年,我们村也实行“分田到户”政策,每家每户,除了分到田地,还有几十亩山和几十亩竹林,小小的我,自然也分到不少。那几十亩竹林,就成了我们兄弟读书的学费和生活费来源。

放学回家,我都要跑到屋后的山冈上,眺望这一大片绿色的海洋,聆听那竹漾里沙沙的风声、婉转的鸟声,把在学校里的竞争和勤奋带来的疲倦,消弭到这广袤的清风鸟语里去,带走的,则是苍苍茫茫、凉凉爽爽的竹海风韵。

我是喜欢在上午看竹漾。上午的竹漾有一番绝美的景致,那就是雾气。我说过,西苕溪是穿越竹林向东流的,我们江南地区,昼夜温差比较大,上午气温比较低,而河水的温度高,特别是冬季,水面上会蒸腾出雾气。大家可以试想:广袤的绿色竹林中间,腾起滚滚的一道白色雾龙,奇特的是,河流多宽,雾龙的身体就多大,紧贴着竹林升腾出来,比竹林高出丈许,不见其发端,不见其收尾,河流蜿蜒雾也蜿蜒,河流转弯雾也转弯,但它又滚动着,炫舞着,在绿色的衬托下,白茫茫银亮亮,说有多壮观就有多壮观,说有多神奇就有多神奇,那简直就是一条活生生的巨龙啊!

五

竹漾的消失,从二十世纪末——1999 年开始。

我说那是一场屠戮!

二十世纪九十年代开始,全国各地都在搞建设,需要大批量的黄沙,而我们西苕溪里有的是优质的黄沙。但市场需求的量仅小小的河滩远远不能满足,于是,一些黄沙贩子,以及被金钱腐蚀了良知的村镇干部,眼光瞄上了竹漾下的黄沙。砍掉竹子,掀开一米多点的沃土,竹漾底下,就是几千几万年来沉淀下来的黄沙了。沙质细腻,颗粒均匀,而且还天然地分出金黄、血红、翠绿的颜色,简直就是天赐的优质建材。在贪婪者眼里，颗颗沙粒就好像是能卖出天价的宝石。

于是，倒卖沙场，盗挖黄沙，成了一些人致富的“捷径”。有人抛出一两万元一亩的价钱，买下竹林，砍去竹子，掀掉肥土，用吸沙的机器，大肆挖沙。据黄沙贩子说，只要挖三米，就能有钱赚，可是，他们能用那机器往地下挖二十多米深，一夜之间就可以暴富。要知道，黄沙的价钱，早在二十世纪九十年代末，就已经涨到了六十多元一个立方了，一亩土地，往下挖二十多米，该是多少立方！而他们却只用一两万元一亩的价钱，买走了几千几万年来一直生生不息的绿色生命！

我不知道这交易是如何做成的。那些人总是有办法让村干部同意，让土地管理、林业管理的干部们同意，盖上“光明正大”的公章，今天挖百来亩，明天再挖百来亩，像蝗虫一样，最终把这几千亩竹林蚕食殆尽！

2002 年我回家的时候，还能看到路边有一线竹林，稀稀落落，在风雨中哭泣。

2003 年我回家，再也没有看见竹林，河道开到水田边，把村路都挖塌了，水田再也关不住水了。

原先西苕溪河道距离村庄好几里路，现在河道挖到村边，我弟弟的房子都快挨到水了！

原来河道只有百来米宽，现在却看似要赶超长江、黄河的宽度了！

这溪不像溪，江不像江，湖不像湖的东西，大概是竹漾死去时，因痛苦而合不上的嘴巴吧；或者，是活了几千几万年的竹林，被屠戮时含恨的眼睛！

从此，再也没有野鸡、竹鸡，没有白鹭飞翔，没有漾泡鸟嘹亮的歌喉，它们，永远留在了我的梦里。心静的时候，每个夜晚，在城市的楼上，我能听见它们在我的心底鸣叫。

2005 年 3 月 16 日

老家风水

最近看一些有关风水方面的书，看着看着，我忽然感觉古人迷信到家，什么蠢事都能做得出来。

话说我老家村里有一处古迹，在宝塔边的竹林子里，有两条断成几截的石龙，以及一块两丈高的大石碑，压着一只巨大的石龟。石龙的龙头浮在地面，龙口微张，龙眼圆睁，龙须飘然，就在颈项处与龙身断裂分开一米多远。石龙的身子有十几米长，也断成两截，各一半没进土里，一半裸露地面。奇怪的是，这条石龙仿佛就是被人故意做成如此断裂几截而不相连的样子，那断口，就像是刀切的一样齐整，倘若把龙头搬到身子边，也许还能完全拼凑成一个整体呢。小时候读书放学，我经常去看，所以记忆非常深刻。但是，我一直不得其解的是，为啥好好的塑造两条长长的石龙，要把它弄成几截呢？是没完工，还是后人搬走了几段龙身呢？那石头是极坚硬的花岗岩，颜色也接近汉白玉，龙身雕刻得非常精细，鳞片至今依然清晰。这样的工艺，不可能是工匠们造了一半中途废弃的半成品，更不像被后人窃取几截，倒像故意塑造成被斩断几截的断龙样子。因为整条龙的身体比例，看不出少一段的样子。但为什么不把这几截石龙凑一块成一条完整的石龙呢？那时我们年纪尚小，怎么搬，怎么推，怎么摇，那龙头与龙身就仿佛在地里生了根，纹丝不动。

宝塔，石龟，石龙，历史非常悠久，没有哪个村民能具体说出年代来。上了年纪的老人们都说，是当年刘伯温告老还乡之后，到处云游，暗中为朱元璋查探民意，防止再有人起来争夺政权。有一天他云游到我们村，一看风水，大吃一惊，说我们村要出真命天子。于是，派人在龙脉上造了一座宝塔，塔中还埋了我们村的一对童男童女；又作法捉住了龟丞相，用巨石压住，让它永不翻身；又斩了两条龙——龙身就是竹林中那两条断了几截的石龙云云。

由于压在石龟上的那块巨碑碑文几乎已经被人磨平，所以，连县里掌管文物的人也说那是明朝的物什。但是，后来有人偷盗宝塔上的定风珠和宝剑，经抢救性发掘，发现宝塔居然是五代时期的，与刘伯温无关。

那么，古人为什么要在我们村造两条断成几截的石龙和一只巨大的石龟呢？老人们的传说是真的吗？这个疑惑，多年来我一直找不到答案。直到最近看风水书，才豁然明白。

原来，古人在竹林子里造石龟、石龙，确实是为了破坏我们村的风水，但是，被破坏的风水，绝不是那只被压着的石龟和那断成几截的两条石龙，而是环绕我们村的两条山脉！

现在来说说我老家那个村的两条山脉。它们是天目山系的余脉，不高，垂直高度不过四五十米的样子；也不宽，相对宽度，不过三百米。奇特的是。它们的身子非常细长，都有好几公里长！在四周都是平坦水田的苕溪平原上，两条山脉尾东头西，从莫干山脚，起伏蜿蜒，一直伸到西苕溪边，倘若从空中俯瞰，确实像两条汲水的长龙！

然而，令人遗憾的是，这两条山脉在距离苕溪不足五百米的地方，都忽然断成三截，蹊跷的是，两处断点都分别是一座湖泊和一条山沟。倘若从整个山脉的比例来看，那两处湖泊，拿蛇来做比，简直就是蛇的七寸之处。如果把山看作龙，那自然就是龙的"七寸"。换一句话说，那两座湖泊，硬生生从龙"七寸"处把龙斩成两段。而那处山沟，又恰是龙脖子的位置！

站在湖边看，湖两边的山脊在一条线上，宽度也几乎一致，按照山脉的走势，湖两边的山体应该是相连的，好端端，怎么忽然山脊就断了呢？山脊处怎么会出现湖泊呢？湖泊的长度，几乎就是山脊的宽度。就算有地壳运动，也不可能那么巧，就是在"龙七寸"处山脊断裂塌陷下去，其余地方不塌陷。

联系竹林里两条石龙一想，我忽然明白了：这湖不是天然的，是人工挖的！大自然再厉害，也不能冲出那么大那么深的湖泊来。传说中的"斩龙"是真的，只不过，被斩的龙不是真龙，也不是竹林里的石头龙，而是两条像龙的山脉。两处湖泊，是斩"龙"的刀口，竹林里的两条断石龙，只不过是这两条山脉"巨龙"的象征。是斩龙工程完工之后的纪念品。

几千年来，龙一直是古代帝王的象征，一般老百姓，绝不可能塑造两条断龙玩玩——那非被灭九族不可！唯一能够解释的是，我们村的两条山脉，形状极像"龙"，也就是传说中的"龙脉"，这威胁到了当朝统治者。

我的眼前出现这样一幕：某朝某皇帝，得知我老家那村有两条"龙脉"，两股战战，夜不能寐，急忙下令“斩山”，以破坏风水，好让自己“稳坐江山”，然后，某大臣接过圣旨，立即兴师动众，调动军队，征调百姓，十几万人马，开山挖湖……

我这样推测是有依据的。古人看风水，相信“龙遇水则止”，这两条山脉，恰巧山地都伸进西苕溪里，而且靠近溪边的山体，又独立形成一个小山头，极像龙的头！靠近马家村村委所在地苕溪边上建宝塔的那个小山头，当地人一致称为“大龙头”；我老家所在地苕溪边的那个不足百米长、六七米高的山丘，当地人则称之为“小龙头”，我问了几位八十岁以上的老人，他们都说“小时候就叫这个地名”，至于为什么这样称呼，他们都说“不晓得”。现在，我们前后想一想，不难明白为什么叫“大龙头”“小龙头”了，那就是被斩下的“龙脉”的头啊！

再说，古人好端端地在“大龙头”边的竹林里塑造两条断龙干什么？那里没有优美的风景，我们村又不是什么历史文化名胜地，更没出过皇帝！

在“龙七寸”处深挖湖泊，把龙斩成两段，古人也许还害怕“巨龙”不死，又把“龙头”剁了下来——在龙脖子处挖出一条山沟，大概算是剁龙头吧。两处山沟目前变成两条小路，从路边两旁断壁看，人工痕迹非常明显，倘若没有沟壑，两边山体应该是相连一体的。这溪边单独的山头，应与竹林里单独的石龙头是一致的吧！

小时候听一位老爷爷(这位老爷爷就是我有篇散文里记载的说书人，已经去世十多年，如果健在，他应该有一百多岁了)讲故事，他说他年轻的时候，曾经下到大龙头处湖里摸鱼，他的水性是当地出了名的，能憋一口气钻过三个大水潭，绰号“三潭子”，他说那一次，他钻到湖底，看见水底竖立着光灿灿的大铜柱子，有七七四十九根，他以为自己进了龙宫，吓坏了，回家后就病了半个月。当时，我还以为他吹牛，瞎编，现在想想，那可能是真的了——也许，古人为了彻底杀死“这条龙”，是不惜采用一切手段的，钉下四十九根铜桩，让“龙”永世不得翻身，不是没有可能。

至于那宝塔，处在“龙头”位置，极可能是一座镇龙塔。

斩了龙，当然还要捉住“丞相”，这个故事才能编得完整，皇帝才能“心安”，于是就有了那只石碑镇压着的巨大石龟——《西游记》里，乌龟不是海底龙宫的“丞相”么！

唉，因为迷信风水，居然开山挖湖，造塔雕龙，做出如此巨大的工程，那要怎么个劳民伤财法啊！真是荒唐至极！

呵呵，怪不得我们村最近几百年没出什么名人呢，原来是古人迷信风水，破坏了我们村的风水。

2012 年 2 月 9 日

苕溪放排

每一条大江大河，都有着它独特的魂灵。打开承载历史的书吧，听，在黄河滚滚的波涛上，高唱黄河船夫曲的木船，就是黄河的魂灵；看，在咆哮着江水的长江上，那深深勒进血肉里的纤绳，就是长江的魂灵。它们传自远古，回荡云天，声声不息，每一颗听到读到的心灵，无不为它们的雄浑豪放、激越悲壮所震撼！

有一条河，虽然，它没有黄河的雄浑壮阔，没有长江的声势浩大，没有澜沧江隐藏在高山深壑中那么峻峭神秘，也没有京杭大运河那么千年承受帝王恩宠而名垂史册。它，发源于植被丰茂的天目山系，流经土地肥沃的太湖平原，汇聚黄浦江，奔腾入海。千万年来，它作为长江大家庭的一部分，滋润着一方水土，哺育着一方儿女。它，清秀，质朴，内敛，表现出“平原不可望，波澜千里直。夕鱼汀下戏，暮羽檐中息”的幽静恬雅、洒脱飘逸。

它，就是黄浦江的源头、哺育我的母亲河——西苕溪。

但是，说它飘逸，并不意味着就是绮罗香泽、绸缪宛转之度，二十多年前，我有幸读到了它那手持铁板琵琶才能吟唱的乐章，看到了它那史诗般壮丽的画卷——苕溪放排。

清秀朴实的西苕溪啊，它源头层层叠叠的山峦上，生长着密密麻麻的毛竹，西苕溪两岸的广袤平原上，也生长着一百多个品种的几十万亩小竹。“川原五十里，修竹半其间”，是苕溪上游我的家乡的真实写照。至今，全县竹林面积还存有一百多万亩，其中毛竹就有八十多万亩，立竹量有一点三五亿株，年供应商品竹两千多万支，居全国之首。

但是，如此之多的竹子，在改革开放以前，并没有给我的家乡带来多少财富。那时候，竹材的使用还处于最原始的原材使用阶段。毛竹，基本用于建筑工地；小竹，用于劈篾编制生活用具。那时候，陆路交通不发达，运输也不发达。就是想把竹子卖出去换两个辛苦钱，还必须走水路——通过放排，把竹子弄到最近的港口（梅溪或湖州），然后装上船，运到江苏、上海等大城市。最近的梅溪码头，距离我们村也有四五十公里，距离产毛竹的章村、姚村、蟠溪等山乡，有一百多公里。

这一百多公里的西苕溪水路，弯多，水急，滩险。就我出生的那个村子西苕溪段，就有七八个险滩：小龙头、母子溪、大沙滩……那个叫回埠滩的地方，河流几乎转了三百六十度的圈，不要说几百米长的竹排行在水上容易撞击折断，即便渔家打鱼的小船，湍流中稍不留神，也会船翻人亡，回不了家了。

为支援国家建设，也为挣脱生活的困厄，我的父辈们还是义无反顾地踏上了这条艰险的水路，唱出一曲惊心动魄又豪气满怀的放排之歌。

在我的童年、少年时代，我常站在苕溪的岸边，读这史诗般的壮丽画卷，感受西苕溪那激流勇进、同命运百折不挠抗争的气魄。

那必是每年的八九月至第二年的三四月间，山上的毛竹砍伐下山，被推进小河，然后，三五根扎成一捆，又十来捆扎成一块竹排，最后，再用竹索将每块竹排首尾相连，就像扎龙一样，一排一节，节节相连又灵活自如，几十节、一百多节连缀一起，组成一条宽大绵长的竹的巨龙。只等溪水一涨，就冲出小河，冲进浊浊浪涛的西苕溪中，向着下游的港口奔腾而去。

看，来了！一条百多节的竹排从上游急滩里冲下来了，像一条戏水的巨龙，在奔腾的溪水中起伏，扭动，乘风破浪，随着溪流的蜿蜒而蜿蜒。时而顺着急滩飞速而下，时而在深潭里稳重前行，它坚硬的骨骼，不时地撞击河岸，发出阵阵嘎嘎声，百多节竹排，绵延几公里长，在宽阔的水面上浩浩荡荡，在滚滚溪流上乘势而下，这是多么壮美的画面！

每隔两三节竹排之上，必有一个手持长长竹篙的汉子，有光着上身露出青铜色肌肉的，有只穿着湿漉漉的裤衩仿佛才从水里爬上竹排的，有披着蓑衣戴着斗笠的，他们一会儿肩架竹篙，俯身在深潭里猛撑，大踏步溯流奔跑，驾驭竹龙在水里急速翱翔；一会儿把竹篙往河岸和礁石上急点，驱使桀骜的竹龙远离河岸的剐蹭，避开礁石的撞击，防止龙头冲上浅滩。胳膊粗的竹篙，在他们壮实的身子前方，瞬间弯成一张弓。浊浊浪涛在他们脚下是那么渺小，湍湍水流在他们脚下是那么顺从，桀骜的巨龙，在他们手下，竟是如此服服帖帖，这是一群多么勇敢而彪悍的汉子啊！

这常让我想起舞龙的大戏——小时候，我最喜欢看，最能够看到的戏，就是舞龙了。也是几十个人，一人持一段龙身，飞舞、腾挪、跳跃、翻转、盘旋，把一条纸做的龙，演得虎虎生威，活灵活现。可是，倘若跟这水里的放排比起来，虽然竹排不能空中飞舞、翻转、盘旋，但这浩浩荡荡的气势，波涛滚滚的惊险，以及搏击急流时的惊心动魄，则是舞龙所根本不能及的。

那时，我还小，只看到苕溪放排的壮观优美，只看到放排的人勇敢潇洒，却不知在奔腾的溪水中，驾驭竹排的艰辛和危险。要知道，驯服竹排的过程，其实就是驯服滔滔苕溪的过程啊！激流，暗流，旋流，无不是巨大的力量，当竹排融入苕溪的那一刻，它就与苕溪滚滚河流融为一体，充满力量而又茫然无知，千米的竹排，排头随时可能撞上河岸或礁石致使排身折断，更有可能随旋涡旋转导致排身扭转，捆扎的竹索全部断开，整条巨龙全部散架，一根根毛竹顺水漂走而血本无归。放排人把这样的悲剧称为"完龙"——龙完了，死了，一切都没有了的意思。

"完龙"是巨大的悲剧。不说那上百节竹龙是村集体巨额的财产，不说那时村民巨大的期望，单是放排的人，要是竹排散体，掉落湍急的溪水，生命就有可能难以得到保全。放排的汉子，不仅需要"铁掌水上漂"的胆量，与急流搏斗的力量，还需要时刻警醒的头脑和智慧，更需要为集体牺牲的精神。

家住苕溪边，小小的我，经常跑到溪边去看放竹排，也曾多次目睹了"完龙"的惨剧。"完龙"以后，放排的人会跃入水中捞竹，然后停靠岸滩，重新扎排。秋天则还好，倘若是寒冷的冬天，那真是欲哭无泪；更有不幸落水而亡者，同伴的哭喊凄怆而悲凉，久久在苕溪上回荡，听者无不泪下。

放排是如此艰险，可是，随着竹子的生长，一个乡一个村，每两年至少要放排一次，绝不会被苕溪的险阻吓住脚步。那时我家住在苕溪边上，经常遇到夜晚不过险滩而停排借宿的放排人，他们自带了米和菜，到我家借灶做饭或借宿。我父亲也是个放排人，知道放排的危险和辛苦，因而总能有求必应。山里来的放排人都很纯朴，受了我们的好处，总会赠一两支毛竹给我们做扁担或者打畚箕。一来二往，我父亲便结交了不少朋友。

排放到梅溪港以后，也不起水称分量，用脚踩踩毛竹估估重量，就卖给了收毛竹的人。拿到钱以后，那些山里的汉子，还要背着铺盖，步行一百多公里路回家。

二十世纪八十年代初，全国实行改革开放，山、林、竹都分到家家户户，人们可以自主决定竹子的买卖，西苕溪里，再也没有放排人了。在这过去的二十多年里，那些激流勇进的放排人，那些不屈于命运的放排人，探索了许多加工竹子的路子，家乡的竹产业因此高速发展。现在，家乡的竹子自己解决都不够用了，还从江西等地调拨大量竹子进来，进行精加工。产品不仅销往全国各地，还大量出口，挣外国人的钱。有竹子的人家，才真正过上了富裕的日子。

西苕溪又开始了它默默流淌的日子，曾有过的雄浑豪放、激越悲壮的故事，或被水流带到大海，消弭无踪；或沉入苕溪水底，成为一颗颗光滑的卵石，等待慧眼拾取。

我有幸捡起一枚，从中，我读到苕溪的脊梁，读到了激流勇进的苕溪魂。

2006 年 8 月 4 日

爆米花

我是一个很念旧的人。苦的甜的,酸的辣的,被日子一泡,就在我的心底闪光起来。

前日经过桃园新村的时候,我看见一个老人在炸爆米花,一手拉着木风箱,一手摇着黑漆漆的爆米花机,边上围着两三个妇人和四五个孩子,我竟情不自禁地痴痴站在那儿看了好半天。

有好多年没有看见炸爆米花了!

在我的童年里,每到冬天,最快乐的事情,就是去炸爆米花。

那是二十世纪八十年代初,全国都贫困的年代,我出生的那个村子,冬天还能有什么呢!春天或许有桑葚,夏日可能有桃、李、梨、西瓜、葡萄,秋季偶有不多的栗子、柿子,而到冬天,对我们这些嘴馋的孩子来说,什么也没有,除了爆米花。

记忆中,最为深刻的是,一个年过半百的老人,不急不慢地推着一辆独轮车,车的左边载着一只木制的风箱,右边装着一只乌黑的炸爆米花的胆形铁机器,踏着冬日里午后暖暖的阳光,微笑着走到我们村子里来。他不做任何吆喝,到了村子中间那块空地上,从车上卸下他那两件宝贝,稳稳地支了起来。

其实,眼尖的孩子们早已发现了他,立刻围了上去。于是,整个村子开始沸腾。

先是孩子们兴奋地喊着"妈"往家里跑,不久,从村子的四面八方,妇人孩子,撒着欢儿的小狗,陆续朝爆米花老人身边聚拢,喊着"拿米"的,东窜西窜找柴火的,热闹非凡。

不一会儿,炸爆米花老人的周围,就围起了人圈,想炸爆米花的人则自觉地排队——那些端着米排队的,都是性急的孩子,妇人们则拿着洗干净的"蛇皮袋"或布袋,站在一边聊天。

自然,我家排队的,轮到比我小两岁的弟弟。我则蹲在爆米花老人的身边,看他左手呼啦呼啦地拉着风箱,右手转动那个大肚子的黑漆漆的爆米花机器,机器架在一个特制的铁炉子上,炉子里放着木头干柴,随着左手风箱的拉动,炉子里的火苗呼呼地蹿起,舔着那机器的大肚子,大肚子里面装着的是大米,被火苗烤几分钟后,就成为香喷喷的爆米花。

大米变成爆米花的关键步骤,就是"炸炮"了。

"炸炮"是一件很刺激的事情。炸爆米花老人把烧热了充满高压的大肚子机器从炉子上转下来,从机器口子塞进一只留了一个小孔的麻袋,三下两下,非常迅速而麻利地扎紧袋口,然后掏出个小扳手,插在大肚子机器头上的一只"角"上,一手拎着机器的摇柄,一手抓住那个扳子,脚往下一蹬,"砰——"的一声巨响,像天空炸了个霹雳,爆米花就飞入麻袋中,摊在地上的麻袋立刻鼓了起来,接着,一股白烟裹着爆米花的浓香,扑向了我们这些馋嘴的孩子。

也许是熟能生巧的缘故,我多次观察,愣是看不出那老人炸爆米花使了多大劲,自己觉得他干这事动作如行云流水般流畅,唯有在"炸炮"那个当儿,他把头偏向一边——或许,他也害怕那一声震天的巨响;或许,他侧头是为躲避"炸炮"的危险。反正,我觉得那大肚子机器在火中烧烤,里面充满气压是很危险的,所以,在他做"放炮"这个动作的时候,胆小的孩子是不敢看的。有背过身子去手捂着耳朵的;有跑得远远躲着的;有扑到妈妈的怀里,由妈妈代为塞住耳孔的。只有胆子大的,争抢着上前,为爆米花老人牵麻袋,以便首先抓一把喷香的爆米花塞进自己嘴里。

放第一炮的人家往往吃亏。因为,嘴馋了多日的孩子,被这样香浓的气味一熏,此刻再也忍不住,都一窝蜂似的,扑向那还来不及抽出爆米花机的麻袋,你一把他一把地抓起雪白香脆的爆米花吃起来。当然,谁也不会生气,一个村子里,大多是同族的兄弟姐妹。待孩子们解了馋,然后一户一户轮着炸,便再没人抢吃。

炸好爆米花,我与弟弟俩抬着鼓鼓的袋子往家走,一边走一边把手伸进袋子里,抓起一大把一大把往嘴里塞,肚子吃得鼓鼓的,腮帮子上粘得白花花的。

那个时候,生活就一个穷字,大米是金贵的东西,爆米花除了给小孩子们解馋,还是过年时主要的"年货",家家户户都要炸上好几"炮"爆米花,然后经过加工,制成各种好吃的甜点。其中,我爱吃的,是先用麦芽熬制出麦芽糖,然后将爆米花装进特制的模子里,浇上麦芽糖,制成的各式"炒米糖"。炒米糖常被用来招待客人,有仅炒米的,有炒米混合芝麻的,也有炒米混合花生的。炒米糖香甜脆俱佳,在那个年代,简直算是美食中的"精品"了,比现在的饼干、月饼、奶糖、巧克力都要好吃得多。可惜,随着经济条件的好转,现在很难见到爆米花和炒米糖了。

而孩子们吃爆米花，大多是直接塞进嘴里咀嚼着吃。大人们则高雅多了，他们一般会拿只大碗，盛一碗爆米花，之后在碗里加一勺子红糖，冲上开水，搅拌一下，慢慢地用勺子舀着喝。这样吃不会撒在地上造成浪费，也不会像孩子一样粘在脸上鼻子上难看，据说，爆米花冲红糖水还是滋补身体的“补品”呢，我亲眼看见过邻居阿姨坐月子时，经常用红糖冲爆米花喝，吃得很有滋味的样子。以至于后来我吃爆米花，都学她那个样，为此，还讨得母亲的一顿骂——那时，红糖也是紧缺的物品，我贪吃红糖，自然要遭骂了。再后来，就是妻生女儿的时候，吃腻了母鸡、猪蹄，我心血来潮，到处去找炸爆米花的，炸来以后招待妻，谁想她喝一口就不喝了，嚷道：“这样甜的糖水，你叫我喝，你想让我胖死啊！”我的天，原来喝糖水与长胖有关，和女人的美有关，我算是白白花了心思了！唉，现在生活条件好了，谁叫我还对爆米花那么痴迷呢。

爆米花老人走进村子的时候，也往往预示着年关将近，“砰砰砰”的“放炮”声，将村子的“过年味”点燃起来。于是，熬麦芽糖的，做炒米糖的，酿酒的，杀猪宰羊的，一个个忙碌起来，似乎是忙了一年，贫穷了一年，要在过年的时候补回来，能吃多好就吃多好，能花多少就花多少，似乎劳劳碌碌干一年活，就为红红火火过个年似的。

爆米花老人走进村子的时候，孩子们的日子就生动起来，甜蜜着，快活着，温暖着。经历过寒冬一样的贫穷的人，有谁会忘记那一个个温暖的碎片呢？

暖暖的阳光，呼呼的火苗，喷香的爆米花，脸上始终微笑着的爆米花老人，奔跑的孩子……一切一切，像个烙印，深深打在我的童年里，成为美丽的琥珀。

后来因为读书，我走出了村子，又因为改革开放，经济条件逐渐变好，吃的东西多了，再也没有留意爆米花了；有一阵子，倒是发现爆米花被长长的爆米胖取代，但怎么吃，也吃不出爆米花的香甜。再后来，由于工作原因，或是长大了的原因，居然多年没有见到爆米花，虽然年还是年年过，却怎么也体会不到那时过年的热闹，以及吃炒米糖、喝爆米花汤的那份温馨。

时隔多年，在小城的一隅，居然又见到炸爆米花，陈年记忆突然在眼前活了出来，我那不幸横死的三弟也忽然在我眼前活了起来，腮帮子满满地粘着爆米花……我的眼角开始湿润。夜晚难以平静，起来写下上面的文字，算是把心底的亮光拿出来照一照，给生活一点慰藉。

2005 年 1 月 25 日

风语

我是长在沙漠里的一棵树
千百年来，没有一滴雨水降临我的头上
除了风

数不清我身上有多少道鞭痕
那风从没停止过
对我的鞭打

可我依旧像一枚钉子
死死地
钉在这荒凉的沙漠上

太聪明的人也难成气候

以前总羡慕那些特别聪明的人，羡慕他们先知先觉，遇事总能得利，至少总能保身而不至于吃亏受损。不过，最近我发现，这些特聪明的人，其实也无非是赚尽了小利，成不了什么大气候。

某人，可算作自己曾经的同事吧，多年相处，感觉他特聪明，脑子特灵活。与领导交往，与同事交往，说话做事，总是非常圆润，谁都不得罪，不像我，有一说一，有二说二。故而，某深受领导赏识，被提拔做了小领导，而我依然如故；大凡工作安排，某总能享受到轻活，不晓得是特会算计，还是特能说会道，总能得到垂青，而我每每总是“天降大任”于肩膀上也，想逃都逃不掉；无论升职还是加工资，某总能争取机会，跑到前面。但是，多年下来，某人生活不过如此，小领导做做而已，爬上去的迹象已经根本不存在，相反，做人倒变得唯唯诺诺，卑躬屈膝了，不像我，想骂就骂，想捶谁就捶谁，快意恩仇，笑傲江湖；某轻活干久了，重活早已不会干，而我，觉得放在什么岗位上，都死不了；论交友，他根本没我广泛，同事中，有他在没他在，似乎连左手握右手的感觉都没，也根本谈不上有深交死党，而我，呵呵，粉丝一大批，振臂一呼，可能一批人胆战心惊；论生活质量，我看某人要不是继承父母的财产，也只能说“维持生活”，而我什么也不算计，有钱没钱，都无所谓，但几年下来，没向贫穷的父母伸手要一个子儿，照样有车有房，照样天南地北云游四方。哈哈，现在我感觉到，做人真的不能太聪明。

太聪明的人，太会算计，让人恐惧。人与人的交往，跟国与国之间的贸易往来没什么区别，顺差与逆差，基本持平，才能和谐。若一个国家，总想赚别国的钱，而拒绝别国的商品进来，那自然也会被别国拒绝。太聪明的人太会算计，想到的总是顺差多少，却不顾别人的逆差累累的感受，自然被别人鄙弃。一次两次让你占便宜，第三次别人就会警醒，害怕与你合作，拒绝与你合作，你想赚进，恐怕也没那个机会咯。而一般的人，不去一味算计别人，自己吃干饭，舍得留碗粥给别人吃(太过聪明的人会把锅里的饭菜都算计到自己碗里，连汤都不给别人喝)，互惠互利，各有赚头，自然愿意合作的人就多。就像我，吃点亏不去计较，别人投资啥的，总喜欢来找我合作，亏了分摊，赚了四六开或三七开，让别人得大头，嘿嘿，这两年回报率也不低。这真是“有得必有失，有失必有得”啊！

大凡做大领导的，虽喜欢你这样“精明”的人，但倘若你精明过头，恐怕也会防你几手。我虽没做过大领导，但将心比心，我想做大领导的也害怕，万一把你这样聪明绝顶的人提拔过头了，将来爬到他头顶上，你又那么不肯吃亏，只进不出，那他还不是自披枷锁、搬石头砸自己的脚？所以，各位看好了，那些在某一位置上待很长时间升不上去的人，都是聪明过头的人。

太聪明的人，条条路都算死，可是，总忘记一条：人算不如天算。《三国演义》中的诸葛亮算是聪明的人吧，他设计在上方谷火烧司马懿，在将要烧死司马懿的时候，却突然天降大雨，司马懿得以逃生，最终，司马懿的后代窃取了刘、曹、孙的天下，统一了国家，这也恐怕是那么聪明的诸葛亮、曹操和孙权都没想到的吧！生活中总有许多聪明人，以各种手段，讨好贿赂上司，拉拢关系，以求用得着的时候“关系”一下。结果，花费许多银子，乃至身子，正要收获回报的关键时候，领导出事了，“进去”了，所有的“投资”都打了水漂，弄得竹篮打水一场空，有的还因为受到牵连，也身陷囹圄，“赔了夫人又折兵”“机关算尽，反误了卿卿性命”。呵呵，还是老老实实做人，吃亏就吃亏点，总不至于大起大落，摔得鼻青脸肿，或粉身碎骨。

太聪明的人，由于算计周全，所以做事都很谨慎，不肯冒险。而这个时代，偏偏器重那些勇于冒险、敢于创新的人。治理国家，要创新，才能带领人民不断走向富裕，带领国家走向强大；科学研究，需要创新，不断发明创造新的工具，社会才不断进步，人类文明才不断进步；经商做生意，更讲究一个新字，讲究“人无我有”，新产品、新款式才能赚到大钱，一窝蜂上，必定造成供过于求，产品积压。而创新需要勇气，甚至需要献身精神，太过精明的人，往往不愿意掉汗水、掉时间、掉已有的金钱，更不要说肯做有生命危险的事了。第一个吃螃蟹的是勇士，第二个吃螃蟹的，是平民。无知者无畏。这些道理，无不在揭示一个道理：太过聪明的人，难成大气候。而不太聪明的人，愿意“舍得一身剐”，所以“敢把皇帝拉下马”，什么都敢试一试，不怕失败，不怕吃亏，结果，亏了九次，第十次他大赚特赚一回，发啦。

这样一路说下来，又“恬不知耻”地举了自己的例子，是不是我自己在夸耀什么呢？是不是说自己“能成大气候”呢？各位看官，我只是为了证明“太过聪明的人难成大气候”，像我这样胸无大志、自甘堕落的人，是绝对成不了气候的，更别说成什么“大气候”了。但是，我这样愚笨，还能日子过得有滋有味，不正说明人不能太聪明吗？我只是替某些聪明的人扼腕叹息而已，他们的聪明用得不是地方，还不如我这样不聪明。

呵呵，大侠我自夸了一番，嘚瑟了一下，实在有违原则，赶紧跑步回家，用被子捂住头，大声对自己说两声：“低调！低调啊！”

2010年3月29日

男人不叫苦

做男人千万别叫苦,否则,除了你老妈,没人会同情你。你老婆孩子会说你没用,你的朋友会笑话你无能,你的同事会骂你活该——别人咋不苦,就你苦,就你能,就你猪,你不苦,苦谁去!而你的敌人会暗暗得意,受不了了吧?嘿嘿,该死!

在家里,男人,你是顶梁柱。所谓顶梁柱,就是要顶住来自屋顶的重量,顶住风雨雷电。这是苦的,但是,这苦你不吃,谁吃?叫你老婆孩子吃?你都吃不了的苦,柔弱的妻、子能承受吗?把苦给妻儿吃,你忍心吗?你是男人吗?是的,你吃苦了,吃了苦你叫苦有啥用,叫了还是你得顶,你得受,你得吞!当然,不叫也一样得顶,得受,得吞。既然一样,你何不拿出男人的风度,拿出天不怕地不怕、"风雨不动安如山"的大丈夫气概,拿出笑傲江湖、"头断不过碗大疤"的男儿豪情?不叫苦,你是铁血男儿,铮铮伟丈夫;相反,你总哼哼这里苦那里苦,给人感觉你是多么弱不禁风,多么脆弱不安全,多么无能又无奈。

男人,你是母亲的靠山,要给你母亲山一般的安稳;男人,你是妻子的港湾,你要给你的妻子避风港般的安全;男人,你是孩子的大海,你是孩子的天空,你在孩子眼里如大海般壮阔,天空般伟岸!你怎么能叫苦呢?你一叫苦,你母亲的山就崩塌了,你妻子的港湾就破碎了,你孩子的天空就暗淡了。他们为你担心,为你忧虑,为你着急。你把自己该受的苦,又同样压在你的至亲肩上;原来你一人扛的苦,你让你的至亲都来扛,而分量却丝毫没减轻。你于心何忍!所以,男人,再大的苦,你得忍着,咬着,背着,扛着,顶着,不叹一口气,不呻不吟;再大的苦,你要混着汗,和着血,咕咚咕咚吞进肚里,化成微笑,展现在你刚毅的脸上!

在单位,男人,你是事业的主力军,你是创业的急先锋,你不吃苦,叫谁吃苦?叫老弱病残?叫妇女姑娘?上天降下你是男儿身,注定要你挑重担,注定要你伸出坚实的臂膀,保护弱者,爱护弱者,注定要你"吃苦在前,享受在后"!你若抢在老弱病残前面吃香喝辣，你良心何在！你若抢在妇女姑娘前面安逸享乐，让她们做牛做马，你风度何在，颜面何在！相反，你取得丰硕成果，把甜美的果实分给他们享用，你在后面默默微笑，你是何其胸襟宽阔的大丈夫！

男人，你要想取得成绩，成就伟业，就不得不吃苦。“天将降大任于是人也，必先苦其心志，劳其筋骨，饿其体肤，空乏其身，行拂乱其所为，所以动心忍性，曾益其所不能”，“困于心，衡于虑，而后作。征于色，发于声，而后喻”，不吃苦，你怎么能担当大任？担当不起大任，你怎么能取得成绩以至伟绩？怕被火灼你就成不了铁匠，受不了海水的苦涩你就当不了船长，怕流汗你种不了庄稼，怕流血你成不了将军。你想不流汗就有好收成，你想不动手就拿高薪，男人，你不要幻想天上会掉馅饼，就是天上掉下馅饼，你跑得没人快，也没你的份！“吃得苦中苦，方为人上人”，几千年来不知道多少男人，经历多少挫折磨难，流过多少血汗乃至献出生命，才总结出这样宝贵的经验，不吃苦，不经历艰难奋斗，你想一步登天，男人，你做梦！

“能受苦方为志士，肯吃苦不是痴人。”格言说得好！历史上改朝换代的帝王，哪个没有经历艰苦的打拼？是秦皇汉武，还是唐宗宋祖？是一代天骄成吉思汗，还是我们开国领袖毛泽东？世界上的伟人，哪个不是吃了许多苦，才攀登世界的顶峰？诺贝尔？爱迪生？马克思？还是华罗庚、袁隆平？假如他们有点苦就叫苦连天，我想，浩瀚的历史巨册上，不会有他们的名字，绝不会有！

“男儿有泪不轻弹”，意思就是有苦别叫唤。一个真正的男人，一个想成为男人的热血男儿，请你记住，有苦你别说，有苦你别叫，有苦，你就让它成为男人的本色！

一句话，真正的男人，不仅要吃得了苦，还要忍得了苦！

2008 年 8 月 5 日

优雅男人

最欣赏的，是具有“优雅”素质的男人，我称之为“优雅男人”。

看一个男人是否优雅，首先看他的外表。一个头发乱得能作鸟窝、衣服皮鞋全是泥土的男人当然不可能优雅，但是，头发油光可鉴、满身名牌的也不一定就是优雅男人。整洁，得体，自然而不过分，才是最好的诠释。整洁，不一定就是全新，不一定就是名牌。我看见许多男人，虽然穿着很时髦，也很有品位，但是总不能给人整洁之感。例如衬衣，虽是品牌，颜色也很般配，可衣襟上总有那么一点或几点斑点。我知道，那么大的斑点，是由于贪吃留下的油斑；小的，则是在厨房内做菜时喷溅的。一个贪吃的男人，其吃相绝对难看，也绝不会是优雅的。而在厨房劳作，被喷溅一身油渍的男人，其举止行为也不会优雅到哪儿去。同样，一个男人，若连续两天都穿同一件衬衣，那也绝对是没有品位的男人。至于头发的整洁，一个优雅的男人，不会刻意追求它的绚丽多姿，那些把头发做得油光可鉴、色彩斑斓的男人一般是花心男人。这在动物界也是个一般常识了，动物们为了吸引异性的注意，往往用它们漂亮的尾巴和羽毛在异性面前展示、炫耀，直到异性上钩。那些在胸前挂着小物件，或手上缀满戒指、手镯的男人，则是被异化了的男人，不是被西化，就是被女性化了，我称之为“媚头男人”。

外表是第一眼的感觉，而是否真正优雅，还要看他的言行举止是否雅观，是否具有雅趣和雅量。说话最能体现一个男人是否具有优雅品质了。你看那些暴发户，个个衣着时鲜，也注意外在的修饰，可怎么也让人觉不出他们的优雅来。因为，在他们的语言里，除了目空一切、唯我独能外，一切粗俗的言辞都能从那张嘴巴里肆无忌惮地冒出来，“鸟”“屌”“蛋”“球”“操”是这些人的惯用词语。倘若这些人做了官，如果是一把手，则“意气风发”，常用“你们要”或“我们要把……搞定”等言语，三句话不离一个“搞”字；如果是副职，先是唯唯诺诺地“是是是”，转身朝向下属或普通百姓，则趾高气扬地“大家要怎么怎么着啊怎么怎么着！”把传声筒和狗腿子的角色演绎得淋漓尽致。除了语言，我们还可以从起坐行走观察到他们的品行。卑微感的男人坐在领导面前，他的屁股总坐着半个或者小半个凳子，猫着腰，不敢正视领导；狗腿子男人总跟在领导屁股后面，把腰身哈着（领导不在的时候则把头翘上天），膝盖屈着，出车时候例外，他会跑到领导前面把车门打开，哈着腰一手扶车门，一手遮着门框，侍奉领导进车，下车也如此。不过，狗腿子男人往往当官比较顺利，有狗腿子呵着，领导做事省心，有狗腿子护着，领导觉得自己威风，真是有百利无一害，何乐而不让他升！

再说雅趣。优雅男人对琴棋书画、花鸟虫鱼是真爱，往往有自己独到的审美眼光和境界。而伪优雅者表面喜欢摆弄琴棋书画、花鸟虫鱼，实际则喜欢吃喝嫖赌，把摆弄琴棋书画、花鸟虫鱼作为遮羞布。你看有些领导在办公室摆上一书橱一书橱的书，不要以为他很有学问、很喜欢看书，是什么雅士，那些书他们连翻都没有翻过；至于花呀鸟呀，那是摆设给来宾们看的，饲养的都是另有专人，倘若让他们自己侍弄，不出一天全都呜呼。而一到酒店餐馆，就口水四溢，酒足饭饱，眼珠便转移到女招待们的身上，两眼大放绿光，恨不得一手搂俩。唯一专长可能是书法了，写上几个毛笔字，可以卖弄并且流芳，他们倒真的有一手的，但与优雅无关。

至于普通男人，看他是否优雅，也得察其“雅言”，观其“雅行”。你和他聊天，三句话就说到女人的男人，绝不是有雅趣的男人；和老婆一起走路，自己悠闲地夹个小包走在前面，老婆拎着大箱大包，拖儿带女走在后面，这样的男人绝不是优雅男人。把老婆当用人，自己也低人一等罢了。优雅男人不是不喜欢女人，而是被许多女人喜欢。

最后我还要说雅量，也是优雅男人必备的素质。吾有一友阿毛，乃真优雅男人也。有一回吾与阿毛一起外出，时阿毛刚从解百买回一条六百余元的裤子穿上，与我站在巷口相商去哪儿喝茶，正说话间，两名女子骑一辆电瓶车自巷内冲出，违规左转，看见阿毛与吾立巷口边，惊慌一乱，电瓶车连人撞在阿毛身上，把阿毛也撞倒在地。飞出的车子让吾小腿骨也不能幸免疼痛。吾正想发火怒斥肇事者，阿毛一骨碌从地上爬起来，没有顾及自己身上灰尘，没有顾及我这老朋友，竟然去扶那俩女子，还连声询问“有没有事情”，这时吾发现阿毛手掌流血，新裤子膝盖处有一个破洞！我扯他衣角说你裤子破了，手出血了，阿毛像没有听见似的，继续关心撞她的那俩女子，还帮她们把车子扶起来，把龙头矫正。弄得那俩女子手足无措，连声说“对不起”，万分感激地走了。我说，怎不要她们赔。阿毛笑，向女子索赔，你好意思啊。吾肃然起敬，好雅量也！真优雅男人也。后来吾得知，其中一女子成了阿毛之好友，并喜欢阿毛喜欢得不得了，真发靥。由此，吾又想到，许多成为领导的男人对下属的反对意见耿耿于怀，对下属的小小过失睚眦必报，无论其外表多么有品位，言辞多么高雅，做事多么有才干和魄力，仍乃小人也。更有家庭之男人，对老婆拳脚相加方快意恩仇，对父母兄弟视如仇敌，或把俩小钱币捂得密不透风，连老婆买个胭脂口红也不肯的男人，哪怕他再刻意修饰自己，也绝对成不了优雅男人。

学识、阅历、情操、审美等方面提升到一定火候，必然会锤炼出优雅男人。

2004 年 10 月 5 日

男人天生是花痴

世上真正爱花之人，不是女人，而是男人。

梅兰菊荷，自古以来，象征的都是男人的高尚情操，小女子休想争得，自不必说。纵观史料，所载帝王宫廷、豪门大院，遍植花草树木，也无不都是男人之所为、男人之所乐。虽说御花园之内，大观园之中，粉黛穿梭，纤手拈香，但无不是迎合男人赏心悦目之乐事。

花，女子，皆世间美丽者也。女人爱花，是为了用花做衬托，让自己显得更娇艳美丽，以赢得男人的目光。所以，女人爱花，喜欢把花朵摘下来，插在云鬓之中；或别于胸襟，悬于腰带，让花之香味，浸润发肤，以博得男人之喜爱。

当然，也许各位女子会认为，上面所言，皆古代女子也。古代男尊女卑，无论社会还是在家庭，女子都没地位，所以想尽办法取悦男性，"女为悦己者容"，这是时代的印痕，没办法的事。现今社会，男女平等，女人爱花，自然不全是为了迎合臭男人。

但我还是要强调，真正爱花的，依旧还是男人。

请君仔细回想，你家中之花，是谁买来？你院中之树，又是谁栽种？那些盆栽，谁在施肥，谁在修理？

我想，绝大多数，一定是家中的男人。

男人爱美人，自然爱花朵。爱美何尝不是男人的天性！

我见过没读一年书的农村大伯，在自家院落里摆满了盆栽。那都是他劳动之余，从山上挖来，精心整理，勤奋修剪的艺术作品。没有人要求他这样做，那完全是从骨子里迸发出来的爱美的天性，让他忘记劳动的劳累，登高山，攀峭壁，撬岩石，掘树根，几十年如一日，打扮出一个美丽的庭院。而他的女人，还总埋怨他"不务正业"。

我见过退休在家的城市老大爷，放下抡了几十年的大锤，居然也侍弄起花花草草来。红梅绿兰，牡丹芍药，大缸小盆，叠满几十平方米的居室。那微薄的退休金，宁肯不吃香喝辣，也要买回黄菊白昙，老桩粗藤。

这总会让我联想，倘使女人，她会不会这样做？

一切不用解释，男人天生是花痴。

男人爱花，爱的是生命，爱的是生活。故而，男人爱花，喜欢连根栽种，像养育孩子一样，侍弄花儿萌芽、抽枝、结蕾、挂果，享受的是过程。一粒种子，最后化为姹紫嫣红；一柱老桩，最后化成壮丽山水，那是何等喜悦。生活的乐趣，自不必言说。

女人爱花，爱的是花的娇艳。故而，女人喜欢从枝头折下一大束花，养在带水的花瓶里。花店里的无根竹，修剪下来的康乃馨，乃是女人的最爱。情人节送一捧玫瑰，很多女人会感觉幸福得要晕过去。

很动人的一幕：男人和女人上得山来，见到漫山的杜鹃，都兴奋雀跃，欢喜无限。接下来，女人一阵风地，折了一大捧，满足地抱在怀里；而男人，却到处在找工具，看看能不能挖走一棵，带回家种在花盆里。男人爱花，爱的是生命的绽放，真正爱花的男人绝不会“辣手折枝”，以牺牲花的生命换取自己的快乐。

女人也有养花者。但是，女人养花，仿佛应了“同性相斥”的物理定理，女人养花，总难以养持久。一盆极易成活的吊兰、仙人掌，能被女人养活半年，已经相当不错；倘若能养活一年，此女子必是花仙子转世；能养活两年，则可称之为“花神”。女人会养孩子，可是不太会养花，个中原因，大多是由于女人对花也像对孩子一样，生怕花饿着，渴着，总不停地给花施肥浇水。许多许多的花，不是被女人肥死，就是被女人灌死，女人和花之间，仿佛就是缺少那么点共同语言。正如人世上，甚少有女人“怜香惜玉”。

爱花的男人有爱心。侍弄花草，不比养育孩子简单。孩子饿了会哭，渴了会叫，而花儿草儿树儿不会，必须用爱心和细心，才能体察到花儿的冷暖饥渴，及时给予补养，及时治理病虫害，及时修剪枯枝败叶。一个爱花的男人，因工作出差，他再三嘱托的，不是老婆孩子如何如何，而是要求老婆孩子对他的花儿如何如何，生怕花儿冻着晒着，渴着饿着，不信你仔细观察观察，就可知道。倘没人照顾他的花儿草儿，他也许要不远万里赶回家呢！一个对花儿尚能如此关心体贴的男人，对人，无论是老婆孩子，父母兄弟姐妹，还是朋友亲戚，必定是讲爱心重感情之人，用“宅心仁厚”一词形容一点也不为过。

古往今来，爱花男人知多少，帝王将相，王公大臣，风流雅士，诗词歌赋中记载颇多，我不必一一摘录。爱花，还是男人儒雅的体现。

印象最深刻的爱花男人，当推南宋词人姜夔。这个集书法、音乐、写诗、填词等各种才艺于一身的大才子，一生不得志，至死没得过一官半职，穷困潦倒，死后竟靠仅有的几个友人张罗才把他葬于钱塘门外。他在一首名叫《念奴娇·闹红一舸》的写荷花的词中，居然要在娇艳冷香的荷花中"留我花间住"！这样对花的痴爱，何尝不是对生活的无限热爱！

行文到此，我也得去侍弄我的花朵们了。风信子、君子兰和郁金香开得正盛，蝴蝶兰张着粉翅正飞，剑兰正在拔剑，蟹爪兰和银边吊兰，正嚷着到户外去沐浴春光……谁叫我也是男人呢！嘿嘿。

2009年3月21日

其实你不懂富人心

难得打开电视来看。昨天一开机，却见在杭州律师界混得颇有知名度的老乡蒋朝镖(我往自己脸上贴金了！不过，蒋确实是我老乡)和叶锋在争论群租房的是与非，蒋老乡滔滔不绝，面红耳赤，非说群租房合理。唉，我这在杭州律师界大有名气的老乡哦，我不知说你啥才好，我只能说，其实你不懂富人心！

有钱的富人跟没钱的穷人，心态是完全不一样的。

比如吃饭。我有一富人朋友，偶尔一次见他吃豆芽，此兄那个讲究哦，完全不是一般人所能想象。一般人吃绿豆芽，无非放在水里洗干净，卡掉根，然后烹饪来吃。我那富人朋友吃豆芽，首先要把豆芽一根根挑出来，用把干净的卫生剪刀，剪去绿豆芽的叶瓣部分，再剪去根部，只取中间一寸许的茎干食用——我想说的是，富人吃东西，讲的是精华，细致，绝不是为了果腹。

比如开车。同样是代步工具，富人为何要买价值几百万的宝马、奔驰、兰博基尼、蝰蛇？除了那是身份的象征，更主要的是富人追求安全、舒适的感觉和与众不同的心态。很多时候，我都认为富人开那么好的车，不舍得刮擦，会避让我们普通的车。其实，这大大地错了！富人有的是钱，才不在乎你刮擦呢！他碰了你的车，他赔得起，牛身上拔根毛那么简单；相反，你不小心撞了他的车，把你的宝贝车卖了也不够赔他的一盏大灯。所以，你看大街上凡是开高档车的，莫不是横冲直撞的——他怕谁呀？撞了车他赔得起，撞了人他也赔得起！我偶尔也借朋友的宝马车开开，很明显感觉到，以前都是我让人，开宝马时候，都是他人主动让我——这让我很有优越感。优越感也是富人心态。

富人为什么要花大价钱买高档住宅？那还不是心态！住高档小区，不仅有优越感、归属感，更有安全感、舒适感。而一般人买房子，是为了能有遮风避雨、安身立命的家而已。

现在倒好，在富人居住的高档小区，你搞起了群租房，把一套房子，分割成一二十间租给 N 多的人，却又肯定不是富人，请问，富人能和这群租客有归属感和认同感吗？富人花那么多钱，追求的就是宁静、舒适，追求的就是跳出一般人的范畴，你让这么多穷人和他“平起平睡”，他还有什么优越感可言？！

任何人都有安全的需要，但富人的安全需要和一般人不一样。现在整个世界贫富不均，拥有巨大的财富往往会成为被攻击的目标，许多富人都有私人保镖，出门也带在身边，那是为什么？我们一般人出门总不需要吧？我们要理解富人的防备之心，那么多没有地位和财富的穷人在他身边进进出出，在他头顶上嘈嘈杂杂，他怎么还能睡得着觉！

富人的心态，一般人也许一辈子都懂不了。比如随意吐痰，比如乱扔垃圾，都会让富人反感——人的发展规律是，在有一定经济实力之后，才开始追求文明，讲究素质——群租客一天到晚忙于生计，追求的是人最低保障，往往不能注意生活小节，素质体现不出来，比如深夜大声喧哗，比如随意乱丢生活垃圾，比如在高档车堆里骑自行车穿梭，这些都会令富人反感。

以前，我也不明白，西方发达国家为什么会有富人居住区和穷人居住区——生活方式不一样，心态也完全不一样，非要生活一起，谁看谁都不会舒服！

我们国家现在经济发展得很快，富人也越来越多——去银行有 VIP 专区；乘火车、飞机有头等舱或包厢；造房子也根据富人的需求，造了高档小区。

我严重鄙视那个钱赚得盆满钵满的二房东，他打着帮助穷人的旗号疯狂敛财，完全不顾及他人的想法，甚至不顾及公共安全，他还以为自己在做好人呢！

我们做人，总不能为了一部分人利益，非要牺牲另一部分人利益吧？

至于蒋律师老乡说的“学校里一个房间住许多人”的理由，这倒让我齿冷了！学校是啥地方？学校对学生了解，有管理资格和权限，学生住校，必须服从学校管理，按时作息、遵守纪律，讲究卫生……不服从的，还可以进行处分！而且，学校也都派了专人二十四小时进行管理——请问，这群租房的租客谁了解？谁来二十四小时管理？谁来对不守规则、不讲文明的租客进行处分？那个理由，完全站不住脚嘛！

我也是穷人，我也租过房子，但我坚决反对那种把一套房子隔成若干小间，租给十几个、二十几个人的变相群租。美国心理学家马斯洛说过，任何人都有安全的需要，当你一天到晚看见出入睡觉地方的都是陌生人，嘈杂不得宁静，你能忍受得了吗？我是穷人也受不了啊，我即使租房也不租这样的房。节目中那么多票数支持业主(高出支持群租的5倍)，我想，这正反映了广大人民的心声。

蒋律师还说，反对的人不知道“穿草鞋”的苦，是一种“歧视”。不知道蒋律师有没有想过，你群租了，你幸福了，而楼上楼下的，甚至同一小区的，花钱买的安全感、安静感、舒适感都没了，是不是也很苦？你需要发展，但你的发展是不是一定要牺牲他人利益为代价？这难道不也是一种歧视？有钱就有罪吗？就一定要做出牺牲吗？

说了这么多，其实我想说，租房必须有约束。房子的结构，租客的数量和条件，租金的多少，可以出租的地段和房子条件，都应该有个规定。和谐社会，不能得利一批人，损害一批人。城市的发展是需要人，但不能削足适履，让百姓承担罪过。城市的发展是需要人，但应该是，哪个单位需要你这个人才，哪家企业需要你这个员工，他应该为你解决住房问题，不应该让别人为你买单！

2009年7月14日

微笑的女孩最美

正一个人在办公室偷偷欣赏媲嫓美眉博客里的美女照片，没注意小老弟强啥时候溜了进来，在我背后一声惊叹："哇，美女啊！"吓我一跳。

我可不是怕偷看美女照片被人发现，而是为上班时间如此痴痴地盯着三个大美女的照片久久地看而感到失态。呵呵，说真的，照片上的女孩子真的很让人心动。

但是，毕竟我比这老弟大几岁，走过的桥要比他走过的路长，还是能够掩饰自己的内心感情，于是，我不动声色地说："你看，这三个丫头漂亮不？"

"嗯，不错，看上去很舒心！"强老弟倒也直率。

"要是有机会让你挑选，你会选谁？"我继续调侃他。

他弯下身子，把头伸到我电脑屏幕面前，仔细欣赏三个美女。

"嗯，三个都漂亮啊！"他说。

"你小子够狠的啊，一下子看中三个？"我笑。

"各有特色嘛。"他说。

"你只能选一个！"我正色道。

"那我选左边这个，我喜欢苗条的女孩子，特别是她笑不露齿的样子，楚楚动人哦。"强老弟说。

"哈哈，有眼光！"我赞许道，"不过，三个女孩子都很苗条啊，这不是理由吧？"

"你喜欢哪个？"他见我不是很满意他的选择，一面点击图片放大，一面反问我。

"你说我喜欢哪个？"我可不轻易说出我的心思。

"中间那个？"他扭头看我的表情。

"嗯，猜对了。"我笑着说。

"说说，你为什么选她？"

“哈哈，我喜欢微笑的女孩子，喜欢阳光的女孩子，她笑得最灿烂！”我笑着说。

“大哥，这三个女孩子都在微笑啊，你这个也不是理由吧？”轮到这小子质疑我了。

“是啊，这也正是我长时间审视的原因。通过比较，我觉得，中间这个女孩子，笑得最真诚，最自然，因此我觉得她最阳光。呵呵，我一直觉得，经常把微笑挂在脸上的女孩子，是最美丽动人的。”

“就这么简单？”

“你觉得很简单吗？”我反问。

“如果不漂亮，微笑的女孩子也美丽？”

“呵呵，任何一个女孩子，都有美丽的一面，只有喜欢她的人才能发现，正所谓‘情人眼里出西施’。而能让每个人都觉察她们漂亮的共性，那一定是微笑。一个人美丽的容颜，最终还是会老去，而一个会微笑的人，美丽伴随她一生。微笑跟一个人的长相没多大关系，微笑是一种心态，一种生活态度。传递的是乐观向上的生活态度，是积极生活的精神。我相信，每个男人娶老婆，都愿意娶乐观向上的老婆，而不愿意娶一个整天愁眉苦脸、一副苦大仇深相的女人。你每天下班回家，总愿意看见老婆一脸笑容吧？你的父母，总不愿意看见儿媳妇每天愁眉苦脸、像欠了她账不还似的吧？你将来有了孩子，总希望他健康快乐地成长吧？你要知道，一个积极乐观的女人，对一个家庭，对孩子，是多么宝贵的财富，要是能娶这样的女子做老婆，我们每天干再累再苦的活，回到家，老婆笑靥如花迎上来，我们又哪里能说累！你说是不？”

“哈哈，有道理啊，大哥，可是，一个女人每天都笑眯眯的，你不说她有病？”

“我是说常将微笑挂在脸上，我指的是生活常态，不排除特殊场合需要保持严肃。被人误解，受到挫折，甚至遭受不幸，乐观的人照样选择微笑，而往往这个时候发出的微笑，更具有魅力，更能震撼人心，不是吗？那个桑兰，不是因为遭遇巨大的挫折选择了微笑，才震撼了全国人民的心么？还有之前汶川地震中，让我们都很感动的那几个孩子，不都是救出来的时候，面带微笑让我们情不自禁地流泪么？蒙娜丽莎能有多漂亮的脸蛋？全世界的人为什么都喜欢她？还不是她有着动人的微笑？心理学上不是说‘情绪有传染性’么，我觉得，微笑有种巨大的魔力，能让人感到温暖、能让人向善——呵呵，我喜欢微笑的女孩子！”

“哈哈，那还不赶快行动！这三个女孩子，既漂亮，又面带微笑，还不去抢一个来？你不抢，我可要下手了啊！哎，对了，她们都是谁和谁啊？你认识她们？”

“哈哈，兄弟，这是网上的照片，我哪有这荣幸认识她们啊？老老实实回你办公室工作去，看见生活中有这样的女孩子，你大胆去抢吧，老哥我全力支持。至于这三个，你只能看照片充饥咯！”我大笑。

“哦，说了半天，原来是虚拟的啊！害得我空欢喜一场！”强老弟感觉被我耍了一把般，嘟囔着回自己的办公室去了。

而我继续看一眼这美丽的照片，觉得那甜美的微笑，比春天的阳光还要灿烂，比和煦的春风还要清新，比春天的露珠还要甜美。

——呵呵，怪不得有诗说女子“回眸一笑百媚生”呢！怪不得诗人都要赞美女孩子“如花的笑靥”呢！

微笑的女孩子，实在是美！

2009 年 12 月 8 日

女人一嗲无难事

我们不难发现，在社会生活中，那些会“发嗲”的女孩子，总是比那些自命清高的女孩子容易赢得爱情。经过观察取证，我们身边的所谓的“剩女”，大多居然是一本正经、不愿意发嗲、更不愿意“千色色”的女孩子。

在单位，会发嗲的女孩子人脉旺，工作轻松。我常见到一些发嗲女，手头有了活儿不愿意干，蹭到男性公民面前，嗲声嗲气地对男性公民说：“……大哥，帮个忙嘛，下回，我请你吃饭，好不好嘛？”所谓吃饭，大多是空头支票，即使真的进了馆子，“客”是该发嗲女请了，但是，“单”绝大多数还是男性公民来买。这点，男性公民不是不知，可不知怎的，女子一发嗲，男人就是拒绝不了。于是，领导派了难活重活给该女子，她啥也不用干，到男同胞那里发发嗲，把活儿往他们那里一推，自己轻轻松松一边玩去了。可怜男性公民干得要死，啥好处也没有。不妨仔细观察，学校里的学生也好，社会上的工作人员也好，会发嗲的女子，劳动的活儿大多是别人在做，自己享受好处。

发嗲女不仅能在同事、同学面前“沾光”，也能在领导面前“揩油”。发嗲女总能得到领导的青睐。普通人叫领导，声音都是硬邦邦，短而中肯。发嗲女叫起来，那尾音拖得悠扬，简直能把人骨头酥掉。“主任～～～”（里面回响无穷，本文暂借波浪线表达发嗲的语气）“张局～～～”“王科～～～你看上去，真帅耶～～～”，一边叫，还一边把小蛮腰扭起来，把小脖子歪起来，眼睛也活络起来，不断放电，身体作立马投入领导怀抱状……你看好了，就是领导一脸阴云，遇到发嗲女，立刻晴转多云，艳阳高照。不过，发嗲女只发嗲，绝不会真的把身体投进他人怀抱，个中关键，在于这个“嗲”字，只是“口”里喊喊“爹”而已，身子是绝不交出去的。一句话，嗲给你看，嗲给你听，但绝不嗲给你用，让你骨头酥麻难耐而吃不着。

老话说得好啊：“妻不如妾，妾不如偷，偷不如偷不着。”这看在眼里，却吃不着的境界，乃是男人最为迷魂的境界。男人总以为女人朝他发嗲，是对他有意思，不免想入非非。一想入非非，脑子就发热。一发热，就乱了方寸，该拒绝的拒绝不了，该发火的火发不了。不仅如此，摇头变点头，生气变微笑，批评变表扬，明明想说“不”，一出口变成了“好”字。不信你仔细对照，单位里，发嗲女即使不干活，领导也照样喜欢；即使工作干坏了，领导也不会批评。而一本正经的你，即使是在替发嗲女干活，万一没干好，领导不是批评发嗲女，而是批评干活的你，把你当替罪羊。

发嗲不仅可以在社会生活中吃香喝辣，在家庭生活中，也是一件万灵的法宝。你看，某对夫妻吵架，吵得天崩地裂，男人扬手要打女子时，女人用发嗲的声音说：“你打～～～你打～～～你打我我咬你鼻子～～～哼～～～”，小屁股一扭，作嗲状——男人怒气全消，于是高举的手放了下来，重归于好。会发嗲的女子，在家也不用洗衣拖地，不用烧饭做菜，甚至，吃水果还要老公刨好皮，切成块，用牙签插好，慢慢递她嘴巴里。而她老公还喜欢得不得了，做死也心甘情愿，在外打野食交余粮那是万万不可能的了。相反，不会发嗲的女子，在家啥活都自己干，还得全心全意伺候老公孩子，婆婆公公，而结果，往往吃力不讨好，被老公孩子骂“没用”，被婆婆公公嫌弃。万一打起架来，要说“你打！你打！”非被老公痛扁一顿不可。

当然，女人发嗲，也是一门学问，它显示出了女人温柔的气质、娇媚的姿态、妩媚的情趣、含情的谈吐、娇羞的神情、千变万化的技巧等，还包括撒娇弄俏、忸怩作态等一系列显示女性柔弱娇媚的魅力的举止，真是风情万种。无怪乎《青蛇》电影里，白素贞跟小青在大街上扭腰肢，大街上的男人昏倒一大片——女人一发嗲，男人就销魂蚀骨，所谓“柔能克刚”，一点也不假。

2009 年 12 月 7 日

读书四境界

回顾一下读书的经历,私下里认为,读书有这样四种境界。

第一境界:博览群书。

处于这一境界之人,第一表现为渴望读书,无论见到什么书,都如猫见了鱼,小狗见着骨头,扑上去就咬;第二表现,则是不知道自己要读什么书,最好别人推荐一番,一旦报刊里推荐了什么新书,必定心急火燎,饭不吃,觉不睡,也去买来;第三表现是,若听见别人谈论一本什么书,自己倘若没有看过,则会心底失落,只恨自己读书太少,知识浅薄;第四表现,则是说话必引"名家言论",以彰显自己的"渊博"。

第二境界:读自己喜欢的书。

经历第一阶段的大浪淘沙,终于明白,这个世界的书,根本不是我们一个凡人穷其一生能够读得完的,也知道了自己的兴趣所在。爱好诗歌的,舍得在有关诗歌方面多花钱,多花时间;喜欢小说的,就多去关注小说的发展;其他依此类推。"术业有专攻",讲的就是这一境界的表现。各专业人员,关注自身专业的书籍往往多于其他专业的书籍。

当然,爱好广博的人,他读的书也相应广博。但不会像第一境界者那样,不知道自己该读什么书。

第三境界:喜欢批书。

已经读了大量的书,又在某一方向上有了专门的为数不少的阅读,再来看某一作者的书籍,就会觉得这书的作者所写所说,亦不过尔尔了。怎么能不是这样呢?处于这一境界之人,已经汲取了多人的智慧,又有了深入的研究,他怎么不会发现一部书的某一点或某几处的缺陷呢?"三个臭皮匠,顶个诸葛亮""两人智慧胜一人",讲的都是这一境界读书者的表现。

发现了其他作家作者的不足,于是就有了"文学批判"或"诗歌评论"。处于这一阶段的读书人,不再把某一专家名家的话奉为圣典,而是总想抓住名家屁股后面的尾巴,抖搂出来让其出出丑;处于这一境界之读书人往往是七分学识三分狂妄,自以为自己是"泰斗"或"专家"。

第四境界:读自然社会这本大书。

读来读去,研究来研究去,批来批去,方才明白,越是真正的学问,越是个体对社会、对自然,乃至对宇宙人生的独到体验和认识,社会生活,自然宇宙,才是真正需要读懂的书。

然而,宇宙无穷大,社会生活变幻莫测,又岂能是一个人能读懂读透的?即使是伟大的科学家牛顿,他也不得不承认,自己不过是一个在沙滩上玩耍的小孩子,偶然间无意中捡到几只贝壳而已。甚至还有人说,"无论在什么时候,永远不要以为自己已经知道了一切"——真正的读书人,你能读懂一点社会自然、宇宙人生,已经是非常了不起了啊!

所以,书读到后来,就是读生活,读社会,读人生,读自然。这是一本无穷大的大书,它包罗万象,也是万象之源。只要肯去读,必定有收获,而且,还没人敢指责你剽窃、狂妄。因为,越读到后来,你越会觉得自己实在渺小,人生时间实在短暂,"沧海一粟""白驹过隙",就是真正的读书人,对着自然大书的慨叹。

此一境界之读书人,读着读着,就有了自己的书。

2010 年 9 月 21 日

女人说话男人不必太当真

有一美女，由于在爱情上受到点挫折，就对人说："我再也不相信男人了！""我再也不谈恋爱了！"亲爱的男士们，你们听了，可千万别当真！这不过是女人说的气话、反话，待她气消了，这话就不作数了。

女人说话为什么不能当真？这与几千年来的社会关系和社会评价有关。自从进入父系社会以后，男人一直以刚硬著称，而女性则以柔美为誉。男人说话一言九鼎，百折不挠，体现的是男人强大的一面。倘若一个男人说话不作数，那一定会被世人鄙视——被看作弱者、孱头、小人或者懦夫。而女人则不同，父系社会以后，劳动、治国安邦，都由男人去完成，女性不需要表现强悍刚硬的一面；相反，男人要求女人表现出柔弱、柔美。久而久之，柔美就成为女性的特征。女人说出去的话不作数，显示了女性柔弱的特点，能被社会认可；相反，一个女子说话斩钉截铁，掷地有声，可能会把男人吓坏了，甚至可能被视为"悍妇""泼妇"——呵呵，这样的词，可不是什么光彩的称谓哦。

莎士比亚说："女人呀，你的名字叫弱者。"

尼采说："女人是软弱的，病态的，变幻无常的。"

林语堂说："女性的可爱和美丽，以及温柔的和狡猾的手段，在生存的目的上自有其价值。男人有着较强壮的臂膀，跟他们战斗是不能取胜的，所以唯有贿赂他，谄媚他，博他的欢心，这便是现代文明的特征。女人不用抵抗和进攻的策略，而用迷惑的手段；不用武力去达到她的目的，而尽力用温柔的方法去求实现。"

沈从文说："女人是天使与魔鬼的产物。"

既然社会要求女性柔弱，既然男性要求女性柔美，女人说话为什么要作数呢？不作数才显示"屈服"，不作数才显示"温婉"，不作数才显示"娇柔"，这不正是男人所追求、所渴望的吗？女人受了挫折，受了委屈，她没有力量去对付别人，但她总要把怨气发泄出来吧？而最不要力气的发泄，那就是动嘴不动手了。口头上嚷嚷几句，或咒骂几句，无非消耗点热量，不伤皮不伤肉的，多轻巧的办法啊！再说，消耗热量还能减肥，减肥又能增添柔美，一举两得，何乐而不为！

我从小就认识到女人说话不作数的。那是来自一本童话书，具体叫啥名字我忘记了。故事内容大概是这样的：

狼出去找食物，找了半天一无所获。偶然经过一户人家，听见房中孩子哭闹，接着传来一位老太婆的声音："别哭啦……再不听话，就把你扔出去喂狼吃。"狼一听此言，心中大喜，便蹲在屋后不远的地方等，直等到太阳落山了，也没有见老太婆把孩子扔出来。

狼等得很不耐烦，转到房前想伺机而入，却又听到老太婆说："快睡吧，别怕，狼来了，咱们就把它杀死煮汤喝。"狼听了，吓得一溜烟回老窝了……同伴问它收获如何，它说："别提了，老太婆说话不算数，害我饿了一天，不过幸好后来我跑得快。"

故事虽是给儿童看的，可我今天看来，却另有意味：故事里的狼，我们可看作男人，老太婆则是女人。男人说话都作数的，所以，狼误以为女人说话也会算数，会把孩子扔出来给它吃，苦等一天，也不见女人把孩子抛出来；而女人又信口开河，说要把狼杀了，狼又信以为真，吓得赶紧脚底抹油——全然不知女人只是说说而已，哪舍得真的把孩子扔出来！哪里要真的杀狼！

推而广之，当你听见美女说"我讨厌你"的时候，那一定是一点也不讨厌，相反，倒很爱你了；当你听见女人说"你去死吧"的时候，你可千万别当真以为她要你去死，而是说"你很讨厌啦，你走远点吧，等我气消了，再回来"——要是过一个小时你不回来，说不定她自己倒急死了呢！

不知哪个国家有句粗俗的格言，说"女人说话作数，老母猪都会爬树"，粗鄙，但很有道理。

总结一下：女人说话，一般是不作数的，咱们爷们，不要与女人斤斤计较，不要与女人争个高低，"女人是弱者"，有啥可争的呢？她说不爱就不爱啦？那是告诉你，她还没人爱呢，叫你跑快点去追她呢！

2009 年 11 月 19 日

西湖里的鸭子姓野

偌大的西湖里，来了几只小野鸭，市民里一层外一层，争相观看，貌似天降奇观。我深感悲哀。

想起西藏的纳木错湖，各种水鸟云集，时翔时落，是何等的壮观、诗意。

我们的西湖也算是个面积很大的湖泊，杭州离海不远，离江不远，离山亦不远，气候温暖，四季分明，应该说非常适合鸟类生存。杭州是"人间天堂"，照理说也应该是"鸟类天堂"，西湖中"沙鸥翔集，锦鳞游泳"，应该不是件稀罕事。可事实上，我所看见的西湖，从没有出现像纳木错湖那样众鸟云集的场面。

想起小时候，每到春天，经常看见漫天的白鹭在农田上空翩翩起舞。我甚至看见成千上万只鹭鸟栖息在溪边的竹林。不知道多少回放晚学时光，我坐在山冈的岩石上，看"露丝"们恋爱的曼舞。

五月，是鸟儿繁殖的季节，老家的麦田里，硕大的五彩雉鸡咯咯飞起，声音响彻整个村子。年少的我，没少去麦田里寻雉鸡蛋、捉小雉鸡。那时，我从没想过，这些拖着漂亮长尾巴的大鸟，会在面前灭绝。

每年秋日的天空，傍晚时分，迁徙的鸟儿遮天蔽日，野鸭，大雁……不知道引发我多少联想。可现在，这些鸟儿都不见了，连到处都是的喜鹊，几乎十年不见踪迹。不仅如此，以前需要"放眼四望"的"辽阔的田野、竹林"，现在也都不见了踪影。看田野，看油菜，要去江西婺源，或云南罗平。这不能不说是莫大的悲哀。

短短二十年，人类破坏了几十万年的大自然，包括大自然的生灵。

我想，西湖的历史上，绝对不缺乏野鸭漫天飞舞的场面。

但由于人的贪婪、自私、愚蠢，它们大量存在之时，人们不仅漠视它们的存在，根本不顾及它们的生存环境，还想尽一切办法把它们赶尽杀绝，最终，让这些比人类历史还长的生灵，在人类面前消失。

它们虽然不具有人类的文明,但何尝不是人类的朋友!

望见它们的身影,我们是何等的亲切、惊喜!

望不见它们时,我们在音乐里,去寻找它们的声音,把它奉为“天籁”。

班得瑞,乔瓦尼……是何等让人如痴如醉。它们的声音,在繁杂的都市里,在空旷的黑夜里,宛如上苍的手,抚慰我们沧桑的灵魂。

当一只小野鸭,再次莅临我们繁华的城市,降临于芸芸众生之中,看吧,多少人被感动,陶醉得忘乎所以!

绕了这么大一个弯子说野鸭,现在跑回正题。

自西湖里来了那么一只野鸭子(最近生了十三只小鸭子),许多人忙得不亦乐乎了。不必说记者们的长枪短炮瞄准这几只“天外来客”摄个不停,也不必说市民百姓举着手机、数码相机照个不息。多年没在西湖里看见野鸭子了,新鲜,稀奇,兴奋,我都不奇怪。我奇怪的是,既然大家都知道这几只稀客是野鸭子,都觉得要去保护,却不知为什么,那些大妈大伯,先生女士,可爱的小朋友,还要争先恐后地,不计后果地,不断地,拎着面包、玉米,大肆喂食这些野鸭子——这明明是野鸭子,要你喂什么食?

野鸭子姓“野”。什么是野?野就是动物在大自然中,不经人工饲养,自由繁衍,自主觅食,自由成长。你这一喂食,这鸭子还是野鸭子吗?喂成了习惯,它天天候在这里,等着吃现成,养得肥肥胖胖,它还能“自由成长”吗?这样喂个一段时间,它还能飞出这个湖泊,做迁徙的候鸟,到别处去自主觅食吗?恐怕连飞都飞不起来了吧?几个月过去,它不成为如农民圈养的麻鸭才怪!

西湖有了野鸳鸯,又有了野鸭子,让人觉得,逝去的诗意的西湖,又慢慢活起来了。可这个活字,还仅仅是有了一口气,还“命悬一线”,我期望看到,成群的野鸭和鸳鸯游弋的西湖,看到“落霞与孤鹜齐飞,秋水共长天一色”的西湖。我不希望,各位爱野鸭子的人,把西湖这点“命”,给爱没了。

记住,野鸭子姓野,你,还有你,吃了饭没事做,树荫下歇着去,少去操心它们的吃喝,西湖里有的是鱼虾,足够它们丰衣足食!

2009年5月4日

读书与洗碗扫地

最近，总有朋友来问我，孩子怎么样才能读好书。我明白，朋友们说的读书，其实就是怎么考出高分。也难怪，现在社会，对很多普通家庭的孩子来说，读书还是唯一出路，为人父母，一心为孩子着想，在咱中国，再正常不过。

于是，我反问这些朋友："你的孩子，在家洗碗扫地吗？"朋友不解，有答"偶尔洗"的，有答"读书都来不及，哪有工夫洗"的，有答"从不干"的。我说："这就对了，不会洗碗扫地，也不会读书！"

朋友不解。我说："会洗碗扫地，也就会读书；不会洗碗扫地，也就不会读书。"

朋友听了，莫不哈哈大笑，说："我那么会洗碗扫地，却不会读书。"

我说："你以为洗碗扫地很简单是吧？其实不然！我见过许多人洗碗，在我一个男人看来，十分不满意。我只想问一下，你们洗碗的时候，锅子底(特指城市居民煤气灶上的锅子)洗不洗？长时间不洗，锅子底部就会结满厚厚一层锅灰，不仅影响烧菜的效果，而且也十分难看和不卫生。锅碗瓢盆筷子都洗干净了，灶台有没有抹干净？特别是放锅子那个地方，有没有把钢架子拿下来擦一擦？架锅子的那地方，最容易被锅子里的汤水潽脏，不及时擦洗，不锈钢也会生锈。这些都洗干净了，电饭煲的外面擦过没有？微波炉的里外擦过没有？因为放在厨房里，都极容易积满油垢。扫地也如此，打扫卫生，不要紧盯着常看得见的那块地。比如床下、桌下、沙发下，比如抽水马桶的底部，长久没动过的箱子柜子器物上面，都容易积满灰尘，一般人扫地，很容易疏漏，留下卫生死角。"

那么，洗碗扫地，和读书有什么关系呢？关系大了！以语文为例，有的人读书，就读课本这点书，就像洗碗只洗两只碗、扫地只扫地面一样，以为足矣。其实任务才完成一点点，还有许多没有涉及，知识面相当狭窄，所以，根本无法考出好成绩。有的人读书，平时作业巩固的时候，总是忘记擦电饭煲、油烟机，或者忘记清扫床下、桌下，留下死角，一旦考那一块，就会傻眼。任何事情，其实都有关联，一通百通的。

那些从不洗碗扫地的孩子，其实是读不好书的，即使读出了书，也不太会成气候，“学以致用”四个字，要求必须把读书和生活联系起来。人活着就得劳动，上至总统，下至黎民百姓，没有哪个人一生不劳动的，无非是工作性质、工作种类、工作形式不同罢了。而读书是为了更科学、更轻松地劳动。劳动的时候，把问题想周全了，读书的时候，也会把问题想周全，想深刻，从而促进思考，产生新的发现、新的发明。劳动促进读书，读书又促进劳动，两者相辅相成，并以劳动为最终目的。那些平时懒惰，不愿意洗碗扫地的人，读书也会懒惰，不愿意看书做作业，或者，少看书少做作业，其结果是必然落后于那些勤快之人。而那些平时被家长逼着洗碗扫地的孩子，在学校，也必定是被老师逼着读书，老师不逼，就不主动看书写字，以完成作业为最高要求，老师不布置作业就不知道去看书、去复习巩固。这样的孩子，当然考不过那些主动去学的人。将来，这些不会主动读书的人，走上社会以后，也大体如此，就算读出了书，领导不安排，他根本想不到要做什么，拨一下，他动一下，不拨，就不动。所谓“一屋不扫，何以扫天下”，不就是说家务活不会干，天下其他事也干不好吗？

现在的孩子，大多被家长宠着，除了读书，什么事情也不让他干。这样做的危害是很大的。不说读书好坏，成人以后，什么家务都不会干，家庭矛盾必然突出。现在，八〇后、九〇后的高离婚率，不会做家务，就是原因之一。

想到鲁迅笔下有个角色，“原来也读过书，但终于没有进学，又不会营生；于是愈过愈穷，弄到将要讨饭了”，我不说，大家也明白是谁。我强调的是，今天的社会，光读书，而不会劳动“营生”，其结果也比孔乙已好不到哪去——虽不会有悲惨的人生，但也必定是个社会寄生虫。

一孔之见，供朋友们参考。

2009 年 4 月 15 日

狗的待遇超过爹

现在社会，真有点让人看不明白。

譬如，当你走在大街上，忽然听见一声“女儿，快点，妈妈等你头发都等白嘞”，声音温婉，柔情万分。可是，你可别以为这是一位善良慈爱的母亲在跟她的小宝宝对话，她口中的女儿，却是一条狗！

好多次，我在超市，在小区，在车站等场所，还听见把狗叫作“乖孙子”的，跟狗称呼自己“外婆”的，简直让人匪夷所思，恶心翻胃——这好端端的“女儿”“孙子”“外婆”等称呼，咋都成了狗的称呼了？

接触过几个养宠物之人，也在十九楼论坛看过几个养狗朋友的博客，这份对狗的狂热之爱，真令人咂舌。

首先，不惜几千元甚至上万元，把狗买来——我不知道这些养狗的人是不是都是富翁——我总想，你对一只狗如此舍得花钱，那么对家里的父母亲、爷爷奶奶，是不是比这还慷慨啊？

当然，钱多的人，养养宠物，也没得话说。不过这养的过程，可真有点让人接受不了。

你看那少妇，你看那黄花闺女，整天搂着一条狗在怀里，我总感觉，这人与动物之间，也太亲密无间了吧？这还不稀奇，稀奇的是，这女主人还时不时地跟小狗来个亲吻。那狗舌头与人的嘴贴在一起，又或者狗舌头在人的脸上舔。我心想，哪个男士把这样的养狗女人娶回家，还有心情跟她亲热吗？我不知道别的男士怎么想，至少在我看来，这狗舔过的嘴巴、脸庞，再美我也不想去亲吻！

不过，亲吻对爱狗之人来说，不过是小事一桩，不值一提。更有甚者，爱狗爱到什么程度？那就是夜夜搂着狗同床共眠。唉，这人与狗共一被窝，我实在不敢想象，哪怕你每天给它洗几十次澡，每次洗澡你都用最香的沐浴露，我想，这狗的气息，总会有一点吧？是个动物都会出汗、都会呼吸的，气息总难免；这动物与人，总该有点界限吧？你一个黄花大闺女，每天夜里搂一条狗睡觉，多少总让男士们不太自然吧？

有人说，我的狗狗吃得很好，没气息，有那么一点点气息也都是香的。这狗吃得很好，我很相信，因为，现在的狗粮比人粮要贵多了。国内市场上较好的东北富硒大米，一般都是10斤40元左右。可狗粮不同了！稍微好一点的狗粮，10斤要200多元，有的甚至超过300元！这狗吃的粮食，要比人吃的贵多了去！

自然，钱多的人，我也没话说。可是，有些人，不知道有没看过他老爹老妈每天吃什么，每天怎么生活，不知道有没有给过老爹老妈一点"狗的待遇"——你给生病的老爹老妈每天洗澡吗？你老爹老妈吃的穿的有你那狗好吗？你叫你爹妈，有叫狗那么深情亲热吗？我有时看见某些漂亮女士、优雅男士，呵斥起他们父母来，简直就像在呵斥一条无家可归的癞皮狗！还看见一些人，当所养宠物病死时，所表现出来的悲伤，那简直比死了爹娘还痛苦万分，以至于人们不得不用"节哀顺变"这种安慰逝去亲人的语言来进行安慰。

唉，这个社会，着实让人费一番脑筋，人与狗的地位，仿佛颠倒了过来。除了狗叫人的称呼，还有狗穿人衣，上车狗占人座位，狗吃人粮，人吃狗食。以前啊，都是人吃肉，狗啃骨头，现在不然，现在菜市里，人都买肉骨头吃，很多人买里脊肉回家，只是为了给狗改善伙食，吃多了精致狗粮，弄点鲜肉当粗粮给狗打打牙祭。以前，南瓜藤、番薯藤都是猪吃的东西，现在，都是人在吃。恐怕，倘若骂人再骂"你是条狗"或"你是只猪"，那可能是对人的抬举了！

现在，一些人完全颠覆了人狗概念，把狗当人，把人当狗，从伦理上、文化上，硬生生把属于人的东西，套到狗身上，真让人受不了。

呵呵，我写这篇文字，必将遭到爱狗之人的鞭挞，我先穿好雨披，等待狂风暴雨。

2010年7月19日

乡村不能这样“美丽”

我的家乡安吉县创造性地学习科学发展观，全力建设社会主义新农村，打造“生态环境最优美、村容村貌最整洁、产业特色最鲜明、公共服务最健全、乡土文化最繁荣、农民生活最幸福”的“中国美丽乡村”，受到了省市领导乃至中央的肯定，被认定为具有先进性、典型性和示范性的“安吉模式”，值得全省和全国农村学习和推广。2009 年 7 月 22 日，《光明日报》头版头条以“安吉的‘中国美丽乡村’建设”为题，比较详细地描述了安吉建设“中国美丽乡村”的创新做法。2009 年 8 月 7 日，时任浙江省委书记、省人大常委会主任赵洪祝就 7 月 22 日《光明日报》头版头条刊登的文章做出重要批示，认为全省农村许多地方都可走“美丽乡村建设”的路子。

家乡建设出了巨大成就，作为她的子民，我深感骄傲和自豪，也深深觉得，应该为家乡的发展建设出点微薄之力。很荣幸，我有机会深入美丽乡村去参观采访，深入考察。

确实，家乡的乡村面貌，比起前几年，有了翻天覆地的变化。进村的土路全部变成了水泥浇筑的“康庄大道”；村子里环境干净整洁，没有了昔日可闻可见的猪尿粪臭，相反，绿树成荫，花团锦簇，垃圾箱、垃圾桶摆放整齐干净；村中老百姓的房屋也都旧貌换新颜，或被改造模样，或被重新刷漆，或推倒新建，都焕发出新的光彩。

可是，随着参观走访的深入，我也看到了不能理解的一幕幕。

首先，这么大规模的改造、建设，资金从哪里来？根据调查了解，建设的绝大部分资金，还是需要村里自行拿出，其中村民拿出一小部分；建设得好，经过考核成为“精品”“重点”，县里再给予资金奖励。

我不知道县里是否经过细致具体的考量，因为，所属一百八十多个行政村，并不是均衡发展——不是每个村都有毛竹，不是每个村都有白茶，不是每个村都有效益很好的企业。我采访的几个村，有些村集体年收入才十万元多一点，绝对不超过十二万元。可是，这些村为了“建设美丽乡村”，顶着各方面的压力而上，到处筹钱建设，有的村现在已经空债上千万！请问，这些债务，将来用什么还？谁来还？美丽不是钻石，会恒久远，今天建设的美丽，也许不出一年，就会显得落后、落伍，因为人的审美观是在不断发展变化的。明年该拿什么继续让村子美丽？是不是还要继续借债？

投入大笔资金，让村子面貌焕然一新，是值得表扬。可是，有些举措，真的令人费解。我不知道，为什么有些村要大规模兴建亭台楼阁，甚至祠堂雕塑。其中有个村，集体年收入最多才十二万，可是，花在建设莫须有的名人祠堂、雕塑上，建设小桥流水上，就已经花去五六百万，涉及老百姓利益的自来水建设、改厕建设、村道建设还没有动工，房屋改造方面还跟百姓斤斤计较，不肯多出一分一厘，而在村口花二十多万建一个高大的牌坊却毫不吝惜！请问，这样的美丽，是为谁而美丽？这样的美丽，是给朴实的村民看，还是为了吸引游客？一届村委“美丽”完毕，下一届村委该怎么“美丽”？恐怕被要债的缠身，什么事也干不成了吧？

还有些美丽，我倒是觉得非常幼稚可笑了——非要统一房屋的式样，非要统一墙面的颜色。什么是乡村之美？美在统一？那跟城市的小区有什么区别？

从艺术和美的角度看，乡村的美，应该是美在自然，美在和谐，美在千变万化，美在没有规律。现在倒好，有的村子居然要求村民把房子全部改建成徽派建筑，把红瓦换成黑瓦，把马赛克和大理石的西式洋楼全涂白石灰！

呜呼，我不知道徽派建筑的美是不是一定符合当前审美的要求，我只知道，在绿竹掩映的背景中，鲜红的屋瓦的点缀是多么鲜亮而温暖，我只知道，黑瓦红瓦的屋子散落相间的村子，是多么和谐自然，多么富有诗意。而你偏偏追求城市的统一规划，整齐划一，这不是建设美丽乡村，而是在破坏乡村的美！安吉现在已经成为上海、杭州市民走进自然休闲度假的大好去处，按照这样的设计建设，我看城里的人绝不会再到乡村来休闲了——哪个城市没有整齐划一的建筑，非要花钱到乡下来看？

徽派建筑在安吉这个绿竹碧树森森的环境中，色调的美是不是很恰当，非常值得商榷。可笑的是，为了“统一”，竟然在西式洋楼上，凭空架设两道徽派建筑的“马头墙”，看上去狗尾续貂、不伦不类不说，好好的洋房却成了危房——那后来架上去的两道薄薄的“马头”坚固吗？浙江可是受台风影响的地区，不要台风一吹，哗啦落地，人财两空才好！

还有，随着采访，我也发现，目前的美丽乡村建设，还停留在村委所在地的建设上，还没有“全面覆盖，全民参与”，还没有“一户一品，村民人人受益”，这对于没有享受到好处的村民，是不是不公正公平？同样是村集体的钱，为什么美了你家门口，而没有美在我家？再有，“美丽乡村”的造血功能——支撑村子美的经济发展力、文化后继力、村民参与动力，都还没有提升到日程上来，我担心，这样的美，一阵风之后，会不会有长效性，会不会像秋天的树叶一样，一段时间过后，就纷纷凋谢了呢？

我想，美丽乡村建设，这个提法是非常有创意的，方向也是非常正确的，是一件惠民工程，是创建和谐社会的有远见的创举。但是，在具体操作中，我们的实施者，有没有远见卓识，有没有真正替老百姓着想，有没有因地制宜、发展创新，并实施可持续发展、长效发展、全面发展，还有待专家正确指引，还有待舆论正确引导，还有待相关部门认真审察考量。事关社会和谐稳定，一定要做成民生大事，而不能做成政绩工程；要可持续发展，而不能图一时光彩。

“知我者谓我心忧，不知我者谓我何求。”在上下一片叫好声中，我发几句异样的声音，也许，也是对建设更美好家乡的热诚期望。

2010 年 1 月 24 日

跋：扯谈写作

写作是一件愉快的事。就像饿了要吃饭，渴了要喝水，胀了要排泄一样，把憋在心底的话掏出来，使心灵不饥不渴不胀，当然是一件乐事。如果你的写作是一种艺术创造，完成的是一件艺术品，则会有成功的喜悦和自我实现的满足。如果你创作的美能够带给他人审美的愉悦，那则是实践“独乐乐”与“众乐乐”的关系，予人玫瑰，手自留香，写作达到了快乐的最高境界。

写作是一件负责任的事。写作首先是对得住自己的劳动，对得住自己的良知。对得住自己的劳动，就是不无病呻吟，不哗众取宠，不矫情。写任何假大空的文字都是在耗费时间，虚度光阴。写作要抒真情，说真话。做到感情真，哪怕所写之事琐碎细小，也有价值、有意义；就算语句平淡，也能打动人心。写作还要对得起读者，要对得起读者阅读你的文字所花费的时间，要给读者带去阅读的愉悦或享受，要给读者带去精神的力量和支持。所以，要避免制造庸俗的文字垃圾，它会占据纸张、网络空间等资源；要让文字成为食品，而不是毒品；要为大众说话，要写出大众心底的声音，让大众看得见阳光，至少看得见黎明的熹微，而不是为了沽名钓誉而歌功颂德。

一切流传下来的作品，一切流芳百世的作家，他的立场必定都是站在人民的一面。即使盛世繁华，满世界的流光溢彩，真正的作家，笔尖总能探触到灯光背后的影子，总能掘出地层里的汗水和泪水。真正的作家绝不会把刀枪匕首投向人民。他的矛头总是对准社会的弊端，暴露人性的弱点；他可以刻画普通人的卑微，但内心总在为草根呐喊。几千年文学发展史证明，一切为帝王歌功颂德的文字，必定随着帝王的埋葬而埋葬。

写作是一件辛苦的事。要耐得住寂寞，要坐得牢凳子。当今时代，真正纯粹靠写作吃饭的作家，其实是极少数，大多数作家都有其主业。白天要忙于工作，还要忙于生活。因而,绝大多数的写作时间,都在夜晚,或是别人在喝咖啡、打扑克、玩麻将的闲暇。夜阑人静,往往是创作的最佳时期。当一个写手抵挡住灯红酒绿的诱惑,拒绝娇妻美眷的温馨,独居一隅,视严寒酷暑为虚无之境,一任笔尖流淌心灵的河流,或闲敲键盘,席卷时事潮流的浪涛,身心都在水里浮沉,在水里挣扎,在水里搏击……直到释放所有的能量,精疲力竭地躺在浪涛拍击的浅滩上,是极其辛苦而劳累的。从这一点出发,一切写作的人,都近乎勇士。

最后扯谈一下我自己写作,以及我出版这本书的目的。大半辈子跟语言文字打交道,我爱祖国的语言,爱我们祖宗创造的方块字,在我的眼里和心里,每一个方块字都是一粒粒鲜活的种子,不同的人播种,不同方式的浇灌,每一粒方块字都会开出鲜艳的花朵,结出甜美的果实。我从二十世纪九十年代初开始探索写作,至今已写下近三千首现代诗歌、两百万字的散文、八部长篇小说,以及暂时还没有统计出来的中短篇小说和若干童话,但我很少拿出去投稿。现在选一小部分散文出版,一是给自己的写作一个交代,二是给关心我的家人、朋友一个交代,我只想告诉他们,我爱文字,爱阳光,爱生活,爱家人,爱朋友,爱社会,爱祖国……我爱大自然的一草一木,我希望我的亲人、朋友都和我一样,有许多爱。

我真诚希望我的亲人、朋友,读到我的文字,内心有阳光和快乐,真诚祝愿每一位读我的文字的读者,生活充满阳光和快乐!这样,我才有勇气,陆续出版我的诗歌、小说、杂评及童话。

以我某个博客的签名结尾吧:风一吹,我种下的文字开花了!

蓑笠翁

2017 年 3 月 20 日